Diogenes Taschenbuch 22788

W0174503

Viktorija Tokarjewa

Sag ich's
oder
sag ich's nicht?

Aus dem Russischen von
Angelika Schneider,
Monika Tantzscher und
Elsbeth Wolffheim

Diogenes

Die deutsche Erstausgabe erschien
1993 im Diogenes Verlag
Originaltitel:
›На чёрта нам чужие‹, ›Паша и Павлуша‹,
›Пробивной Козлов‹, ›Je suis, tu es, il est‹,
›Всё нормально, всё хорошо‹,
›Кирка и офицер‹, ›Сказать, не сказать‹.
Copyright © 1993 Diogenes Verlag
Umschlagillustration:
Valentin Serow, ›Mädchen mit Pfirsichen‹,
1887 (Ausschnitt)

Veröffentlicht als Diogenes Taschenbuch, 1995
Alle Rechte vorbehalten
Copyright © 1993
Diogenes Verlag AG Zürich
60/95/8/1
ISBN 3 257 22788 4

Inhalt

Was brauchen wir fremde Leute

Der Ballerina Antipowa passierten zwei Dinge: erstens, man schickte sie in Pension. Zweitens, ihr Ehemann verließ sie.

Im Endeffekt hieß das: sie war eine Strohwitwe auf dem Altenteil. Siebenunddreißig – das ist das Pensionsalter für eine Ballerina. Aber was ist schon siebenunddreißig für einen heutigen Menschen? Nichts. Die Grundsteinlegung. Das Fundament eines Hauses, das gebaut wird. Dann kommt die erste Etage, dann die zweite, dann die dritte – bis hin zur fünfzehnten. Und nun soll das plötzlich alles gewesen sein. Schluß mit der Bauerei. Sie war abgeschrieben. Und unweigerlich zog sie Bilanz. Was hatte sie nicht alles für den Beruf geopfert: essen durfte sie nichts – ständig war sie unterernährt. Kinder waren unerwünscht – sie blieb für immer kinderlos. Nichts durfte sie. Eine unterernährte Waise. Ihr Mann war zu einer anderen gegangen, die alles durfte – Kinder haben und Makkaroni essen vorm Schlafengehen.

Nachdem diese beiden Ereignisse in ihr Leben getreten waren, dachte die Antipowa über ihre weiteren Perspektiven nach.

Erste Variante: Sie könnte sich aufhängen, was das einfachste wäre. Sie bräuchte nur eine Wäscheleine zu kaufen und ein Stück Kernseife. Damit würde sie sich an der

Gesellschaft rächen, dafür, daß sie ausrangiert worden war. Der Haken an der Wand würde es aushalten. Die Antipowa war leicht, fünfzig Kilo, bei einer Größe von einem Meter siebzig.

Zweite Variante: Die äußeren Umstände ändern; ans Meer fahren beispielsweise. Das Baltikum ist genausogut wie das Ausland: die kleinen Häuser, Inschriften in einer fremden Sprache, die Sauberkeit, die zurückhaltende Art. Es wäre für die Antipowa wie eine Reise nach Finnland.

Im Sommer war es im Baltikum überlaufen, die nördliche Sonne soll angeblich gesünder sein als die südliche. Aber in diesem Sommer waren die Strände leer, das Meer war nicht zum Baden freigegeben. Im Meer schwamm irgendein bösartiger Virus, über den man in den Zeitungen geschrieben hatte. Die Antipowa hegte den Verdacht, daß dieser Virus schon siebzig Jahre lang im Meer herumschwamm. Nur hatte man früher nichts über ihn gesagt; aber jetzt war Glasnost, und man konnte darüber schreiben. Also schrieb man darüber.

Die Antipowa ging jeden Tag ans Meer und schwamm lange in Richtung Horizont. Dann schwamm sie genauso lang zurück an den Strand und begann sich mit einem Handtuch abzutrocknen. Das Handtuch hatte sie in Palermo, zu ihren besten Zeiten, gekauft. In den Zeiten, als sie noch tanzte, auf Tournee ging und von ihrem Mann geliebt wurde; und nicht nur von dem. Vielen Männern war sie im *Corps de Ballet* aufgefallen; sie konnten die Augen nicht von ihrem durch den Raum schwebenden Rücken abwenden. Der bezauberndste Teil ihres Körpers war ihr Rücken. Ihr Mann hatte gesagt: Zu so einem Rücken braucht es kein Gesicht mehr. Aber die Antipowa hatte auch ein Gesicht. Und ein Herz. Und eine naive vertrauensvolle Seele. Aber niemand brauchte sie. Sie war aufs Altenteil abgeschoben worden. Heute hatte sie weder Mann noch Bühne noch Zuschauerraum hinter sich. Hinter ihrem Rücken war bloß ein einsamer Komponist. Der Komponist und die Antipowa machten im selben Erholungsheim Urlaub, aber sie nahmen keinerlei Notiz voneinander. Der Komponist lief immer im Konvoi mit seiner dicken Ehefrau herum. Und die Antipowa existierte im Trio: sie und ihre zwei Ereignisse.

Aber zu dieser frühen Stunde, als die Sonne sich noch nicht bis zur Mitte des Himmels emporgearbeitet hatte, das Meer sanft seufzte und der böse Virus seine Hauptaufgabe vergaß und mit den Fischen spielte, in diesem Moment ging eine ›Femina‹ an den Strand.

Keine Frau, sondern eine ›Femina‹, denn eine einfache sowjetische Frau hat keinen solchen Rücken. Der Komponist wurde unruhig. Der Grund seiner Beunruhigung war ihm zunächst unklar. So nervös rennen Hunde vor einem Erdbeben hin und her.

Aber plötzlich erkannte er den Grund seiner Unruhe: die Schönheit. Dieser Rücken war Teil einer Weltharmonie, wie eine geniale Melodie. Und mit Melodien kannte sich der Komponist aus. Er war ein ausgezeichneter Melodienarrangeur. Nur in der letzten Zeit war irgend etwas geschehen. Er komponierte nach wie vor, und es kam auch etwas dabei heraus. Aber seine neuen Melodien ähnelten seinen früheren wie ein Apfel einer Attrappe. Genau dasselbe und doch nicht dasselbe: Äußerlich ähnlich, aber essen konnte man ihn nicht. Er arbeitete mit dem Handwerk und nicht mit dem Herzen. Noch vor ganz kurzer Zeit – gestern, wie es schien – war er schlank, jung und arm gewesen. Das Leben war direkt auf seinen entblößten Nerven gelegen, es hatte ihn in die Luft emporgewirbelt, und er hatte die bewußten Melodien geschrieben, die Generäle und Alkoholiker sangen, das Volk genau wie die herrschende Oberschicht. Aber jetzt war er dick und starr geworden, seine Nerven waren wie von einer Isolierschicht umhüllt. Und seine Melodien waren wie Attrappen.

Der Komponist verstand nicht: War es eine Krise, oder war es das Ende. Er sprach mit niemandem über seine Zweifel, aber er dachte ständig daran. Er war in einem Zustand, in dem sich Menschen befinden, die im Wartezimmer eines Onkologen sitzen: ›Ja‹ oder ›nein‹. ›Leben‹ oder ›Tod‹. Und sogar jetzt, während er am Meeresufer stand, dachte er daran, bevor er sich von dem Rücken ablenken ließ. Der Rücken tauchte vom Meeresgrund auf wie ein Rettungssymbol. Bekanntlich retten ja die Frauen und die Schönheit die Welt.

Die Antipowa warf sich unterdessen ihren Frotteebademantel über und ging an ihm vorbei, als sei nichts gewesen. Als hätte sie mit ihrem Rücken nicht das geringste zu tun.

»Guten Morgen«, grüßte der Komponist. Er klammerte sich an diese Worte und war bemüht, sie mit seinem Gruß irgendwie aufzuhalten. »Wie geht's?«

Sie hätte jetzt ehrlich bekennen können ›besch … eiden‹. Sie hätte sagen können: »Schlecht.« Aber was ändert das schon. Die Antipowa antwortete:

»Danke.« Sie bedankte sich für die Aufmerksamkeit.

»In welcher Beziehung stehen Sie zu Kasanzew?« fragte der Komponist unvermittelt.

Kasanzew war ein General der Musiker, er beherrschte die ganze moderne Musikszene des Landes.

»In gar keiner«, sagte die Antipowa. Sie tanzte zur Musik von Tschaikowski und Bizet. Über die herrschte Kasanzew nicht.

»Also in guter Beziehung?«

Der Komponist dachte: Keine Beziehungen sind keine schlechten Beziehungen. Und keine schlechten Beziehungen sind gute Beziehungen.

»Worum geht es denn?« fragte die Antipowa erstaunt.

»Er kommt heute zu uns zu Besuch. Mit seiner Frau. Um sechs Uhr. Kommen Sie doch auch.«

»Und wozu?« wunderte sich die Antipowa.

»Wir sitzen ein Weilchen beisammen. Trinken ein bißchen Cognac.«

Von dem ›bißchen Cognac‹ hätte sie den ganzen nächsten Tag lang Kopfschmerzen. Der Tag wäre im Eimer. Für zwei Stunden des zweifelhaften Vergnügens, einen Abend mit zwei Ehepaaren zu verbringen, ginge ihr ein ganzer Urlaubstag verloren. Die Antipowa hatte eine Gesetzmäßigkeit herausgefunden: Für alles muß man bezahlen. Für den Rausch mit dem Kater, für die gute Figur mit Kinderlosigkeit, für das Ballerinendasein mit dem frühen Ausrangiertsein. Und es war noch fraglich, ob der Preis, den man zahlte, nicht zu hoch war, ob man nicht vielleicht sogar übers Ohr gehauen würde.

»Ich hole sie ab«, versprach der Komponist. »Welche Zimmernummer haben Sie?«

»Sechzehn«, antwortete die Antipowa, halb in die Luft. Sie wollte nicht durch ihr Wort, durch eine Erwartung gebunden sein. Ihre Seele lechzte nach Freiheit und Stille, wie bei Lermontow. Auf ihrem Nachttisch neben dem Bett lag Nikolaj Gogol, den sie seit der Schulzeit nicht mehr gelesen hatte. Es wäre gut, die ganze Klassik noch einmal zu lesen. Wann soll man denn lesen, wenn nicht als Pensionärin?

Die Antipowa konstatierte still für sich, daß sie nicht zu diesem unnötigen Besuch gehen würde. Aber um fünf Uhr, eine Stunde vor dem Ereignis, überlegte sie es sich plötzlich anders. Sie wollte etwas, noch etwas mehr als Einsamkeit, Bücher und das Meer. Sie wollte sich schminken und das gewagte rückenfreie Kleid, mit der Schleife um die Taille, anziehen. Sie wollte wo hingehen – egal wohin –, mit jemandem beisammensitzen – egal mit wem –, ein bißchen was trinken, sich treiben lassen und leere Reden hören. Es war unwichtig, wer redete und über was geredet wurde. Wichtig war, daß sie nicht allein war und daß das Leben weiterging. Das war doch besser, als sich aufzuhängen oder zum zweitausendsten Male die erlittenen Kränkungen wieder in sich aufzukochen, deren Geschmack an beißende Seife erinnerte.

Die Antipowa ging zum Spiegel. Der Meerwind hatte ihr Gesicht über den Backenknochen gestrafft, die Sonne ihren Teint vergoldet. Sie sah aus wie siebenundzwanzig, und wenn man nicht wußte, daß sie schon pensioniert war, wäre einem so was nie in den Sinn gekommen. Hauptsache, nichts erklären. Nur die, die sich schuldig fühlen, geben Erklärungen ab. Und woran war sie schuld? Daß sie siebenunddreißig war? Es würde noch dicker kommen. Sie würde fünfzig werden. Und sechzig. Na und? Das Alter sind die Früchte des Lebens.

Die Antipowa schaute sich im Spiegel an, und stellte sich vor, wie die Ehemänner innerlich zusammenbrechen würden und die Ehefrauen ächzen würden. In diesem Moment klopfte es.

Die Antipowa riß die Tür abrupt sperrangelweit auf und stand in solch furchteinflößender Schönheit vor ihm, daß der Komponist zurückprallte, als hätte man ihn mit Autoscheinwerfern angestrahlt.

Darum zog er die Stirn in Falten und sagte:

»Wissen Sie, es wird leider nichts daraus ... Sie sind mit ihrer ganzen Clique gekommen ...«

»Ja, und?« sagte die Antipowa. Sie verstand nicht.

Der Komponist schwieg gequält.

»Nicht genug Platz zum Hinsetzen?« sagte die Antipowa ihm schließlich vor.

»Ja, ja, genau ... Nicht genug Platz zum Setzen«, sagte der Komponist plötzlich wieder lebhaft.

Das hieß also, man ließ die Antipowa nicht herein, weil alle Sitzplätze belegt waren, wie im Flugzeug. Aber sie begriff sehr wohl: Darum ging es nicht. Freie Plätze gab es bestimmt. Zur Not kann man sich auch auf ein Fensterbrett oder auf den Boden setzen. Dann wäre es zwar eng, aber niemand wäre deshalb beleidigt. Die Sache lag anders: Kasanzew war mit seiner Frau gekommen. Und zwar ohne Clique. Der Komponist hatte freudig verkündet: ›Ich hab noch unsere Nachbarin eingeladen. Eine Ballerina. Eine sehr nette Frau.‹

›Ach, wissen Sie was, lassen Sie uns doch unter uns bleiben‹, hatte dann Kasanzews Frau gebeten, eine Dame im zweiten Stadium der Herzverfettung. ›Wir sind die vielen Menschen so leid. Was, zum Teufel, brauchen wir fremde Leute?‹

Kasanzew hatte geschwiegen, und dieses Schweigen war wie eine Resolution: ›Weg mit ihr.‹

Der Komponist hatte sich getrollt wie ein schuldbewußter Hund und stand jetzt da und log. Überhaupt war der Komponist ein komischer Kauz, wenn auch ein hübscher. Die Energie des Talents ging wie in heißen Wellen von seinem Gesicht aus. Aber jetzt, im gegebenen Moment, strahlte er nur Demütigung aus, wie ein schuldbewußter Hund. Und genau wie einem Hund hätte sie ihm gern einen Fußtritt verpaßt.

Die Antipowa schloß die Tür und grenzte sich so von der Lüge ab.

›Mistkerle‹, dachte sie. ›Diese Bourgeois...‹

Wenn sie noch in Amt und Würden gewesen wäre oder ihr Ehemann hinter ihr gestanden hätte, hätte man nicht gewagt, so mit ihr umzugehen. Sie kam sich vor wie eine Kiste, die man auf den Müll geworfen hatte, ungeachtet ihrer schönen, grellbunten Etiketten.

Die Antipowa wußte nicht, was sie jetzt mit ihrem schönen Kleid und ihrem gut geschminkten Gesicht anfangen sollte. Dann trug sie das Ganze in den Speisesaal des Erholungsheims. Es war schon fast Abendessenszeit.

Im Speisesaal drängten sich viele Augenpaare ihr entgegen, es flogen verschieden geladene Teilchen durch den Raum. Wie Staubteilchen schwebten sie in der Luft, Strahlen mit Neidpartikeln, mit Entzückenspartikeln, Strahlen voller Begehren, neutraler Neugier, Neugier mit positivem Vorzeichen und Neugier mit einem Fragezeichen. Die Antipowa fühlte sie auf ihrer Haut wie Spritzer einer Kreislaufdusche, die belebt und anregt. Sie war eine Ballerina und daran gewöhnt zu bezaubern.

Das Essen war wie immer. Zu Gast bei dem Komponisten hätte es bestimmt etwas Besseres gegeben.

Die Antipowa ging aus dem Speisesaal und sah den Komponisten sofort. Anscheinend hatte er sie abgepaßt. Vielleicht hatte er inzwischen im Nachbarzimmer noch einen Stuhl ergattert und für sie einen Sitzplatz organisiert. Und jetzt war er hinuntergegangen und wartete auf sie. Aber der Komponist stand nur da und schaute sie mit ungewöhnlichem Gesichtsausdruck an.

»Na? Haben Sie ein bißchen Cognac getrunken?« fragte die Antipowa leichthin.

»Tja…, der Schluck ist mir im Halse steckengeblieben«, bekannte der Komponist. »Aber wer konnte auch ahnen, daß sie ihre ganze Clique mitbringen würden…«

Also war er noch mal gekommen, um ihr zu sagen, daß für sie kein Platz an der Ehrentafel war.

»Jetzt hören Sie doch auf zu lügen«, sagte die Antipowa ruhig. »Es gab überhaupt keine Clique.«

Die Augen des Komponisten öffneten sich in mystischem Schrecken, als hätte er ein Gespenst gesehen.

»Soll ich Ihnen sagen, wie es war?« schlug die Antipowa vor. »Kasanzew kam mit seiner Frau. Zu zweit. Und sagte: ›Wir wollen ganz unter uns bleiben. Was, zum Teufel, brauchen wir fremde Leute.‹«

»›Was, zum Teufel, brauchen wir fremde Leute‹ hat er nicht gesagt. Nur ›wir wollen ganz unter uns bleiben‹.«

Sie schwiegen einen Moment. Die Antipowa schluckte zum dritten Mal die Demütigung.

»Was hätte ich machen können?« fragte der Komponist.

»Mich nicht einladen. Oder auf der Einladung bestehen – sofern sie ein Mann sind, versteht sich.«

Der Komponist verstand, daß sie recht hatte, aber er wollte Mitgefühl, Vergebung, wie ein dummer Junge. Oder besser gesagt, wie ein gealterter dummer Junge.

»Sie sind eine grausame Frau«, kokettierte er vorwurfsvoll.

»Wieso soll ich Sie bedauern?«

Die Antipowa ließ den Komponisten wie einen Gegenstand stehen und fuhr mit dem Aufzug zu ihrer Etage hinauf.

Neben dem Aufzug stand die Frau des Komponisten, in einer weißen festlichen Bluse mit großem rundem Kragen. Ihr Hals war kurz, fast fehlte er ganz, und ihr Kopf lag auf dem Kragen, wie eine Melone auf einem Teller. Sie stürzte sich sofort auf die Antipowa und sah ihr naiv in die Augen; sie schien geradezu durch die Pupillen in die Antipowa hineinfließen zu wollen.

»Ach, was für nette Leute doch diese Kasanzews sind. So einfach. Was für eine Familie… So was gibt es heutzutage ja fast gar nicht mehr. Rundherum läßt sich alles scheiden, jeder läßt jeden im Stich, nichts ist mehr heilig. Wie vor dem Weltuntergang. Aber die Kasanzews…«

Die Frau des Komponisten runzelte die Stirn, als täten ihr die Wohltäter Kasanzew eine süße Qual an.

»Es hat ihnen bei uns so gefallen. Wissen Sie, ich nehme von zu Hause immer eine Blumenvase mit und Servietten. Ich decke den Tisch festlich, stelle hier und da was Hübsches hin – das sieht doch gleich ganz anders aus...«

Die Antipowa hörte geduldig zu, und ihr wurde klar: Es ging nicht um Servietten und Vasen. Die Sache war die, daß *die Macht* zu Besuch gekommen war. Sie war gekommen und hatte gesagt: ›Wir sind auf eurer Seite und ihr auf unserer.‹ Sie hatten sich die Hände gereicht und sich zu einem freundschaftlichen Reigen zusammengeschlossen. Sie, die Antipowa, gehörte nicht dazu. Aber wozu mußten sie ihr das die ganze Zeit unter die Nase reiben?

»Gute Nacht«, verabschiedete sich die Antipowa und ging auf ihr Zimmer. Sie schloß von innen ab. Fehlte bloß noch, daß jetzt der angetrunkene Kasanzew erscheinen würde, und ihr sagte, daß sie sie, zum Teufel noch mal, nicht bräuchten.

Nur eins war merkwürdig: Wieso saßen sie nicht bei Tisch, Schulter an Schulter, tranken Cognac und sangen die frühen Lieder des Komponisten? Wieso rannten sie statt dessen auf dem Flur umher und lauerten der Antipowa an allen Ecken auf?

Sie waren gar nicht gekommen... dämmerte es der Antipowa. Sie begriff das intuitiv. Das geht tiefer als jedes Faktenwissen. Sie waren überhaupt nicht gekommen. Die Macht hatte sich danebenbenommen. Die Macht hatte gesagt: ›Wir kommen auch ohne euch aus. Was, zum Teufel, brauchen wir fremde Leute.‹ Und jetzt befürchteten der Komponist und seine Frau, daß das durchsickern könnte, daß es allgemein bekannt würde. Alle würden wissen, daß es mit dem Komponisten zu Ende ginge, daß er nicht in einer Krise steckte, sondern wirklich am Ende war. Es gab ihn nicht mehr. Er hatte existiert, und jetzt gab es ihn nicht mehr. Er konnte in Pension gehen. In den verdienten Ruhestand treten.

Die Antipowa erinnerte sich an die zudringliche ›Aufrichtigkeit‹ der Frau des Komponisten. An was für einem Abgrund mußte man stehen, um sich so vor einer völlig fremden Ex-Ballerina aufzuführen. Sie wurden von der Angst gequält: »Was wird jetzt?« Die Antipowa kannte diese Angst. Von ihr stehen einem die Haare zu Berge. Sie hatte plötzlich Lust, in die Bar hinunterzugehen, eine Flasche Wodka zu kaufen und zu dem Komponisten und seiner Frau zu sagen: »Kommt, laßt uns was trinken! Sitzen wir ein bißchen beisammen, ganz unter uns, ohne fremde Leute.«

Und wirklich: Was hat denn ein Künstler mit der Macht zu tun? Selbst wenn dieser Kasanzew ein höchst anständiger Familienvater war. Die Antipowa erinnerte sich an sein Gesicht, das einmal über die Mattscheibe geflimmert war. Kasanzew hatte ein Doppelkinn. Aber das war nicht von Fett ausgefüllt, sondern hing herunter – ein leerer Hautsack, wie bei einem Truthahn. Und wenn Kasanzew temperamentvoll seine Reden herausbrüllte, wackelte sein Gesicht, die Haare flogen hin und her, und der Hautsack schlenkerte nach allen Seiten.

Der Erfolg hält die Menschen zusammen, nicht die Niederlagen. Die Niederlagen treiben die Menschen in die Isolation. Den Kasanzews stand der Sinn nicht nach Besuch. Die Macht wackelte unter ihren Füßen, wie die Erde bei einem Erdbeben. Man weiß nicht, von woher etwas auf einen fallen und einen zermalmen kann. Der Mensch kann sich seine Epoche nicht aussuchen, die Epoche sucht sich den Menschen aus. Was kann man dafür, daß man in seiner Epoche gelebt hat und so gelebt hat wie alle anderen?

Das Jahr 1989 kränkte Kasanzew. Kasanzew kränkte den Komponisten. Und der Komponist wiederum die Antipowa. Gut, daß diese Kette bei ihr endete. Sie hatte niemanden, den sie hätte kränken können.

Draußen vor dem Fenster atmete das Meer. Die Antipowa stellte sich vor, daß das Meer ein gigantischer Suppenteller voller Kummer war. Jeder steht mit seiner Kelle davor, löffelt und schluckt. Niemand schiebt den anderen weg. Der Platz reicht für alle. Und auch der Kummer reicht für alle. Der Suppenteller ist groß. An der Seite, wo Schweden liegt, stehen die Schweden. An der Seite von Finnland die Finnen. Und an unserer Seite stehen wir. Die Antipowa und die Kasanzews. Und niemand ist dem anderen fremd.

Die Antipowa nahm ihre Jacke und ging an den Strand. Was war schon passiert? Sie hatte doch sowieso nicht zu ihnen zu Besuch gehen wollen, und sie war nicht gegangen. Wie hatte alles angefangen? Ein Komponist hatte sie eingeladen. Warum hatte er sie eingeladen? Er hatte sie am Strand gesehen. Er hatte ihren *Rücken* gesehen. Sie hatte einen schönen Rücken. Und einen leichten Schritt.

Die Antipowa ging zum Wasser und hob das Bein nach der Seite im rechten Winkel an. Es klappte wunderbar. Sie stieß sich mit dem Fuß in der Luft ab und drehte sich langsam um ihre eigene Achse. Eine große, schwere Möwe flog ans Ufer und schaute die Antipowa erstaunt an.

Weit draußen auf dem Meer schwamm ein Schiff auf dem tiefen Wasser, und der Kapitän betrachtete durch das Fernrohr den Strand und die sich lautlos bewegende Ballerina.

Die Sonne ging unter, sie verabschiedete sich von dieser Seite der Erde, vom Meer und dem Kummer, von den Vögeln und den Menschen, von einem gelebten Tag. Ein abstraktes Gemälde stand am Himmel – ganz in rosa- und himbeerrot. Es war so schön, es herrschte eine so erfüllte Stille, wie es immer vor einem Abschied ist.

Deutsch von Angelika Schneider

Pascha und Pawluscha

Pascha war glatzköpfig, sein Kopf glich einer Melone. Doch Schönheit ist für einen Mann allenfalls in Spanien von Bedeutung, in mittleren Breiten schätzt man andere Eigenschaften. Diese anderen waren bei Pascha nicht zu übersehen, schon auf den ersten Blick wurde einem klar, daß man einen guten Menschen vor sich hatte.

Heutzutage sagt man oft: Ein guter Mensch ist noch lange kein Beruf. Außerdem ist die Auffassung verbreitet, ›gut‹ sei im Grunde nur ein Synonym für mittelmäßig, unscheinbar, denn erst die Widersprüche seien es, die eine komplizierte Persönlichkeit ausmachen, in der schwindelerregende Höhen mit Abgründen vermengt sein müssen, alle möglichen Höhen mit allen möglichen Tiefen. Bei Pascha fanden sich weder Tiefen noch Abgründe. Er hatte ein Pädagogikstudium an der ›Defak‹, einer Hochschule für Behinderten-Pädagogik absolviert. Da es behinderte Kinder nun mal gibt, muß es für sie auch Schulen und Pädagogen geben.

Das Gehalt der dort Beschäftigten war höher als in den Normalschulen. Zwanzig Prozent Zuschlag. Doch Pascha arbeitete nicht wegen der Vergünstigungen in der Hilfsschule. Er liebte diese Kinder, fühlte eine innere Verwandtschaft zu ihnen. Unverfälscht, naturnah wie Tierchen, drückten sie offen ihre Gefühle aus. Sie traten an

Pascha heran, streichelten seine Hand, sein Gesicht und sagten: »Du bist gut.« Was sie dachten, sagten sie auch. Ihre Vertrauensseligkeit war grenzenlos, es kam ihnen gar nicht in den Sinn, daß man sie kränken oder hintergehen könne. Wenn man sie dennoch verletzte und betrog, reagierten sie stürmisch, protestierten mit Schreien und Tränen. Doch sie vergaßen sehr rasch. Ihre Gefühlsregulierung funktionierte irgendwie nicht. Eben noch in Tränen aufgelöst, hatten sie im nächsten Augenblick schon alles vergessen, nur eine Träne haftete noch an der Wange.

Pascha brachte ihnen die simpelsten Dinge bei: etwa wie man eine Kopeke von einem Knopf unterscheidet, wozu die Kopeke und wozu der Knopf da ist und wie man sie im Leben gebraucht. Er brachte es fertig, Kinder, die als schwergeschädigt galten, als vollkommen angepaßte Menschen ins Leben einzugliedern. Die Jungen dienten sogar in der Armee, die Mädchen arbeiteten in der Textilindustrie. Eine von ihnen, Walja Tjurina, mauserte sich zu einer stillen, fleißigen Bestarbeiterin. Man wollte sie sogar zur Abgeordneten machen, doch nach der Durchsicht ihrer Papiere ließ man davon ab.

Pascha holte das Letzte aus den Kindern heraus. Überließ nichts sich selbst. Anders ging es nicht. In einer Normalschule genügt es, den Kindern einen Anstoß zu geben, so wie man eine Maschine ankurbelt, damit sie läuft. Bei diesen Schülern dagegen würde auf diese Art gar nichts laufen. Ihr inneres Schwungrad würde stehenbleiben.

Als Pascha im Jahre siebzig seine Tätigkeit aufgenommen hatte, gab es in der Einrichtung ganze fünfzehn Schüler, doch schon zehn Jahre später waren es hundert. Der

Prozentsatz an kranken Kindern wuchs. Dafür gab es mehrere Gründe: schlechtes Erbgut, alte Väter, vor allem aber der Alkoholismus. Solche ›Schnapskinder‹, wie man sie nannte, wuchsen heran, heirateten und setzten ihrerseits behinderte Sprößlinge in die Welt. In der Schule lernten bereits die Kinder dieser Kinder. Die zweite Generation.

Pascha war mit seinen Schülern verwachsen und schaltete sie niemals völlig aus seinem Bewußtsein aus. Was auch immer in seinem Leben ablief – Theaterbesuche, Tischrunden, Rendezvous –, sie waren gegenwärtig. Nicht daß er unverwandt an sie dachte – sie waren in ihm. Wie ein schlecht schließendes Fenster im Haus: ständig entweicht die Luft, es zieht. Eben daran lag es wohl auch, daß Pascha nie lauthals lachte, niemals aus dem vollen schöpfte. Es war, als ob er sich von der Tafel des Lebens immer nur ein Bröckchen nimmt, es eine Weile hält, daran schnuppert und es zurücklegt. Kein Appetit.

Pascha lebte in einer Gemeinschaftswohnung im Stadtzentrum. Seine Mutter hatte sie von ihrem Betrieb erhalten, noch vor dem Kriege. Sie bestand aus einem einzigen, allerdings riesigen Zimmer, achtundvierzig Quadratmeter maß es und hatte drei Fenster – heutzutage hätte man eine Dreizimmerwohnung daraus gemacht. Einst hatten sie zu viert darin gewohnt: der Vater, die Mutter, die ältere Schwester und Pascha. Als Junge war er mit dem Fahrrad um den Tisch herum gekurvt. Dann war die Schwester herangewachsen, sie heiratete und erwarb eine Genossenschaftswohnung in Jasenewo. Die Mutter starb. Sie war lange bettlägerig gewesen, hatte schon nicht mehr leben wollen, als dann aber ihre Stunde kam, stellte sich heraus, daß sie sehr am Leben hing. Den Vater hatte die Schwester zu sich genommen, und so war Pascha in dem großen, öden Zimmer allein geblieben. Die Wohnung lag in der obersten Etage, das Dach war undicht, an der Decke prangte ständig ein großer, unschöner Fleck.

Die Mitbewohner wechselten ein paarmal. Von den alten blieb nur die Kraschenaja, mit der die Mutter nicht gut zurechtgekommen war. Die Kraschenaja war um die achtzig und Pascha um die vierzig. Die Zeit verfliegt.

Pascha war unverheiratet. Ihm gefielen schöne, kecke Mädchen, doch denen gefielen andere Männer. Diese anderen wohnten in keiner Gemeinschaftswohnung, arbeiteten nicht in einer Hilfsschule und waren auch sonst das genaue Gegenteil von Pascha, dem Seelsorger dahindämmernder Seelen. Den schönen und selbstbewußten Mädchen gefielen solche wie Pawluscha.

Pascha und Pawluscha waren seit der sechsten Klasse miteinander befreundet, seit ihrem dreizehnten Lebensjahr, beide hießen Pawel, und um sie nicht zu verwechseln, rief man den einen Pascha und den anderen Pawluscha. Dabei blieb es dann auch später. Pawluscha war ein schönes Kind, dann ein schöner Bursche und schließlich ein schöner Mann. Er hatte schwarzes, wirres Haar wie ein Sizilianer, leuchtend blaue Augen und kurze, wie abgesägte Zähne. Im allgemeinen sind solche Zähne nicht schön. Bei Pawluscha aber wirkte dieser Makel vorteilhaft, weil er seiner Erscheinung einen Schimmer Kindlichkeit verlieh. Man sah ihm alles nach. Was konnte man schon von ihm verlangen? Ein großes Kind.

Sie waren ein Herz und eine Seele. Pascha hatte das, was Pawluscha nicht hatte, und umgekehrt. Sie ergänzten einander wie die Süße und die Säure in einem Antonowapfel. Zwar bewarben sie sich nach der Schulzeit gemeinsam am Pädagogischen Institut, doch aus ganz verschiedenen Gründen. Pascha wollte wirklich Pädagoge werden, Pawluscha dagegen liebte Kinder nicht, er nannte sie ›Kroppzeug‹. Nicht daß er sie überhaupt nicht ausstehen konnte, es mochte sie ruhig geben, nur stören sollten sie ihn nicht. Die eigenen Kinder beachtete er kaum, fremde demnach noch weniger und geistig Zurückgebliebene schon gar nicht. Er brauchte einfach ein Diplom, das ihm Hochschulbildung bescheinigte, später war es dann egal, ob er Kürschner oder auch Aufzugsführer wurde. Es ist etwas ganz anderes, Fahrstuhlführer mit Hochschulbildung zu sein, als einfach Fahrstuhlführer. Ein Liftboy mit Bildung gilt als Rebell, ein einfacher Liftboy dagegen als Ausgesonderter wie etwa ein Rentner oder Hilfsschulabsolvent.

Nach dem Studium ging Pawluscha zum Autoservice. Er werkelte gern an Motoren und liebte außerdem das Geld. Nicht an sich, sondern das, was man dafür einheimsen konnte: schöne Kleidung, Technik, Frauen, Geselligkeit. Pawluscha genoß den Umgang mit angesehenen, prominenten Leuten, mit Komponisten, Kosmonauten. Sie umgab so etwas wie ein Dunstschleier der Exklusivität, in ihrer Nähe geriet auch er in diesen Bannkreis, der Hauch des Besonderen streifte sein Gesicht mit belebender Frische. Selbstredend gab er mit seinen Bekannten an und nannte sie sowohl in deren Anwesenheit als auch in deren Abwesenheit ›Aljoscha‹ und ›Kescha‹. Besagte Aljoschas und Keschas pflegten ihrerseits zwar Umgang mit Pawlu-scha, taten dies aber nur auf dem Territorium des Autoservice. Außerhalb dieses Bereiches funktionierte diese Freundschaft nicht. Nicht weil Pawluscha ihnen nicht paßte, sondern einfach darum, weil wirkliche Freundschaften sich in einem bestimmten Alter herausbilden, in den Schul- und Studentenjahren. Danach verhärtet sich etwas im Menschen, wird unnachgiebig. Neue Bindungen kommen nur noch selten und nur sehr mühsam zustande. Es ist wie im Antiquariat: Nur das weit Zurückliegende wird geschätzt.

Pawluscha hatte die Figur eines Modellathleten.

›Sport, Busineß und Sex‹ lautet die Lebensdevise des Durchschnittsamerikaners. Pawluscha bekannte sich zu diesen Prinzipien in allen Punkten. Zwischen achtzehn und sechsunddreißig wechselte er die Frauen dreimal – jeweils nach sechs Jahren. Er hatte seine Theorie, die die Praxis zu bestätigen schien: die Liebe reicht für höchstens sechs Jahre, dann versiegt sie wie das Wasser in einem Bewässerungsgraben. Die Moslems hatten dieses Spezifikum erkannt, und nach ihren Gesetzen kann sich der Mann nach sechs Jahren eine neue Frau kaufen, wobei er die vorige, genannt ›Erstfrau‹, bei sich behält. Neben der Liebe existiert ja auch noch der Alltag, und es wäre gemein, sich der nicht mehr geliebten Gefährtin zu entledigen wie eines abgetragenen Schuhs. Pawluscha indes erfüllte nur einen Teil des muselmanischen Brauchs: er wechselte die Frauen, während er die verflossenen der Willkür des Schicksals aussetzte. Sie wiederum verfluchten ihn, beschworen die schlimmsten Verwünschungen auf sein lockiges Haupt. Doch diese prallten daran ab wie ein Tennisball an einer Wand. Pawluscha genoß seine neue Liebe, an die vergangene verschwendete er keinen Gedanken.

Im Autoservice arbeitete er sich hoch und leitete schließlich eine ›Firma‹, wie er die unansehnliche Bude nannte, gelegen in einer gottverlassenen Gegend an der Stadtausfahrt. Die Aljoschas und Keschas aber ließen ihn nicht im Stich, es waren ihrer sogar mehr geworden, als ihm lieb war. Er bewirtete sie in seinem Büro mit Kaffee und teurem Cognac, erlaubte ihnen, in seinem Sessel zu sitzen, sein Telefon zu benutzen. Geld nahm er von ihnen nicht an. Als Geschäftsmann liebte er die Künstler. Indem er ihnen zeitraubende Wege ersparte, sie vor Streß und Ausgaben bewahrte, diente er der hohen Kunst und fühlte sich demzufolge auch selbst ein wenig als Künstler.

Seine Frauen gebaren ihm je ein Kind. Er hatte drei gesunde, hübsche Sprößlinge, fünf, zehn und fünfzehn Jahre alt. Seinem Freund Pascha hatte er nicht nur die Frauen, die Kinder und das Glück voraus; sein größtes Glück bestand darin, daß seine Mutter Taissija Leonidowna, kurz Tassja genannt, noch lebte.

Vor dem Krieg und auch noch in der Nachkriegszeit war sie eine schöne, katzenhafte Frau gewesen – mit dreieckigem Lärvchen und großen Luchsaugen. Sie wurde von ihrem Mann und allen, die sie umgaben, vergöttert, und so war es kein Wunder, daß sie auch die entsprechenden Allüren annahm. Als ihre Schönheit dahinschwand und von Vergötterung keine Rede mehr war, blieben nur noch ihre Allüren.

Pawluschas Vater starb ziemlich früh, mit sechzig, und das hätte nicht passieren müssen. Er erlitt nachts einen Infarkt, wagte es aber nicht, seine Frau zu wecken, sie zu ›behelligen‹. Er nahm sich vor, bis zum Morgen durchzuhalten, schaffte es aber nicht. Tassja wurde von seinem Röcheln wach, sah, daß er in den letzten Zügen lag, und schrie auf: »Häschen, wo willst du hin…?«

›Häschen‹ drohte ihr mit dem Finger, als wollte er sagen: Leise, du weckst die Nachbarn… Er war ein selten taktvoller Mensch.

Als ihr ›Häschen‹ nicht mehr war, saß Tassja auf dem trockenen. Sie hatte nichts Eigenes vorzuweisen – ein Leben lang war sie eine professionelle Schönheit gewesen. Die Enkel wuchsen fern von ihr auf, es gab nichts, was sie vom Alter ablenken konnte. Nur Pawluscha war ihr geblieben, und er wurde ihr ein und alles. Ihre unverbrauchten Kräfte konzentrierte sie auf den Sohn und verlangte von ihm das gleiche zurück. Pawluscha nannte das ›Terror aus Liebe‹. Über jeden Schritt mußte er Rechenschaft ablegen, durfte keine heimlichen Freunde haben, keine eigenen Gedanken. Seine jeweiligen Frauen passierten Tassjas rauhen, vielschichtigen Prüffilter und fielen letzten Endes allesamt durch. In ihren Augen hätte nur eine Frau Gnade gefunden, die ihr Sohn nicht geliebt hätte. In diesem Fall hätte seine ganze Liebe ihr, Tassja, gehört. Sie wollte ihn ungeteilt besitzen und ihn gleichzeitig glücklich sehen, wollte das Unvereinbare miteinander vereinbaren.

Seine erste Scheidung verlief qualvoll für ihn, er zog sich gar eine neurotisch bedingte Hautkrankheit zu. Die zweite Scheidung war schon leichter und die dritte geradezu ein Kinderspiel. Was sich allzuoft wiederholt, wird zur Gewohnheit. Pawluscha entschied für sich, nie mehr zu heiraten, da er so etwas wie eine Gesetzmäßigkeit entdeckt zu haben glaubte: Einem Flugzeug gleich gewinnt die Liebe an Höhe, zieht dort, vom Autopiloten gelenkt, eine Zeitlang seine Bahn, doch dann, unmerklich zunächst, gibt es den ersten Defekt – der Aeroplan der Liebe verliert an Höhe, kommt ins Trudeln … Dann Explosion, Feuer, ausgebrannte Seelen.

Mit sechsunddreißig waren Pascha und Pawluscha also mithin Junggesellen. Paschas Boden war bereitet – fruchtbar harrte er des Saatkorns, Pawluschas Herz dagegen glich einem verbrannten, öden Feld, übersät mit Erinnerungsbruchstücken, Alimenten, flüchtigen Bekanntschaften … Die Mutter alterte, trocknete an Seele und Körper aus, nur ihre Liebe zum Sohn blieb lebendig und immergrün.

Doch zurück zu Pascha.

Wenden wir uns ihm an einem gewöhnlichen sonnigen Junitag zu. Sein Freund Pawluscha saß an diesem Tag in Sotschi in einem Hotel mit dem schönen Namen ›Kamelie‹. Über Sommer hielt er sich gern am Meer auf – überall im ganzen Land hatte er seine Beziehungen. Während Pawluscha also die See genoß, geriet sich Pascha gerade mit der Schuldirektorin Alewtina Warfolomejewna Panasjuk in die Wolle. Die Lehrer nannten sie Panasjutschka. Alewtina erzählte gern, ihr Vater sei Franzose gewesen, er habe Bartolomé geheißen; Warfolomej sei die russische Version dieses Namens. Pascha glaubte nicht so recht daran, er bezweifelte sogar, daß der Gute jemals von der Existenz einer solchen Nation auf Erden gehört hatte.

Alewtina hatte breite, zobelfellähnliche Brauen, und wie ein Zobel hielt sie mit wachsamem, lauerndem Blick Ausschau nach Beute. Auch in Pascha hätte sie sich gern gekrallt, sie streckte sogar schon ihre Pfötchen nach ihm aus, er aber war auf der Hut und ließ sich nicht schnappen, worauf sie so tat, als wäre nichts gewesen, als hätte er sich all dies nur eingebildet. Alewtina war selbstgefällig und nicht eben dumm. Überhaupt hätte Pascha sich mit dieser Direktorin zufrieden gegeben, hätte sie nicht die lästige Angewohnheit gehabt, dauernd privaten Dingen nachzujagen, die nichts mit der Schule zu tun hatten. Fortwährend organisierte sie irgend etwas für ihre Familie und ihre Freunde, rief ihretwegen an, verabredete sich, verschwand. Die Kinder, die ihr von der Gesellschaft anvertraut waren, kamen nicht selten in ein Haus ohne Hausherrn, und wären Pascha und einige seiner Kollegen nicht gewesen, wäre dort rundum schon alles mit Kletten und Unkraut überwuchert wie in einem vernachlässigten Garten. Die Schule wurde von Kindern mit Elternhaus, aber auch von Heimkindern besucht. Früher waren die einen nach dem Unterricht ins elterliche Haus zurückgekehrt, die anderen in die staatliche Einrichtung, einst Waisenhaus genannt. In einem waren sie sich gleich: Sie kamen und gingen wieder. In letzter Zeit aber hatte das Kinderheim seine Zöglinge vollkommen in die Schule umquartiert, die ein Hilfsschulinternat wurde. Jetzt wurden sie in der ersten Tageshälfte in der einen Abteilung unterrichtet und wechselten dann in die andere über. Dort standen ihre

Betten, befand sich ihr Speisesaal. Nun verließen sie die Schule weder an Feiertagen noch in den Ferien. Der Unterschied zwischen den Haus- und Heimkindern trat kraß zutage. Ungerechtigkeit und Leid wurden offenbar, die Kinder spürten es selbst durch die Scheidewand ihres verringerten Intellekts hindurch.

Pascha forderte von der Panasjutschka, die frühere Ordnung wieder herzustellen. Diese erklärte, sie habe die neue nicht eingeführt und es sei nicht ihre Sache, sie zu ändern. Dabei wählte sie eine Telefonnummer und erbat von irgendeinem Wolodja fünfzig Büchsen Rindfleisch. Die Datschasaison hatte begonnen.

Pascha hatte es sich zur Regel gemacht, Neujahr zusammen mit den Internatskindern zu feiern. Lange vorher begannen sie im Werkunterricht, Tannenbaumschmuck zu basteln, mit dem sie dann das Bäumchen behängten. So verging die Zeit rasch und in freudiger Stimmung.

An dem Tag, von dem die Rede ist, hatte die Panasjutschka in der dritten Klasse den Literaturunterricht abgesetzt und die Kinder hinausgescheucht, um das Gelände zu säubern.

Als Pascha seinen Unterricht antreten wollte, fand er die Kinder im Hof vor. Sie trugen gerade alles mögliche Gerümpel auf einen Haufen zusammen.

Pascha schaute zur Panasjutschka herein und fragte, warum sie den Literaturunterricht abgesetzt habe. Die Panasjutschka gab zur Antwort, daß der Lesestoff die Kinder ohnehin nicht zu geistig vollwertigen Menschen mache, mochten sie also lieber frische Luft schöpfen. Pascha bemerkte daraufhin, daß es hier nicht um die Kinder ginge, sondern um die Lehrkräfte. Die seien Gott sei Dank nicht geschädigt und müßten ihre Arbeit in Übereinstimmung mit dem Lehrplan, ihren Pflichten und ihrem Berufsethos verrichten. Die Panasjutschka hörte ihn aufmerksam an und entgegnete, eine derartige Haarspalterei und demagogische Krittelei sei typisch für Rentner, die über zuviel Freizeit verfügen. Wäre Pascha ein General, das heißt, besäße er die Lebensphilosophie eines Generals, würde er Kleinigkeiten dieser Art nicht eine solche Bedeutung beimessen. Übrigens hatte auch Alewtina einen ›inneren General‹ in Gestalt ihrer Tochter, einem hübschen, unverschämten Ding.

Alewtina setzte also ihren Monolog fort und wählte dabei eine Telefonnummer. Pascha wartete nicht erst ab, bis der Angerufene sich meldete und sie ihre Bitten äußerte. Er machte kehrt und verließ das Arbeitszimmer türknallend, wobei er in diesen Knall all seinen Protest gegen das ›Panasjutschkentum‹ legte. Alewtina war die offenkundige Schluderei nicht nur nicht peinlich, sie trumpfte sogar noch auf, so wie manche Trinker damit auftrumpfen, wieviel sie inhaliert haben. Bereitwillig verbreiten sie sich darüber, was sie alles geschluckt haben und mit wem sie sich obendrein auch noch gerauft haben. Was im Grunde beschämen müßte und besser verschwiegen würde, wird als großer Lebensstil gepriesen. Und nachher werden die ›Schnapskinder‹ geboren. Das ›Panasjutschkentum‹ ist vielgestaltig...

Pascha schlug die Tür so heftig zu, daß an der Decke ein Stück Putz von der Größe eines Suppentellers abplatzte und herausbrach. Nun verunzierte ein unregelmäßiger

Kreis die Decke, und der zerbröckelte Stuck lag auf dem Tisch der Panasjutschka. Sie fegte ihn mit dem Taschentuch herunter, bis keine Spur mehr blieb.

Pawel verließ die Schule und schlug eine unbestimmte Richtung ein. Er hätte zu seiner Schwester nach Jasenewo fahren können, doch die würde ihn ausfragen, und er müßte von der Panasjutschka und dem Panasjutschkentum erzählen und gleichsam von neuem in diese Jauche tauchen.

Wie gut, wenn man jetzt zu Pawluscha gehen könnte. Bei dem war alles einfach, dem mußte man nichts erzählen. Pawluscha würde eine Videokassette einlegen, Tassja würde ihm ein gediegenes, ausgewogenes Mittagsmahl vorsetzen... Doch Pawluscha weilte in der ›Kamelie‹ unter südlicher Sonne. Blieb nur, in die Apotheke zu gehen und sich Beruhigungspillen zu besorgen. Sie würden den Ärger und die Aufregung ausschalten. Einen Sinn hätten sie aber nur, wenn sie das Schlechte an sich ausschalten und das Erfreuliche lassen würden. Da sie aber zusammen mit der Aufregung auch die gute Stimmung bremsten, empfand man das Dasein nur noch gedämpft wie durch eine Mauer. Hinter ihr lief das Leben ab, und man selbst existierte nebenher.

Wenn einem das Herz schwer ist, muß man es mit geistigen Vitaminen stärken. Man muß sich dem Schönen öffnen und auf diese Weise ein Übergewicht des Guten gegenüber dem Bösen schaffen.

Pascha begab sich auf eine Ausstellung moderner, zeitgenössischer Maler. Während er von Bild zu Bild schritt, dachte er: Wieviel talentierte Leute es doch gibt auf unse-

rem Erdball... Seltsam, wie weit die Auffassung verbreitet ist, daß Großes in der Kunst entweder stets Vergangenheit ist oder Zukunft sein wird. Dabei wird auch das
Heute einmal gewesen sein – vom Standpunkt der Nach-
kommen aus, so wie es aus dem Blickwinkel der Vorfah-
ren das Zukünftige war. Wer weiß, vielleicht hing hier
etwas an den Wänden, was man dereinst klassisch nennen
wird...

Pascha gefielen einfache Sujets, in denen alles verständ-
lich ist. Er liebte das Schlichte. Alles Komplizierte erschien ihm als etwas nicht zu Ende Gedachtes. Das bezog
sich auf Bilder, Bücher und auf das Leben. Oft mußte er
sich anhören, daß das Leben kompliziert sei. Komplika-
tionen aber entstehen bei denen, die lügen und sich ver-
heddern. Oder bei denen, die darauf aus sind, auf fremde
Kosten zu reisen. Sobald sie spüren, daß man sie nicht
mitnehmen, daß man sie also abschütteln will, wird das
Leben kompliziert, mitunter auch unerträglich. Bei der
Panasjutschka ist alles kompliziert, weil sie eins gegen das
andere eintauscht: die Arbeit gegen eine Scheintätigkeit,
die Liebe gegen Scheinliebe. Bei Pawluschas Mutter lag
die Kompliziertheit im Alter und der Einsamkeit. Bevor
man alt wird, müßte man beizeiten überlegen, wie man es
bewerkstelligt, sich nicht an die Füße der Angehörigen zu
klammern und sie zu sich herabzuziehen. Man müßte
einen Platz für sich finden, an dem man gebraucht wird
und niemanden behindert.

Pawluschas Kompliziertheit war Folge seiner Uner-
sättlichkeit in allen Dingen. Alles fiel ihm zu: Geld,
Frauen, Sonne und Meer, so daß er es nicht fertigbrachte,

»genug« zu sagen. Setzt man dem nicht rechtzeitig ein Stoppzeichen entgegen, läuft man Gefahr, sich zu überfressen, und das ist ebenso qualvoll wie das Hungern. Hungern ist sogar nützlicher...

Pascha ging von Bild zu Bild, schaute, dachte nach. Jeder Künstler hatte seinen ›General‹. Bei dem einen sind die Liebe, die Schönheit und die Frau die Erlöser der Welt. Beim anderen der Glaube an die Unsterblichkeit des Geistes. Vom Kopf aus läßt der Maler Lichtsäulen gen Himmel steigen. Der Mensch wird als Teil des Kosmos gesehen. Ein dritter Künstler plagt sich mit der Suche nach dem Sinn des Lebens. Auf dem Bild steht ein Haus mit einer Unzahl von Fenstern. Diese stellen Spielkarten dar, demnach ist das Leben ein Spiel. Im Hintergrund des Hauses ist ein großer Primuskocher zu sehen. Das Dasein als Verbrennungsprozeß oder als Experiment. Leben heißt auf kleiner Flamme schmoren... Es lohnte sich, darüber nachzudenken. Pascha wollte sich gerade konzentrieren, doch in diesem Augenblick sah er *sie*. *Sie* schritt von Bild zu Bild, die Hände in die Taschen eines langen Pullovers versenkt. Es wimmelte von Menschen, sie aber erweckte den Eindruck, als gäbe es niemanden außer ihr. Der Rock lang, wie bei einer Chaldäerin, ein sackartiger schwarzer Pullover mit abstehenden Taschen, eine Mischung von häuslicher Bequemlichkeit und supermodern, Pascha kannte sich da nicht aus. Ein weißer Batistblusenkragen unterhalb der zart flammenden Wangen. So hätte eine dekadente Dichterin der dreißiger Jahre aussehen können: in sich ruhend, mit dem gleichen Selbstwertgefühl, der totalen Unabhängigkeit. Sie stand und ging, und neben ihr, um sie herum nahm das Schicksal oder, wie die Hindus sagen, das Karma seinen Lauf.

Später erfuhr er, daß sie Marina hieß.

Einige Worte über Marina: Sie war zweiunddreißig – ein Alter des Suchens und der Irrtümer. Einer dieser ›Irrtümer‹ hatte ihr gerade den Rücken gekehrt, genauer gesagt, er hatte sich ins Auto gesetzt und war davongefahren. Marina hatte ihn nicht sehr geschätzt. Er war für sie so etwas wie ein Kutscher, der sie von einer Station zur nächsten befördert und sie unterwegs mit Liedern und Zärtlichkeiten unterhalten hatte. Doch dann war er der Rolle des Kutschers überdrüssig geworden, hatte die Zügel losgelassen, war vom Wagen gesprungen und seines Weges gegangen, während sie ihm nachblickte. Ihr war schrecklich zumute. Er war fort, und sie stand allein auf der Straße. Rundum Wald, im Wald Wölfe, der Schneesturm tobte. Es schien, als gäbe es kein Ziel, zu dem sie unterwegs war. Nur die Straße gab es. Das einzige Lebendige und Warme war der junge, lustige Kutscher mit dem schmalen Nacken gewesen. Marina versuchte ihn einzuholen, ihn am Ärmel zu packen, doch er entfernte sich unaufhaltsam, um einen neuen Weg einzuschlagen und etwas Neues zu beginnen. Sie konnte es nicht glauben, rief ihn auf seiner Arbeitsstelle an. Er war höflich und wohlwollend. Nichts kratzte ihn mehr, alles ließ ihn kalt. Marina begriff, daß er frei war von ihr und sich nun mit Höflichkeit und Wohlwollen rächte. Marina hörte auf zu essen, zu schlafen, ihr Mund wurde trocken. Die Bezirksärztin schreckte sie mit der Feststellung, durch so etwas könne Diabetes entstehen. Ärzte mutmaßen so manches, doch wenn nun trotzdem etwas dran war? Ihr wurde klar, daß sie etwas unternehmen mußte. Aber was? Die Freundinnen rieten ihr, den Teufel mit Beelzebub auszutreiben. Aber woher den neuen Beelzebub nehmen? Der ›Kutscher‹ hatte ihre ganze Zeit in Anspruch genommen. Wenn er auch nicht viel taugte, so hatte er doch ihr Leben umschlossen, wie die Atmosphäre, und nun, da er fort war, fehlte ihr die Luft zum Atmen. Marina bemerkte, daß hinter ihr wie angeheftet ein kahlköpfiger Mann in einem Anzug à la *Ruslan** ging. Vielleicht sollte man ihm für eine gewisse Zeit den Platz auf dem Kutschbock einräumen. Sollte er die Zügel nehmen, sonst erstickte sie gar noch und starb am Ende wirklich an diesem sinnlos gewordenen Leben ohne jedes Bedauern.

Sie umrundete die Ausstellung mehrmals, doch die Zeit zog sich immer noch viel zu lange hin. Sie scheute vor dem Gedanken zurück, nach Hause zu gehen, die leere Wohnung zu betreten, die noch von *seinen* Schritten widerhallte und deren Wände *seine* Stimme aufgesaugt hatten. Natürlich hätte sie zu Freundinnen gehen können, doch was sollten die mit ihr in diesem Zustand anfangen; sie würden über den ›Kutscher‹ herziehen, ihn als Taugenichts hinstellen, damit der Verlust unbedeutend erschien. Was wußten die schon! Im Unglück ist der Mensch allein. Helfen konnte ihr nur der ›Kutscher‹, der aber fand es woanders interessanter. Eine frappierende Eigenschaft des Menschen im zwanzigsten Jahrhundert: Eben noch in Liebe und Leidenschaft entbrannt, verfliegt seine Liebe

* Name eines Moskauer Konfektionsgeschäfts

auch schon, er dreht sich um und geht. Mochte der andere weiterleben oder nicht – seine Sache. Im neunzehnten Jahrhundert brachte man sich wegen so etwas um oder man duellierte sich. Heutzutage nennt sich das ›Privatleben‹, und sich ins Privatleben eines anderen einzumischen gehört sich nicht, das tun nur Menschen, die schlecht erzogen sind. Also muß man selber sehen, wie man aus dem Schlamassel wieder herauskommt. Oder auch nicht. Je nach dem.

Marina blickte auf das Bild mit dem Primuskocher und entwarf einen Überlebensplan: Erstens heiraten, zweitens Autofahren lernen und dann durchs Land reisen. Durch unser Land fahren ist eine Weltreise an sich. Jede Unionsrepublik hat ein analoges Land: Moldawien entspricht Italien, es gehört zur gleichen Sprachgruppe. Georgien – Spanien, Asserbaidschan – Türkei.

Der kahlköpfige Mensch hinter ihr würde sie am Lenkrad ablösen, unterwegs anhalten und eimerweise Aprikosen kaufen. Vitamine und Impressionen, das war besser, als sich in der Wohnung einzuschließen, vor Eifersucht und Kummer zu vergehen...

Marina schlenderte in den anderen Saal. Pascha folgte ihr. Sie blieb stehen und sah in seine offenherzigen grauen Augen, die ihrem Blick mit der Entschlossenheit eines Fanatikers begegneten.

»Warum gehen Sie hinter mir her?« fragte Marina.

»Es macht mir Spaß.«

»Mir aber nicht.«

»Leider kann ich das nicht ändern. Ich werde Ihnen trotzdem folgen.«

Marina steuerte auf einen Winkel zu.

»Wo wollen Sie hin?« fragte Pascha verwundert.

»Zum Ausgang.«

»Der Ausgang ist aber dort...« Pascha deutete in die entgegengesetzte Richtung.

»Das kann nicht sein«, sagte Marina mißtrauisch, und plötzlich dachte sie: Wenn sie recht haben sollte und die Tür wirklich in jenem Winkel war, würde alles in ihrem Leben in Ordnung kommen, wenn aber nicht...

»Wetten wir?« schlug sie unerwartet vor.

»Um was?« Pawel war erstaunt.

»Um was Sie wollen.«

Pascha sann nach. »Wozu wetten«, sagte er dann ernst. »Ich würde Ihnen auch so alles geben.«

»Was haben Sie denn, was Sie geben könnten?«

»Einen Familiennamen. Meine Hand. Mein Herz.«

Marina rührte sich nicht von der Stelle. Diese Frau, die da stand, die kleinen Fäuste in die Taschen des Pullovers gestemmt, war sein Schicksal. Pascha sah sie an und begriff, daß eine langjährige Suche beendet war. Sein Leben war zu Ende gedacht, es war mit Talent konzipiert.

Pascha kehrte am frühen Morgen heim. Die Metro fuhr noch nicht. Kein Taxi weit und breit. Er ging zu Fuß.

Neben dem Kino an der Kreuzung versah ein Milizionär seinen Dienst.

»Wie spät ist es?« fragte Pascha lauthals. Bei Marina hatte er Raum und Zeit vergessen.

»Fünf!« rief der Milizionär laut.

Sie schrien auf der menschenleeren Straße, das erlebte er zum erstenmal. Was für eine unglaubliche, nie erfahrene

Tageszeit – fünf Uhr morgens! Die Leute nahmen sie kaum je bewußt wahr, er aber hatte sie für sich entdeckt.

Pascha, der Entdecker, schritt dahin. Keiner hatte jemals so gefühlt wie er. Er war der erste. Niemand hatte eine solche Marina.

Beruflich beschäftigte sie sich mit dem neunzehnten Jahrhundert, im dem sie sich besser auskannte als in der Gegenwart. Ihre Gegenwart war das *Damals*. Pascha kam es so vor, als hätte auch er sie schon *damals* gekannt. Dann hatten sie einander verloren, und erst jetzt waren sie einander wiederbegegnet.

Pascha blieb stehen. Am liebsten wäre er wieder umgekehrt, um Marinas Gesicht zu sehen. Er hatte schon wieder Sehnsucht nach ihr. Eigentlich hatte er sich immerzu nach ihr gesehnt, schon bevor er sie kannte. Seine Sehnsucht war tief wie Dauerfrostboden. Er beschloß umzukehren, doch dann zwang er sich weiterzugehen. Er wollte, daß sie ausschlief, sich erholte. Damit es ihr gutging. Es gibt zweierlei Arten von Liebe: die Liebe um seiner selbst willen wie bei Tassja, die von ihrem Objekt vollkommen Besitz ergriff, egal, ob es diesem gefiel oder nicht, und die um des Objekts willen, die einem nicht selten zum eigenen Nachteil gereicht.

Der Mensch mißt alles nach seinem Maß, daher zweifelte Pascha nicht daran, daß auch Marina sich wie eine Erstentdeckerin vorkam und das gleiche empfand wie er. Die logische Folge davon war, daß sie Kinder haben würden – ein Mädchen, einen Jungen und noch einen Jungen. Hintereinander. Es würde Tage in ihrem Leben geben, an denen jeder mit seinen Angelegenheiten beschäftigt wäre –

er mit der Schule, sie mit dem neunzehnten Jahrhundert. Lange Abende würden kommen, an denen ihre Herzen, und Nächte, in denen ihre Körper zueinander fänden. So wäre das zwanzig, dreißig, vielleicht vierzig Jahre lang. Ist man so lange beisammen, merkt man am anderen die Veränderung nicht. Zwei Fältchen oder fünf – was ist das schon für ein Unterschied! Als ob es darauf ankäme. Er würde sie nur darum bitten, nie diesen Pullover mit den abstehenden Taschen wegzuwerfen. So hatte er sie zum ersten Mal gesehen, so würde sie in seinen Augen bleiben. Manchmal gäbe es vielleicht auch Streit, man würde die Zweige schütteln, einen Regenschauer niedergehen lassen, aber dann würde wieder die Sonne aufgehen. Mit *ihr* zusammen sein, das war die Hauptsache. Irgendwann kam dann der Tod, doch der hätte nichts Schreckliches an sich, ihr Leben würde in den Kindern, den Enkeln seine Fortsetzung finden. Unzertrennlich, unendlich... Marina würde ihre Dissertation schreiben und er ein pädagogisches Lehrbuch für die Hilfsschule, für das ihm schon dies und das vorschwebte, sogar ganz neuartige Ideen. Sie würden ihre Arbeiten ins Regal stellen, und ihre Gedanken wären irgend jemandem von Nutzen.

Pascha ging durch die menschenleere Stadt. Das Leben kam ihm lang und sinnvoll vor, voll von Zärtlichkeit und Hingabe.

Marina machte sich auf den Weg in ihr Kontor, das sich ›Atelier Nr. 18‹ nannte. Sie arbeitete dort in der Annahme. Marina hatte ein Studium absolviert, hatte sich auf das neunzehnte Jahrhundert spezialisiert und ihre Freundin

Wikusja auf den Beginn des zwanzigsten. Jetzt arbeitete Wikusja in einem Atelier, in dem Herrenoberhemden ausgebessert wurden, trennte alte Kragen ab. Marinas Tätigkeit in der Annahme war etwas breiter gefächert. Währenddessen fuhr die Universität in der Ausbildung von Studenten und der Entlassung von Arbeitslosen fort. Hochschulkader gab es mehr als Stellen. Eine Anstellung fanden nur die, die gute Beziehungen hatten. Alle übrigen verharrten in einer Art Schwebezustand und wurden allmählich zu Bodensatz. Sie heirateten, gebaren Kinder, ließen sich scheiden, blieben alleinstehende Mütter mit vierzig Rubeln Unterhalt.

In der Annahme arbeiten war ein schöpferischer Beruf. Die Kundinnen kamen mit den Modezeitschriften *Vogue, Burda.* Sie zeigten auf die Modelle von Pierre Cardin und verlangten, genauso müsse dies und das werden. Ohne mit der Wimper zu zucken, rief Marina dann die Schneiderin Walja heraus. Walja erschien in einer Aufmachung, als wäre sie selber vom Titelblatt einer Zeitschrift gehüpft – glänzende Lippen, schillernde Nägel, in den Ohren Brillanten, je sechs Karat, gut einen *Wolga* wert. Sie behauptete, sie von der Urgroßmutter geerbt zu haben – versuche einer, das nachzuprüfen. Aber wer weiß, vielleicht stimmte das auch, auf jeden Fall wurden die Kundinnen bei Waljas Anblick von Schüchternheit befallen, hatten Angst, den Mund aufzumachen. Walja hätte ohnehin nicht auf sie gehört, sie wußte sowieso alles besser. Nähte wie eine Göttin. Pierre Cardin war ein dummer Junge neben ihr. Sie nähte, entwarf, schnitt zu und versah das Ganze auch noch mit fremden Firmenzeichen – versuche einer, sie von echten zu unterscheiden. Natürlich waren auch die Preise entsprechend, doch Walja hatte ihren Kundenkreis. Die übrigen Schneiderinnen des Ateliers waren für die Planerfüllung zuständig. Sie arbeiteten fachmännisch, aber traditionell. Ohne Phantasie. Ohne Berücksichtigung des letzten Modeschreis.

Marina suchte für Walja die entsprechende Kundschaft aus, wofür Walja sich erkenntlich zeigte, indem sie kostenlos für sie schneiderte. Alle Seiten waren so zufrieden, manchmal sogar glücklich. Während der im Fertigungsprozeß geknüpften freundschaftlichen Beziehungen schenkten die Kundinnen französische Parfüms, teures Konfekt. Geld zu geben, scheuten sie sich, da sie mitbekommen hatten, daß Marina Englisch im Original las. Doch gerade Geld brauchte sie und nicht Konfekt, also brachte sie es zuwege, in den benachbarten Läden einen kleinen Warenumschlag ins Leben zu rufen: Parfüm gegen Geld. Sie hatte dort eine Vertraute, die Verkäuferin Rita. In der Backwarenabteilung war es Soja. Innerhalb des sichtbaren Lebens der Stadt pulsierte gleichsam ein zweites, in dem die Waljas, Ritas, Sojas regierten, und sie alle waren eng miteinander verbunden durch gegenseitige Bürgschaft. All diese Waljas, Ritas, Sojas saßen bei Premieren auf den besten Plätzen, erholten sich in den besten Sanatorien zur schönsten Jahreszeit. Und wo waren da die alleinstehenden Mütter mit den unvollendeten Dissertationen über Bernard Shaw? Wo? Wahrscheinlich sonnten sie sich zu Hause auf dem Balkon.

In freien Stunden nahm Marina einen Faulkner-Roman zur Hand und las ihn in Englisch – Original bleibt Original. Zeitweise wurde sie so etwas wie eine Gesprächspartnerin des Autors. Sie existierte auf seinem Niveau.

Marina gehörte gleichsam zwei sozialen Sphären an: der Sphäre der Intelligenz und der des Dienstleistungssektors, wobei sie sich gelassen von einer zur anderen bewegte.

Mit zweiunddreißig hat man schon eine Vergangenheit, verfügt über Erfahrungen, über Vergleichsmöglichkeiten. Marina verglich Pascha unwillkürlich mit dem ›Kutscher‹ und sehnte sich nach dem, was es nicht mehr gab. Nach dem Klang seiner Schritte, seiner Stimme. Die Wände ihrer Wohnung weigerten sich, die neue Stimme aufzunehmen, die an ihnen abprallte und widerhallte. Von dieser Resonanz schmerzte ihr der Kopf. Andererseits konnte sie jetzt den Hörer abnehmen, den ›Kutscher‹ im Dienst anrufen und mit endlich gefestigter Stimme von der geplanten Reise in den Süden berichten. Für zwei Wochen.

»Allein?« fragte der ›Kutscher‹ leichthin.

»Ist das von Bedeutung?«

»Nein.«

Aus seiner Sicht kam es also nicht darauf an, wer die Liebe regenerierte. Auf die Liebe selbst kam es an, darauf, daß es sie gab. Das ›wer‹ war ohne Belang.

Marina legte auf und hatte Lust, sich selbst aus dem Boden zu reißen wie eine Möhre aus dem Beet – nur raus aus dieser Stadt! Ins warme Meer wollte sie hineinschreiten und ihre Episodenrolle im Leben des ›Kutschers‹ abwaschen. Überhaupt alles, was Episode war.

Es gibt Schwäne, die nur einmal lieben, und Tauben, denen es einerlei ist, wer die Liebe regeneriert. Marina war von der Natur als Schwan gedacht, lebte aber wie eine Taube. Von ihr selbst hing nichts ab, alles entsprang dem Zufall, das heißt dem Schicksal. Vielleicht war sie aber auch nur außerstande, aus dem Fächer des Lebens die richtige Karte zu ziehen, also nahm sie, was sich ihr bot.

An diesem Tag erschienen im Atelier lauter alte Frauen mit und ohne männliche Begleitung. Marina nahm die Aufträge entgegen, rief dann Nadja und Lida heraus, die einander ähnelten wie Schwestern, in Kleidern, die ihre Leiber eng umspannten, und mit sechs Monate alten Dauerwellen.

Marina legte Kohlepapier unter, schrieb Quittungen mit dem Kugelschreiber aus, reichte die Durchschläge den alten Damen. Diese versuchten, daraus schlau zu werden, wobei sie die Rechnungen weit von den Augen weg hielten. Sie begriffen rein gar nichts, fragten hundertmal nach. Marina erläuterte mit trüber Stimme, doch sie begriffen nichts.

Das Leben ist grobschlächtig. Aus einem kleinen, engelsgleichen Kind macht es einen Greis und dann einen Toten. Im Leichenschauhaus wird er dann ausgeschlachtet wie ein Karnickel, wird vernäht und verbrannt. Eine Handvoll Asche, das ist alles. Was kann man da schon von der Liebe verlangen? Auch sie altert, stirbt und verwandelt sich in eine Handvoll Asche. Fleisch und Geist sind den gleichen Gesetzen unterworfen.

Marina dachte an Pascha. Der war ein Schwan, wenn auch eigentlich nicht zu ihr gehörig. Doch immerhin ein Schwan – rein und beständig. Marina verspürte den Wunsch, sich in seine Reinheit zu retten, vor dem Provisorischen, dem Alter zu flüchten. Sie rückte das Telefon zu sich heran und rief ihn in der Schule an.

»Wer ist da?« Eine interessierte weibliche Stimme.

»Marina.«

»Was für eine Marina?« beharrte die Stimme mit schwiegermutterhafter Pedanterie.

»Er weiß schon.«

»Sofort…« Es klang unzufrieden.

Marina wartete, war verdutzt: Kaum zu glauben, selbst so einen Glatzköpfigen und Schüchternen wollte man nicht freigeben. Ein auf die Ehe zusteuernder Mann ist wie ein Kosmonaut, der alle Schichten der Atmosphäre durchbrechen und gegen die übergroße Last der Gravitation ankämpfen muß.

Pascha trat ans Telefon und sagte: »Ja!«

In diesem ›Ja‹ lag eine solche Schärfe und Durchschlagskraft, daß ihr klar wurde: Der würde durch alle Schichten dringen und auf die Umlaufbahn gelangen.

»Ich dachte, du rufst nie mehr an«, sagte Pascha.

»Dummkopf.« Marina lächelte.

»Was?«

Sich wiederholen, das ging nicht. Nur beim erstenmal klingt ein solches Wort wie ›Lieber‹. Beim zweiten Mal klingt es wie ›du bist blöd‹.

»Nichts«, sagte Marina. »Geh Brot kaufen.«

Nach Unterrichtsschluß stürmte Pawel aus der Schule. Er lief nicht, er flog. In der Eingangshalle begegnete er Olja Knjasewa, das heißt, er begegnete er ihr nicht, sondern traf auf sie wie der Fuß auf einen Nagel. Olja war Heimkind, wohnte im Internat. Sie saß lesend auf einem Hocker unweit der Tür, war aber nicht bei der Sache. Ihr Interesse galt der Frage, wer ein und aus ging, das Buch hatte nur eine kaschierende Funktion. Hier an der Tür spielte sich so etwas wie das Leben ab. Der Zufall treibt sein Spiel – es könnte ja plötzlich jemand eintreten und ihr Leben ändern...

Olja war dreizehn. Ihre körperliche Entwicklung war der des Verstandes voraus. Ein fast fertiges, schönes, junges Mädchen saß da, entsetzlich gekleidet wie alle Internatskinder. Ein Wollpulli von schreiendem Blau oder, wie sich die Reinemachefrau Tanta Pascha ausdrückte, von ›Kornblümchenfarbe‹. Unter dem blauen Ding ein flauschiger Kittel in Gelbtönen, darunter wiederum Gamaschenhosen, dazu Hausschuhe. So kleiden sich Greisinnen in Altersheimen, wo das Pflegepersonal sich nicht um ästhetische Dinge schert. Sie waren angezogen, das genügte. Doch selbst durch die armselige äußere Hülle trat die Schönheit des Mädchens zutage. Olja war in ihrer Entwicklung zurückgeblieben, aber nicht stark. Sie bewegte sich an der Grenze der Norm.

Vor einem Monat hatte Pascha ihre Unterlagen aufgestöbert und herausgefunden, daß sie von ihrer Mutter, der damaligen Studentin Irina Dmitrijewna Knjasewa, im Entbindungsheim zurückgelassen worden war. Er leitete Nachforschungen nach der Mutter ein und erhielt die Auskunft, daß sie in Duschanbe lebte, Straße der Erneuerer Nr. 5. Pascha schrieb ihr einen Brief und legte Oljas Foto bei. Er war überzeugt, daß Irina Dmitrijewna all die dreizehn Jahre schwer gelitten hatte und mittlerweile vor lauter Gewissensbissen einfach am Ende war. Beim Erhalt des Briefes, beim Anblick des entzückenden Gesichtchens der Tochter würde sie unweigerlich in Tränen der Erlösung ausbrechen, binnen weniger Tage würde sie in Moskau aufkreuzen, unterm Arm zwei Melonen aus Mittelasien, die eine für die Tochter, die andere für die Panasjutschka...

Statt dessen kam ein Antwortbrief, in dem Irina Dmitrijewna sich über das schurkische (so drückte sie sich aus) Verhalten des Pädagogen Pawel Petrowitsch Rudenko empörte, der in ihre Familie eingebrochen sei und diese Zelle der Gesellschaft zu zerstören trachte, die so mühsam geschaffen worden sei. Sie habe einen Mann, Kinder und wolle den Fehltritt ihrer Jugend vergessen. Wer habe denn in seiner Jugend keine Fehler begangen! Sie habe ihre Tochter dem Staat überantwortet, und der habe alle Aufwendungen auf sich genommen und versprochen, ein nützliches Mitglied der Gesellschaft heranzuziehen. Möge er nun sein Versprechen auch halten. Wenn aber Übereifrige ihre Nase in Dinge steckten, die sie nichts angingen, so bekämen die Betreffenden eins drauf. Sie, die Knjasewa, sei jetzt nicht mehr das Dummchen von damals und könne durchaus für sich einstehen. Die Volksbildung leitete den Brief an die Panasjutschka weiter. Die übergab ihn Pawel, der ihn gleich im Lehrerzimmer überflog und fragte: »Was soll man mit so einem Dreckstück machen?«

»Man könnte ihre Dienststelle informieren. Die würden die Sache vor die Konfliktkommission bringen, sie würde einen persönlichen Verweis bekommen. Weiter kann man eigentlich nichts tun...« resümierte die Panasjutschka.

Pascha steckte den Brief in die Innentasche seines Jakkets. Da steckte er nun, und Pascha vergaß ihn. Jetzt, in der Eingangshalle, fiel er ihm wieder ein. Mehr noch, es war, als laste ein Gewicht auf seinen Schultern.

Olja heftete einen langen Blick auf den Lehrer. Er sollte weder verführerisch sein noch ihn aufhalten. Es war einfach ihr neues Selbstgefühl, das sie bewog, große Jungen und erwachsene Männer anders anzublicken.

»Auf Wiedersehen, Olja«, sagte Pascha, der eine unbestimmte Schuld verspürte, weil er wegging und sie hierblieb. »Wirst du dich hier auch nicht erkälten?«

Olja errötete vor Freude. Man richtete das Wort an sie allein und sorgte sich um sie.

Pascha trat auf die Straße. Die Sonne schien. Die klebrigen Blätter der Pappeln wandten sich der Sonne zu. Währenddessen saß hinter der massiven Tür mit einem Buch in den Händen der jugendliche Fehltritt mit Armen, Beinen und einem feinen Gesichtchen. Den Fehltritt konnte man ja vergessen, wohin aber mit allem anderen?

Pascha kam sich vor wie ein Schuft. So war es immer: Die glücklichsten Augenblicke wurden von fremdem Schmerz verdüstert. Von irgend jemandes Herzlosigkeit, Ungerechtigkeit. Pascha ging ein paar Schritte über den Hof, blieb dann stehen und spuckte aus. Ihm war übel. Wenigstens ein Quentchen seiner Bitterkeit wollte er loswerden.

Pawluscha wohnte bereits eine Woche in Sotschi im Hotel ›Kamelie‹. Er lebte dort ohne seine Mutter. Jetzt war endlich *seine* Zeit. Er fühlte sich wie ein entlaufenes Zootier: Purzelbäume hätte er schlagen mögen und allen möglichen Unfug treiben. Unfug war jedoch im Ferienprogramm nicht vorgesehen. Lediglich Tennis in der zweiten Tageshälfte, abendliches Schwimmen und morgendliche Bäder. Mit ihm zusammen war ein Kollege hergereist, der im Service für Importautos arbeitete und den Spitznamen ›Toyota‹ trug. Toyota war mit seiner Frau da, einem wohlerzogenen Mädchen mit Brille. In ihrer Gegenwart konnte man unmöglich unanständige Witze erzählen, man mußte die einschlägigen Worte durch andere, ungefähre Entsprechungen ersetzen, was die Pointen wertlos machte und damit, wie es Pawluscha schien, das Leben an sich.

Er kam sich unversehens verlassen vor – sollte er die Mutter herbestellen oder die Arbeit wieder aufnehmen? Doch an die Arbeit dachte er besser nicht. Vor einem Monat war einer vom Lenin-Autowerk als Oberingenieur eingesetzt worden, um den ganzen Laden umzukrempeln. Er stiefelte in Lederjacke herum wie Belmondo in dem Film ›Der Profi‹ – einer gegen die ganze Mafia. Nur ohne Revolver. Wer weiß, am Ende brachte er noch jemanden um oder mußte selbst dran glauben.

Der Mann vom Leninwerk war auf den Dreh gekommen, für die Autoschlosser täglichen Dienst einzuführen. Früher hatten sie jeden zweiten Tag gearbeitet, dreimal die Woche jeweils zwölf Stunden. Drei Tage auf Arbeit, drei Tage zu Hause. Dort, versteht sich, hatte jeder von ihnen seine kleine Garage mit Montagegrube und seine Kundschaft. Nur das Aushängeschild fehlte noch: »Brüder und Co.«

Der Leninwerker wollte den Autoschlossern die Zeit wegnehmen, wollte erreichen, daß für ihren Nebenjob nichts übrigblieb. Man munkelte von Kündigungen. Ein Autoschlosser von heute, das ist nicht der Onkel Wanja von gestern, ewig besäuselt und mit Käppi. Das sind dreißigjährige Burschen mit Hochschulbildung. Kandidaten der Wissenschaften. Was konnte so einer aus den Leninwerken ihnen schon anhaben? Im Autoservice streichen sie an die fünfhundert Rubel ein und zu Hause noch einmal soviel. Tausend im Monat. Als Leiter verdiente Pawluscha zweihundert Rubel. Klare Sache, daß er von den anderen seinen Anteil bekam. Er war auf ihre Zuschüsse angewiesen, die er sich nicht selber nahm, sondern von ihnen bekam. Ein ausgeklügeltes System. Der Autoschlosser gab dem Meister, der Meister dem nächsten Vorgesetzten und so weiter. So war es, und so hatte es zu bleiben. Zwanzig Jahre lang war das so gelaufen, und nun wollte dieser Mann innerhalb eines Monats die Lokomotive mit bloßen Händen anhalten. Zwanzig Jahre lang hatten sie sich an Straffreiheit gewöhnt, und nun fuchtelte man ihnen mit dem Finger vor der Nase herum: Das sei nicht schön von ihnen! War es vielleicht schön, mit zweihundert Rubel im Monat minus Alimente zu leben?

Finster wie ein Eber ging der Kerl umher, grüßte trocken. Er hatte seinen Verdacht, konnte aber nichts beweisen. Pawluscha lächelte ihn mit seinen gestutzten Zähnen an: Wer nicht ertappt wird, ist kein Dieb. Toyota hatte sich krumme Touren bei Transaktionen mit Valutamark geleistet. Darauf stand Todesstrafe. Trotzdem hoffte er davonzukommen. Da lebte er nun ständig unter dem Damoklesschwert. Jeden Tag erlebt er wie den letzten.

Was war doch Pascha, sein Freund seit der Kindheit, für ein göttlich reiner Mensch dagegen! Wie vor zwanzig Jahren war er noch heute. Unwillkürlich kam einem da die Volksweisheit in den Sinn: »Ehrlichkeit währt am längsten!« Eine Braut hatte er sich neuerdings zugelegt. Mit der fuhr er in Urlaub...

Pawluscha hatte schon im voraus ein Zimmer für sie reserviert, obwohl Unverheiratete sonst nicht zusammen wohnen durften. Er brachte eben alles zuwege. Bis hierher ins Hotel hatte man den von den Leninwerken noch nicht beordert. Hier konnte man frei atmen.

Pascha und Marina trafen am frühen Morgen ein.

Marina begrüßte zurückhaltend Toyota und dessen Frau. Teilnahmslos reichte sie Pawluscha die Hand. Sie wollte nicht liebenswürdig sein, wollte nicht gefallen. Wenn sie auf brodelnde Leidenschaften aus waren, sollten sie doch ihr Feuer für sich entfachen und sich einen Cocktail mixen; sie würde sich abseits halten und zusehen. Unbewußt schämte sich Marina ihres Gefährten: seiner Glatze, den Jeans Marke Rila. Ihre Kühle war wie eine abweisende Geste: Fragt mich bitte nicht, ich brauche kein Mitgefühl, brauche überhaupt nichts!

Marina trug ein Trägerkleid, das ihre blassen Schultern und den Rücken freigab. Ohne alle Kosmetik, ohne schmückendes Beiwerk. Sie pfiff darauf, wie sie auf andere wirkte. Ihr ganzer äußerer Habitus sagte: Mir ist es so bequem, ihr könnt das halten, wie ihr wollt...

Pascha hingegen war selig. Er blickte in die Runde, als traue er seinen Augen nicht, und murmelte: »Klasse, was? Ist das alles wirklich wahr?«

Das Hotel ›Kamelie‹ stand direkt am blauen Meer, so fern vom Hilfsschulinternat, daß es schien, die Schule gäbe es überhaupt nicht. Nur das blaue Meer, blauer Himmel und die zärtliche, alles durchdringende Sonne. Wie sein Gefühl zu Marina.

Marina gab sich unnahbar. Pascha hielt das für Vornehmheit. Nur primitive Weibsbilder hängen sich in Anwesenheit anderer an ihren Mann, indem sie auf alle erdenkliche Weise das demonstrierten, was man besser verbirgt.

Pawluscha registrierte sofort das Untypische ihrer Erscheinung. Alles Unverständliche weckt Interesse. Eine flüchtige, zunächst kaum bewußte Neugierde tauchte in ihm auf wie ein weißes Schiff am Horizont und stachelte zur Tat an. Pawluscha schlug vor, abends ein Schaschlikessen zu veranstalten. Alle hießen die Idee gut und teilten die Pflichten untereinander auf. Pawluscha war für Fleisch und Gemüse zuständig, das heißt den Markt, Toyota für Wein und Wodka, das heißt das Spirituosengeschäft. Pascha für das Feuer, die Holzkohle und den Grillspieß, also die organisatorische Seite. Taktvoll ersparte man Pascha die finanzielle Belastung.

Pawluscha lud Marina ein, mit ihm zusammen auf den Markt zu fahren, als Konsultantin. Ein Markt ist so etwas wie ein ethnographisches Museum, und man kann eine Stadt eigentlich erst verstehen, wenn man dort gewesen ist. Zweitens war es angenehmer, irgendwohin zu fahren und sich zu bewegen, als am Strand herumzuliegen mit seinen Gedanken, die sich wie ein Fluß in Herz und Körper ergießen und einen ersticken. Marina nahm die Einladung an.

Ein südlicher Basar, das heißt: rot und grün. Rot sind die Tomaten, Radieschen, Erdbeeren, Kirschen, Paprika. Alles übrige ist grün, mit verschiedenen Schattierungen, vom grellen Smaragd bis zum dunklen Malachit.

Alte Koreanerinnen boten ihr Eingesalzenes feil, das sie in schmale Zellophanhüllen wickelten und oben mit einem Terrakottafaden verschnürten. Das Geheimnis dieses Eingesalzenen pflanzt sich von Generation zu Generation fort. Die Denkmäler der Vergangenheit sind längst eingestürzt, doch Geheimnisse dieser Art bleiben und gedeihen. Darin sah Marina so etwas wie einen Hoffnungsschimmer. Eine soziale Hoffnung und eine persönliche. Demnach ging nicht alles in die Brüche, solange diese schmaläugigen, durch nichts aus der Ruhe zu bringenden Frauen noch dastanden und mit der Ewigkeit handelten.

Ein Basar gründet sich auf gegenseitigen Vorteil. Die einen sind am Kauf interessiert, die anderen am Verkauf. Pawluscha hatte da seine Erkenntnisse, die er in der Autowerkstatt erworben hatte. Wenn jemand mit Menschen zu tun hat, muß er Psychologe sein. Erstens muß man den Partner anhören. Zweitens muß man charmant sein.

Charme, das ist nicht irgendwas, das ist Talent. Ein ganzes Bündel von Eigenschaften. Pawluschas Charme setzte sich aus der Gutmütigkeit und dem Wohlwollen eines Glückspilzes zusammen. Außerdem hatte er die Eigenschaft, in einer Masse von Menschen gleichgepolte Exemplare förmlich zu wittern. Er ging auf einen bestimmten Fleischer oder Gemüsehändler zu, als hätte dieser ihn gerufen. Pawluscha trat heran, fragte nach dem Namen des Mannes und woher er käme. Es stellte sich heraus, daß er Kolja hieß und aus Poltawa kam. Das Stück Fleisch und das Bündel Grünzeug bekamen eine eigene Geschichte. Pawluscha bezahlte großzügig, trennte sich sorglos von Zehnern und Vierrubelscheinen. Wenn er dann weiterging, sah Kolja aus Poltawa ihm nach. Am liebsten hätte er alles stehen- und liegengelassen und wäre ihm gefolgt. Um Pawluscha herum pulsierte ein anderes Leben, wie in einem italienischen Film. Wenigstens einen Tag lang so leben! Doch Pawluscha entschwand. Er lockte die Menschen an und entledigte sich ihrer wieder.

Vor den Verkaufsständen mit frühen Erdbeeren drängten sich die Menschen. Pawluscha nahm Marina bei der Hand, damit sie nicht verlorenging. Seine Hand war großflächig und kräftig. Marina folgte ihm fügsam und war dabei ganz ruhig: Nichts kratzte, nichts quälte sie. Schön, so hinter einem Mann herzuziehen wie eine Schaluppe hinter einem Kreuzer. Keine Welle konnte einem da etwas anhaben.

Als sie alles Nötige erstanden hatten, verließen sie den Markt am hinteren Ausgang, wo das Auto parkte. Wenn

Pawluscha Auto fuhr, entspannte er sich. Ohne Auto fühlte er sich wie ein Sperling, der gezwungen ist, herumzuhüpfen, anstatt zu fliegen.

Pawluscha verstaute die Plastiktüten mit dem leckeren Inhalt im Kofferraum.

»Ich hab was vergessen!« sagte er plötzlich. »Warten Sie einen Moment.«

Er tauchte in den Wellen des Basars unter. Marina blieb wartend zurück, den Blick auf die Tür geheftet, hinter der er verschwunden war.

Wenn er nun Blumen kauft..., erriet sie.

Pawluscha erschien mit Nelken. Nicht mit fünf oder sieben, wie sie sie gewöhnlich bekam – nein, es waren mindestens neunundvierzig oder einundfünfzig, riesige Blüten, alle grellrot. Jede Nelke war wie eine kleine sprühende Flamme. Ein wahrer Salut aus Nelken. Und das für sie! Schönheit der Natur, Wohlgeruch, Raffinement – alles für sie. Schnittblumen sind vergänglich, doch Vergänglichkeit zwingt, die Schönheit noch mehr zu schätzen. Wie die Jugend. Man blüht, man welkt. Noch steht man in der Blüte...

»Danke«, sagte Marina und hob die Augen zu ihm auf.

Pawluscha stand vor ihr, gekleidet, wie es sich gehört. Ein Blick, wie er sein muß. In seinen Augen das, was sein muß. *Er ist es.* Ganz, vom Scheitel bis zur Sohle.

Sie setzten sich in den Wagen. Das Auto fuhr an, bog in die Straße ein. Alles war genauso wie vor einer Stunde: die Häuser, die Menschen, der Straßenverkehr. Doch alles war plötzlich mit Farben und mit Sinn erfüllt. Dem Sinn des Lebens. Möglich, daß man sich eines Tages in eine

Handvoll Asche verwandelt, doch so lange man lebt, lebt man ewig.

Pawluschas Hand lag auf dem Lenkrad. Von Pascha wußte sie, daß Pawluscha in einer Autowerkstatt arbeitete. Mit Autos spielt. Als Kind nannte sie sie Flitzer. Eine richtige Beschäftigung für Jungen: Flitzer zusammensetzen, auseinandernehmen. Pawluscha hätte schmutzige Fingernägel haben müssen. Marina sah auf seine Hand. Die Nägel waren sauber. Schade...

Pawluscha blickte nach vorn. Seine Mutter hatte mit ihrer Schönheit dem Sohn einen guten Dienst erwiesen, Marina sah ihn an, anfangs verstohlen. Dann hatte sie es satt, sich zurückzuhalten, sich Verbote aufzuerlegen. Sie sah Pawluscha jetzt ohne Unterbrechung an. Wie ein Kind im Zirkus, es konnte keinen faszinierenderen Anblick geben. Was sollte hier noch Pascha? Was Toyota mit seiner Frau? Das Schaschlik... Völlig überflüssig.

Pawluscha wendete das Auto schweigend, als könne er Gedanken lesen, um hunertachtzig Grad und fuhr in unbestimmte Richtung weiter, wo das Meer lag und die großen Steine und auf den Steinen vertrocknete Wasserpflanzen.

Die kleinen Steinchen piekten im Rücken. Wie Rachmetow, dachte Marina. Doch Tschernyschewskis Romanheld hatte wenigstens im Namen einer großen Idee auf Nägeln geschlafen. Im Namen welcher Idee tat sie das eigentlich? Und dennoch, sie wäre zu noch größeren Martern bereit gewesen, ja sogar dazu, den Kopf völlig zu verlieren. Um nichts hätte es ihr leid getan.

Danach sah sie, daß sie das Trägerkleid mit Teer beschmiert hatte, unverständlich, wie es hierher kam. Auch darum war es ihr nicht leid.

Sie lag da, schaute in den Himmel und dachte an den ›Kutscher‹. Indem er gegangen war, hatte er ihr einen großen Dienst erwiesen. Selbst wenn zwischen ihr und Pawluscha nichts mehr wäre, so wußte sie doch jetzt, wie die Endstation aussieht und wie sie heißt, nämlich ›Pawluscha‹.

An Pascha dachte sie nicht mehr. Sie schob ihn beiseite wie einen weiteren Versuch, wie einen weiteren Irrtum. Sie beanspruchte für sich das Recht, zu probieren und zu irren.

Pawluscha schritt ins Meer hinein und schwamm. Das Meer war zähflüssig und warm wie Erdöl. Er schwamm und konnte es nicht fassen, daß ein halber Tag alles so umgekrempelt hatte. Gleichzeitig begriff er es. Alles mußte letztendlich einmal eben so geschehen und eben ihm widerfahren.

Pascha hatte er dabei nicht vergessen. Er hatte ihn gern, er war vielleicht der einzige Mensch aus seiner Vergangenheit, den er liebte, und er wußte auch wofür. Pascha verkörperte jene Eigenschaften, die seinen Arbeitskollegen ganz und gar abgingen. Beim Autoservice hatte ein Begriff wie *Gewissen* seine eigene Farbe, wie der Markt: rot, grün ... Es war die Farbe von Zahlungsmitteln. Gewissen war für sie etwas, was in der Brieftasche knisterte. Wurde es gebraucht, holte man es hervor, wenn nicht, ließ man es stecken.

Pawluscha war Pascha zugetan, doch es kam ihm in

diesem Augenblick nicht in den Sinn, daß er ihn beraubte. Es war ihm einfach nicht peinlich, damit hatte es sich.

Marina dachte an Pascha erst, als sie ihn erblickte. Er hatte erschrockene Augen.

»Wir haben schon gedacht, ihr hättet einen Unfall gehabt. Ich wollte schon zur Miliz laufen.«

»Haben wir aber nicht!« sagte Pawluscha und lachte. Pascha lachte mit, doch die Angst hatte sich noch nicht verflüchtigt, und er lachte mit erschrockenen Augen.

Als es dunkelte, brieten sie Schaschlik. Pawluscha und Toyota vollzogen die Prozedur – sie wedelten, spritzten, wendeten das Fleisch. Pascha und Toyotas Frau machten Handlangerdienste. Marina saß da, blickte aufs Wasser. Sie dachte daran, daß das Leben sich manchmal um hundertachtzig Grad wenden kann, so wie Pawluschas Auto.

Wenn eine Liebe geht, hängt man im leeren Raum, und es scheint, daß es immer so sein wird. Doch da kommt ein Mensch, streckt dir die Hand hin und zieht dich aufs Festland, auf Gottes Welt. Und plötzlich scheint die Sonne. Vögel zwitschern, das Meer atmet, der Mond zittert auf dem Wasser.

Pascha machte sich eifrig am Feuer zu schaffen. In Marina regten sich Gewissensbisse. Pascha spielte die Rolle des Kutschers im direkten Sinne des Wortes. Er hatte Marina vom Vorgänger zu Pawluscha befördert. Wie ein Messerstich war es, als jener sie verließ. Es kümmerte ihn nicht. Wenn man so mit ihr umsprang, warum sollte sie es dann nicht auch können? Wie du mir, so ich dir. Zugegeben, sie hatte Hiebe von dem einen eingesteckt und vergalt es einem anderen, völlig Unschuldigen. Das Böse setzt sich wie eine Kette fort. Das Leben ist grausam.

Pawluscha wandte sich fortwährend um und suchte mit den Blicken Marina. Außerhalb des Feuers war nichts zu erkennen, ägyptische Finsternis, wie im Kosmos. Marina war wie vom Erdboden verschluckt. Von irgendwoher aus dem Nichts war sie erschienen und ebenso wieder verschwunden. Pawluscha hielt blinzelnd Ausschau.

»Schlaf nicht ein!« kommandierte Toyota.

Pawluscha wandte sich wieder seinen Pflichten zu. Ihn fror am Rücken, und ihm schien, daß die Kälte am Rücken daher rühre, weil Marina nicht da war. Er wünschte sich, sie würde herantreten und sich neben ihn stellen.

Pascha hielt eine Flasche Weinessig vor sich hin. Das war die ihm zugewiesene Rolle in diesem Zeremoniell. Auf einmal reichte er die Flasche Toyotas Frau, womit er eigenmächtig gegen das Zeremoniell verstieß, und trat zu Marina.

Marina trug wieder den schwarzen Rock und das weiße Hemd. Der Rock verschmolz mit der Dunkelheit, während sich das Weiß phosphoreszierend abhob. Marina streichelte Pascha über die Wange als Dank für alles und um Verzeihung bittend. Ihre Augen strahlten im Schuldgefühl und in Liebe, wenn auch nicht zu ihm. Pascha hatte sie nie zuvor so gesehen.

»Kannst du Steinchen so ins Wasser werfen, daß sie springen?« fragte er.

»Weiß ich nicht. Hab's nie probiert.«

»Man muß sie parallel zum Wasser werfen, nicht zu hoch und nicht zu niedrig. In Höhe der Welle. Wenn er zu hoch fliegt, springt er nicht, und wenn zu niedrig, geht er unter. Klar?«

Sie traten ans Feuer. Die Gesichter von Pawluscha und Toyota waren glutrot.

Der glühendheiße kleine Kopf des bratenden Tieres zerbarst, sprühte Funken. Marina erschrak und sprang beiseite. Pascha fröstelte. Dieser Knall erschien ihm als Zeichen des Glücks. Das Glück lag in diesem Augenblick, in der anbrechenden Nacht und im morgigen Tag, wenn er ihr beibringen würde, wie man Steinchen wirft.

Nach dem Schaschlikessen verschwanden Pawluscha und Marina. Pascha nahm an, daß sie badeten, und stieg ebenfalls ins Meer. Das Wasser ernüchterte ihn, er kehrte ans Ufer zurück. Es war nichts zum Abtrocknen da. Er zog das Hemd und die Jeans auf den nassen Körper. Dann ging er ins Hotel. Er klopfte an die Zimmertür, es war still. Dann klopfte er bei Pawluscha an – auch dort war es still. Pascha stieg eine Treppe höher und klopfte bei Toyota an. Dieser bewohnte mit seiner Frau ein Luxuszimmer. Toyotas Frau öffnete mit aufgelöstem Haar und ohne Brille. Sie sagte, sie wisse nichts. Ihr Gesicht wirkte ohne Brille fremd und erschreckte Pascha irgendwie. Er hastete zurück zum Strand. Möglicherweise suchten Marina und Pawluscha ihn am Strand. Doch der war leer, als wäre die Erde nach einer Atombombenkatastrophe für immer von den Menschen verlassen worden.

Pascha lief zum Hotel, dann wieder zum Ufer und wieder ins Hotel. Der strenge Portier erteilte ihm einen

Verweis und drohte, ihn nicht mehr hinauszulassen. Pascha fühlte sich wie ein Schüler der Hilfsschule, der zum Internat gehört. Er versicherte, nicht mehr hinauszulaufen. Nur noch einmal, und Schluß.

So gegen sechs Uhr morgens begriff er, daß man ihn betrogen hatte. Ja nicht einmal betrogen, denn dazu muß man eine List gebrauchen. Man hatte ihn einfach übergangen. Als sei er kein Mensch, sondern eine Kartoffelschale. Wem würde es schon in den Sinn kommen, eine Kartoffelschale zu berücksichtigen! Sie wird weggeworfen, basta!

Pawluscha hatte dem Freund die Braut abspenstig gemacht. Dies war eine besonders bösartige Variante von Panasjutschkentum, dem Krebs der Seele. Pawluscha war folglich unheilbar krank. Einfach ausgedrückt – ein Schuft. Und Marina schlicht eine Schlampe. Doch bevor man ihnen ein Schild umhing, mußte man sich Klarheit verschaffen. Konnte ja sein, daß sie bei Toyota saßen und auf ihn warteten?

Pascha sprang auf und begab sich abermals zu Toyota. Doch hinter der Tür war es still, und er genierte sich zu klopfen. Man mußte den Morgen abwarten, alles aufklären und erst dann Schlußfolgerungen ziehen.

Pascha war darauf gefaßt, wach zu liegen, doch er schlief fest ein und erwachte erst um zehn Uhr morgens. Ihm träumte, er habe sich mit Marina zerstritten und dann wieder' versöhnt.

Aus dem Schlaf emporgetaucht, öffnete er die Augen, sprang auf und ging zu Pawluschas Zimmer. Er klopfte an. Stille. Auch bei Toyota war es still.

Die ganze Gesellschaft saß am Ufer unter den milden

frühen Sonnenstrahlen. Marina lag mit dem Gesicht nach unten, und Pawluscha legte auf ihrem Rücken Steinchen aus, schuf irgendwelche Fresken. Toyota und seine Frau spielten Domino. Als wäre nichts passiert.

Pascha stand verwirrt da, in Turnhose und Sonnenhut, er glich einem seiner Zöglinge aus der Gruppe mit starker Entwicklungsverzögerung.

Er ging nicht zu ihnen hin. Er war außerstande, sich zu nähern. Er wollte nicht ihren Raum betreten. Ihm schien, daß die Luft um sie herum mit Verrat gesättigt war wie mit Radium. Sie einzuatmen war lebensgefährlich.

Er entfernte sich seitwärts, zog das Hemd aus und setzte sich direkt ans Wasser. Nur das Meer und den Himmel wollte er sehen.

Nach einer Weile näherte sich ihm Toyota und sagte: »Was sitzt du da wie ein Ausgestoßener? Komm mit uns. Das ist nicht gut.«

»Was stört euch an mir?« fragte Pawel.

»Dein Anblick. Sitzt da mit saurer Miene! Wir sind schließlich zur Erholung hier, und du verdirbst allen die Stimmung.«

Toyota war vom gleichen Schlag wie Pawluscha, was konnte man von ihm erwarten. Er ließ ihn ohne Antwort, erhob sich von den Steinen und ging weg. An die drei Kilometer legte er zurück, bis keine Menschen mehr zu sehen waren. Alleingeblieben, fühlte er sich nun wirklich wie eine Kartoffelschale, was den Grad der Nichtigkeit und Sinnlosigkeit der Existenz betrifft. Wo landen gewöhnlich Küchenabfälle? Bei den Schweinen. Genauso war er abserviert worden. Pascha beschloß, Schluß zu machen. Das Wasser war nah. Das Meer war unendlich, war nach einem Schriftstellerwort imstande, »alles wie unter einer Decke verschwinden zu lassen«. Pascha schritt ins Meer hinein, wollte so lange gehen, bis das Wasser ihn und seinen Gram verdeckte. Es reichte ihm bis zur Brust, dann bis zum Kinn, stieg bis zur Nase, bis zu den Augen. Er konnte nicht mehr atmen. Wasser geriet in die Nase. Es kribbelte, reizte ... Er machte kehrt und ging zurück, und als das Wasser bis zum Kinn zurückgewichen war, öffnete er den Mund und schöpfte Luft. Er malte sich aus, wie man ihn nach drei Tagen herausfischte, wie man die anderen zur Identifizierung der Leiche aufforderte und sie sich dann über ihn erbosten, weil er ihnen mit seinem Anblick den Urlaub verdarb ...

Ihr könnt mich mal, dachte er rachsüchtig und betrat den Strand, hockte sich bibbernd hin. Die Sonne brannte, wärmte ihn aber nicht. Er fror irgendwie tief im Innersten, weinte wie ein kleiner Junge, das Gesicht auf den angezogenen Knien. Er empfand ebensolche Verzweiflung wie einst als Kind und fürchtete, sein Inneres zu erbrechen. Er heulte wie ein Hund, die Möwen kreisten währenddessen über seinem Kopf, schrien wie Kater. Offenbar waren sie enttäuscht, daß Pascha lebte und sie ihn nicht fressen, zerpicken, in Stücke reißen konnten. Raubtiere, Parasiten, Freßmaschinen wie Pawluscha und Toyota. Die Möwen fürchteten Pascha nicht, groß und fett staksten sie auf zierlichen Beinen um ihn herum. Wer hatte sich das bloß ausgedacht, daß Möwen schöne Vögel sind?

Zum Frühjahr hin entblößt sich die Erde. Was kommt da nicht alles zum Vorschein: vorjähriges Laub, alte Zeitungen, dunkel gewordene Sperrholzkisten, verreckte Katzen und Mäuse und was nicht noch alles... Die Hauswarte kehren alles auf einen Haufen zusammen, übergießen es mit Benzin, zünden es an. Das Ganze brennt dann mit heller Flamme. Das Feuer verrichtet sein sanierendes Werk.

Und was saniert die Seele? Man stelle sich vor: der Haß. Mit diesem Feuer kann man alles ausbrennen, was sich an Gerümpel in einem angesammelt hat. Allerdings kann man bei Überdosierung selber mit versengt werden.

Pascha haßte. Dieses Gefühl wurde sein ›General‹ und kommandierte ihn den ganzen Sommer über. Dauernd war er unterwegs, besuchte sogar seine Angehörigen bei Leningrad, nahm aber nichts um sich herum wahr. Er lebte auf gleichem Fuß mit dem ›General‹. Der Haß verdunkelte alles.

Im Herbst kehrte er an die Schule zurück. Alle sagten, er sei abgemagert und gebräunt. Er war aber nicht sonnengebräunt, sondern gedunkelt, gedörrt am Feuer des Hasses. Der Ausdruck seiner Augen hatte sich verändert, und die Kinder verhielten sich während seines Unterrichts instinktiv stiller als bei den anderen Lehrkräften. Sie verspürten Angst. Früher hatten sie ihn nicht ärgern wollen. Jetzt fürchteten sie ihn einfach. Als wäre er imstande zuzuschlagen.

Einmal setzte ihm die Panasjutschka in der Mittagspause einen vitaminreichen Salat vor: bulgarisches Paprika mit Knoblauch, das sie in einem Glas speziell für ihn von zu Hause mitgebracht hatte.

»Iß das!« ordnete sie an. »Sonst gehst du noch kaputt.«

Ihr geübter Blick hatte offenbar alles ergründet, was ihm widerfahren war. Sie hatte diese Schule bereits durchlaufen und wußte, daß man in solchen Fällen Vitamine zu sich nehmen muß. Gesunder Körper – gesunder Geist.

Pascha verzehrte den Salat und ging unterrichten.

Er ließ ein Diktat mit neunzehn Worten schreiben. Als er gerade die Überschrift diktierte – »Der Bär im Walde« –, erblickte er auf Goscha Tursows Wange einen frischen blauen Fleck. Der war in der voraufgegangenen Stunde noch nicht da gewesen, mußte also in der Pause entstanden sein.

»Woher hast du das?« fragte er.

»Slawik hat mich gebissen«, erklärte Goscha.

»Und was hast du gemacht?«

»Nichts.«

»Das war falsch. Du hättest ihn ebenfalls beißen sollen, damit Slawik weiß, wie weh das tut.«

Goscha faßte die Überlegung des Lehrers als Aufforderung zum Handeln auf. Er kroch aus der Bank hervor, trat zu Slawik, beugte sich zu ihm und kratzte dessen Wange auf. Slawik schrie auf, dann weinte er heftig, doch einen Augenblick später hatte er bereits alles vergessen. Pascha fuhr im Diktat fort. Die Kinder schrieben. Auch Slawik schrieb, den Kopf angestrengt seitwärts geneigt. Auf seiner Wange prangte der Fleck, dessen Ursprung er bereits vergessen hatte. Eine glückliche Besonderheit der Psyche, das Schlechte zu vergessen, weil Erinnern Verlängerung des Leidens bedeutet. Erinnern heißt, erfahrene Erniedrigungen immer und immer wieder zu durchleben.

Der Fleck zog Paschas Blick magisch an. Dauernd mußte er hinsehen.

Nachts konnte er lange nicht einschlafen. Dieser Fleck ... Woran er auch dachte. Immer wieder kehrten die Gedanken zu diesem Wundmal zurück.

Alle Frauen waren Abbilder dieser Marina, dieser Panasjutschka, dieser Tassja. Daneben gab es noch solche wie seine Schwester. Positiv, weil nichtssagend. Destilliertes Wasser ohne Salz und Minerale.

Und die Männer, was waren sie? Entweder Toyotas und Pawluschas oder Opferlämmer oder Alkoholiker, die Debile zeugten ... Der blaue Fleck auf der Wange, die vergessene Träne darauf ... Worauf hatte er sich eingelassen? An wem ließ er seine Verzweiflung aus? Slawik wurde im Heim Jaroslaw genannt, weil man ihn auf dem Jaroslawer Bahnhof gefunden hatte. Auf der Toilette. Goscha dagegen kam aus einer intakten Familie, er war das einzige Kind von Eltern im fortgeschrittenen Alter, er hätte ihr Enkel sein können. Die Ärzte nehmen an, eine späte Vaterschaft sei die Ursache für Fortpflanzungsschäden. Der Mensch verschleißt wie jeder Mechanismus.

Goschas Mutter holte den Sohn gewöhnlich gegen Abend ab. Einmal hatte sie sich Pascha anvertraut: Sie und ihr Mann dürften nicht sterben, weil dann niemand für Goscha mehr da wäre. Sie hatten keinerlei Verwandtschaft. Was würde Goscha dann allein anfangen, ohne Hilfe? Dabei sah sie Pascha an, bodenlose Verzweiflung im Blick.

In der ersten Bank saß Pawlik. Er hatte einen erworbenen Schaden. Er sprach nicht, obwohl er dazu in der Lage war. Bis zum zehnten Lebensjahr verkehrte er mit keinem Menschen. Die Mutter war aus Sibirien gekommen und hatte irgendwo ihren Ausweis verloren. Als das Kind geboren wurde, wurde es nirgends registriert, nirgendwo geführt, ging auch nicht zur Schule. Die Mutter, eine Trinkerin, sperrte das Kind ein, wenn sie auf Sauftour ging. Der Kleine wuchs in seiner Zimmerecke zwischen Lumpen auf wie ein Hundejunges. Entdeckt wurde er zufällig. Bei den Mietern der darunterliegenden Wohnung war Wasser durch die Decke gedrungen, Klempner wurden gerufen, die Tür aufgebrochen, und da sahen sie Mowgli, den wilden Jungen, nackt, mit verwildertem Haar und stumm. Der Grad seiner Unterentwicklung ließ sich nicht feststellen. Er mußte im Krankenhaus untergebracht werden. Mit viel Mühe gelang es, der Mutter das Fürsorgerecht zu entziehen. Wie sich herausstellte, war es gar nicht so einfach, einer unfähigen Mutter die Rechte zu nehmen. Die Gesellschaft ist human. Debilen darf das Kinderkriegen nicht verwehrt werden, falls sie es wünschen. Und so wächst eine Armee geistig Geschädigter heran. Eine normale Familie hat bis zu zwei, drei Kinder. Eine debile nicht selten zehn, zwölf.

Die Regierung erklärt sie zu Heldenmüttern. Die Behörde versorgt sie mit Wohnraum, stellt ihnen eine ganze Etage, vier Wohnungen auf einmal, zur Verfügung. Wo sollen sie sonst hin? Die Kinder wachsen ohne jede Aufsicht auf. Kriminalität und Drogenmißbrauch machen sich vornehmlich unter diesen Menschen breit. Auch in ihrem Internat florierte in den oberen Klassen das Geschäft mit Azeton, einem Rauschgift. Pascha hielt Prokopenko für den Hauptverdächtigen.

In dieser Nacht tat er kein Auge zu. In seiner Arbeit und folglich auch in seinem Leben hatte er es mit solchen Tiefen menschlichen Leids zu tun, es war soviel zu verbessern, und was tat er? Er vergrub sich in diese armselige Dreiecksgeschichte Pascha – Marina – Pawluscha. Ein Dreieck gab es im Grunde gar nicht, nur eine Gerade: Marina – Pawluscha. Was sollte sein Haß überhaupt, aus Haß entspringt nichts Gutes. Nur Verbitterung. Pascha beschloß, seinen ›General‹ abzuberufen und zu einem anderen Truppenteil zu versetzen.

Am nächsten Morgen begab er sich zur Panasjutschka und teilte ihr seinen Verdacht bezüglich des Azetons mit.

»Was soll ich denn deiner Ansicht nach tun?« fragte die Panasjutschka.

»Prokopenko hinausschmeißen. Fürs erste.«

Die Panasjutschka überhörte das, lenkte das Gespräch in eine andere Richtung. Sie war damit beschäftigt, den alten Fußbodenbelag ihrer Wohnung durch Parkett zu ersetzen, und verbreitete sich mit Vorliebe über dieses Thema. Pascha versuchte, das Gespräch wieder auf Prokopenko zu lenken, doch das gelang ihm weder an diesem noch am folgenden Tag. Am dritten fand Pascha heraus, daß Prokopenkos Mutter in einer angesehenen Organisation arbeitete, die über ein eigenes Erholungsheim verfügte, in dem die Panasjutschka jede Saison Urlaub machte, wo sie im betriebseigenen Schwimmbecken schwamm und sich Massage verabreichen ließ. Außer dem regelmäßigen Aufenthalt im Erholungsheim fielen noch Talons für sie ab, für die man eine bestimmte Wurstsorte bekam, nicht so eine wie in den Läden, sondern eine ganz besondere. Wurst gegen Stillschweigen. Währenddessen bewegten sich die Schüler der oberen Klassen in der ›vierten‹ Dimension und redeten irre.

Pascha wartete den Pädagogischen Rat ab und hielt eine Rede. Er stellte die Behauptung zur Diskussion, daß die Panasjutschka ihrer Stellung nicht gerecht würde. Ihr Posten und ihre Person seien zwei unvereinbare Dinge. Wie eine Krähe im Tiefflug kreise sie über dem Feld der unglücklichen Kinder, ständig darauf bedacht, etwas für sich zu ergattern.

Die Lehrer schwiegen. Sie alle kannten die Mißstände zur Genüge: mangelnde Kontrolle, Vetternwirtschaft, Stellenplanbetrug. Im Stellenplan gab es einen Haushandwerker mit achtzig Rubel Monatslohn. Wo war denn dieser Angestellte, und wer steckte sein Gehalt ein?

Alle wußten davon, schwiegen aber. Die Panasjutschka lebte gut und ließ die anderen leben. Mit ihr war es bequem. Und daß dies auf Kosten der Kinder ging – aus denen wurden so und so keine vollwertigen Mitglieder der Gesellschaft. Wozu also sich anstrengen. Und dennoch lebte im Herzen eines jeden Lehrers das Streben nach dem Ideal. Gut zu arbeiten ist dem Menschen eigen. Er ist darauf programmiert, sich selbst ganz in eine Sache einzubringen. Wenn er das nicht kann, macht sich die große Apathie breit.

Pascha hielt seine Rede und setzte sich. Die Panasjutschka bat ungerührt um weitere Wortmeldungen. Niemand hob den Arm.

Stille. Alle wußten, daß Pascha die Wahrheit gesagt hatte. Aber durfte man das?

Lidija Glebowna vom Volksbildungsamt beugte sich zu ihm und fragte flüsternd: »Sagen Sie mal, haben Sie jemanden hinter sich?«

»Jawohl«, antwortete Pascha.

»Wen denn?«

»Das Gewissen.«

»Aha...« machte Lidija Glebowna.

Sie war Jahrgang siebenunddreißig und konnte sich natürlich nicht bewußt an die Ereignisse jener Jahre erinnern. Doch die Angst der Eltern hatte sich auf ihre Gene übertragen und lag ihr im Blut. Sie fürchtete sich schauerlich, obwohl es bereits offiziell erlaubt war, sich nicht mehr zu fürchten. Wer konnte denn wissen... Perestroika hin, Perestroika her – noch wußte man nicht, was danach kam. Besser sich nicht hervorwagen.

Die Panasjutschka fragte nochmals, ob jemand das Wort wünsche. Allgemeines Stillschweigen. Die Sitzung war beendet. Trotzdem bat die Panasjutschka Pascha darum zu bleiben.

Sie standen sich Auge in Auge gegenüber. Als wäre nichts gewesen, erzählte sie ihm von den Vorzügen ihres neuen Parkettfußbodens und sah ihm dann in die Augen.

»Du verstehst doch, daß wir nicht zusammen arbeiten können?«

»Natürlich!«

»Es heißt also: du oder ich.«

»Ich«, entschied Pascha. »Du bist unnütz und sogar schädlich.«

»Für wen?«

»Für die Gesellschaft.«

»Darüber hast nicht du zu befinden«, sagte die Panasjutschka.

Nach den Regeln der Perestroika hat über alles das Kollektiv zu entscheiden. Die Panasjutschka vertraute auf ihr Kollektiv. Ihre ›Schäfchen‹ – so nannte sie die Lehrerinnen – wollten nicht die Sterne vom Himmel holen. Sie fühlten sich auf Erden prächtig, »warm und feucht«.

Doch da geschah etwas Unerwartetes. Als erste meldete sich Lidija Glebowna vom Volksbildungsamt zu Wort, nach ihr taten es dann auch die anderen ›Schäfchen‹. Es war, als wären ihnen Flügel gewachsen. Sie überboten sich förmlich darin, Pascha zu loben, und taten dies mit solcher Emphase, als sei dies nicht ein Pädagogischer Rat, sondern als hielten sie eine georgische Tischrede: der Ehrlichste, Humanste, eine erstklassige Fachkraft. Ohne ihn – so hörte sich das an – würde die ganze Schule zusammenbrechen, die Wände würden einstürzen, nichts würde mehr funktionieren. Die Panasjutschka wurde förmlich überrollt. Am meisten überraschte sie der Undank ihrer Untergebenen. Hatte sie etwa wenig getan, hatte sie sich nicht in ihre Lage versetzt, ihnen keine vernünftigen Bedingungen geschaffen? Sie war so fassungslos, daß sie nicht wußte, wie sie reagieren sollte. Beleidigt schweigen? Sich verteidigen? Weder das eine noch das andere war notwendig. In Anwesenheit des Vertreters des Volksbildungsamtes wurde die Forderung gestellt, sie zum gewöhnlichen Lehrer zurückzustufen und Pascha zum Direktor der Schule zu ernennen.

Die Panasjutschka stürzte zur Vorsitzenden des Volksbildungsamtes. Dort hatte sie ›ihre Leute‹ sitzen. Die Leiterin hörte sie verständnisvoll an und sagte dann beschwichtigend: »Strafrechtlich ist gegen Sie nichts eingeleitet worden. Ab nächste Woche können Sie Ihre Tätigkeit aufnehmen. Als Lehrerin.«

Die Panasjutschka schwieg betroffen. Sie hatte Mühe, die überraschende Information zu verarbeiten. Die Vorsitzende hatte ihr die Sache unter einem neuen Gesichtswinkel gezeigt: das Gefängnis. Von dieser Warte aus nahm sich ihre Degradierung gar nicht mehr so schlimm aus. Im Gegenteil, sie konnte von Glück reden. Nicht Entrüstung war am Platze, sondern Dankbarkeit. Im Gefängnis sitzen, unbequem schlafen, schlecht essen, sich mit aufgezwungener Gesellschaft zufrieden zu geben war eins. Etwas anderes war es, frei unter den gewohnten Bedingungen zu leben, noch dazu in der Schule zu arbeiten und ein Gehalt mit zwanzig Prozent Aufschlag zu beziehen.

Die Panasjutschka erhob sich und trat auf die Straße. Das Volksbildungsamt befand sich in einem eingeschossigen Barackenbau mit Gittern vor den Fenstern. Was es da wohl zu holen gibt? fragte sie sich verwundert. Ordner mit Papieren, trockene Rechenschaftsberichte, unnützes Papier. Damit hätte man bei feuchter Witterung gut ein Feuer entfachen können, dann wäre es wenigstens zu etwas nütze.

Die Gitter ließen Gedanken ans Gefängnis, an Untersuchungshaft aufkommen, nur weg von hier. Doch die Beine gehorchten nicht. Kein Treibstoff mehr. Sie mußte erst wieder ins Lot kommen, Kraft tanken vom Himmel und den Bäumen, in Freiheit und Ungebundenheit. Ein wenig Brennstoff aus dem Kosmos gewinnen. Sie blieb neben einem Zeitungskiosk stehen, kaufte den Annoncen-teil der *Abendzeitung*, vertiefte sich in die Lektüre, um sich abzulenken.

Eine Anzeige erregte ihre Aufmerksamkeit durch den Zusatz: »gute Bedingungen«. Auch die Telefonnummer und die Adresse standen dabei – dieselbe Straße, in der auch sie wohnte. Sie betrat eine Telefonzelle, wählte die Nummer, fragte.

Sie erhielt zur Antwort: Lohn, freie Kost, Aufenthalt auf der Datscha während des ganzen Sommers. Die Panas-jutschka rechnete zusammen und kam auf den Lohn eines Kandidaten der Wissenschaften.

»Das Kind ist wohl debil?« fragte sie.

»Was heißt debil?« antwortete man ihr beleidigt. »Ein normales, gesundes Kind.«

So begann für Alewtina Warfolomejewna Panasjuk ein neues Leben. Von nun an hatte sie es mit einem einzigen Kind zu tun, nicht mehr mit hundert Zöglingen, so wie früher. Früher mußte sie acht Stunden täglich im Haus zubringen, jetzt ging sie vier Stunden spazieren. Alewtina war um die fünfzig. Sie hatte ausgespielt im Leben, die Zeit der Besinnung war gekommen, und dafür eigneten sich Stille und frische Luft besonders gut.

Auch für Pascha war ein neuer Lebensabschnitt ange-brochen. Er hatte so viel um die Ohren, daß er unmöglich alles im Gedächtnis behalten konnte. Er hängte sich zu Hause einen Zettel unter den Spiegel, auf dem geschrieben stand: ›erstrangig‹ und ›zweitrangig‹. Dahinter folgten Stichworte und Notizen.

Punkt eins lautete: Kader. Es galt, Eignungsprüfungen

durchzuführen, nur ausgebildete Sonderschulpädagogen sollten bleiben, keine Dilettanten, keine Amateure.

Punkt zwei: das Mikroklima. Keinerlei Taifune und Wirbelstürme im Lehrerzimmer, dazu war keine Zeit. Es gab so eine Unmenge Arbeit, daß alle gemeinsam wie die Treidler mit dem Zugriemen um die Schulter mitziehen mußten.

Punkt drei: Verbindung zur Textilbranche herstellen. ›Mosschweja‹ hieß der Betrieb, der Behinderte beschäftigte. Kissenbezüge und Waffelhandtücher fertigen und an sie liefern gegen Bezahlung. Das für die Mädchen. Die Jungen sollten Bucheinbände herstellen. Pappe, Kaliko, Kunstleder mußten her. Die Tischler- und Schlosserwerkstätten mußten angekurbelt werden. Doch woher Holz nehmen? Woher überhaupt alles nehmen? Wer bezahlt das?

Manchmal schien ihm alles undurchführbar. Sinnlos, mit der Stirn gegen eine verknöcherte Ordnung anzurennen. In solchen Augenblicken hätte er am liebsten alles hingeschmissen, sich nicht mehr blicken lassen. Doch ein innerer Motor trieb ihn. Er wußte: Wenn nicht er, dann keiner. Einmal träumte ihm, er schritte durch einen endlosen Schulkorridor, vorbei an einem Spalier von Schülern und Lehrern. Sie sahen Pascha so voll gespannter Hoffnung an, als hinge ihr Leben von ihm allein ab, so daß er weder anhalten noch umkehren kann. Hier im Korridor stand auch Marina, aus irgendeinem Grund nackt und voller Blut. Ihm dämmerte, daß dies nur ein Traum war, und er zwang sich, wach zu werden. Lange lag er im Dunkeln. Was es doch für Träume gab! Eines war ihm jedoch klar: Wie sehr er Marina auch mit Haß versengte und durch Arbeit verdrängte – sie tauchte immer wieder aus dem Unterbewußtsein auf wie eine Verwunschene. Nichts zu machen. Es sei denn, die Hirngefäße platzten, überschwemmten die Stelle, wo das Gedächtnis sitzt, mit Blut und ersäuften alle Erinnerungen.

Im Lehrerzimmer machte man ihm weis, es bedeute Gutes, im Traum Blut zu sehen – Blutsverwandtschaft, nahestehende Menschen. Bei Marina war demnach alles in Ordnung.

Mitten im Winter lief ihm die Panasjutschka über den Weg. In Kopftuch und Filzstiefeln schob sie einen Kinderwagen.

»Ich wollte dich immer mal anrufen«, sagte sie.

»Warum denn?«

»Um dir danke zu sagen. Also: danke!«

»Bitte.«

»Du siehst gut aus«, sagte sie aufrichtig. »Die Macht bekommt dir gut. Der Gesichtsausdruck ist anders.«

»Du siehst auch gut aus. Das Tuch und die Stiefel stehen dir.«

»Ich stamme ja vom Dorf«, sagte sie schlicht.

Das Kind fing an zu weinen. Alewtina nahm es auf den Arm. Ihr Gesicht klärte sich auf, das Panasjutschkentum verflüchtigte sich völlig.

»Ein Prachtkerlchen!« teilte sie glücklich mit. »Ich küß ihn direkt auf die Schnute, wenn die Eltern es nicht sehen.«

Pascha lobte den Kleinen, und sie trennten sich.

In der Müllgrube lagen zwei Bretter. Pascha trat heran, klemmte sie unter den Arm und nahm sie mit. Das Holz war stabil, ließ sich vielleicht in der Tischlerwerkstatt verwenden.

So gingen sie in verschiedene Richtungen auseinander – die Panasjutschka mit dem Kinderwagen und Pascha mit den Brettern.

Vier Jahre waren vergangen.

In dieser Zeit war die Schule auf den ersten Platz in der Stadt gerückt, was eine Menge Unbequemlichkeiten mit sich brachte. Im Internat drängten sich die Praktikanten, man führte es Ausländern und allen möglichen Gästen der Stadt vor. Gäste aber stehlen einem bekanntlich die Zeit. Die Arbeit nahm für Pascha nicht ab. Kaum war eine Sache vorbei, stand die nächste ins Haus. Manchmal kam es ihm vor, als versuche er, einen löchrigen Sack zu füllen. Richtiger – ein Faß ohne Boden.

Einmal monatlich nahm er an der Tagung der medizinisch-pädagogischen Kommission teil. Die Kommission prüfte Kinder, die aus der allgemeinbildenden Schule ausgesondert worden waren. Darunter waren solche, die nicht einmal den Anforderungen der Hilfsschule genügten. Sie mußten in soziale Versorgungseinrichtungen überwiesen werden. Manchmal gerieten auch völlig gesunde Kinder vor die Kommission. Beim letzten Mal war ein rothaariges Paar erschienen: Mutter und Sohn. Der Junge zehn Jahre alt, schieläugig, sehr aufgeweckt. Seine Lehrerin, Elvira Stanislawowna, mochte ihn nicht, ja sie haßte ihn, und der Junge verschloß sich in ihrer Gegenwart, machte beinahe den Eindruck eines Debilen. Die Lehrerin wurde vorgeladen und die Frage ihrer Berufstauglichkeit gestellt. Pascha wußte, daß einem Kinder ebenso wie Erwachsene höchst zuwider sein können. Aber hassen, sich gar an ihnen rächen... Gut, daß der Kommission aufgeschlossene Leute angehörten. Die Panasjutschka, die ewig in Privatangelegenheiten unterwegs gewesen war, wäre dieser Sache bestimmt nicht auf den Grund gegangen, und der Rothaarige hätte sich ruck-zuck im Internat wiedergefunden. Dort aber herrschte ein anderer Umgang, verlief die Kindheit anders, und da die Kindheit das Fundament des Lebens ist, wäre auch sein Leben anders verlaufen.

Das nächste Paar waren eine Großmutter mit Enkelkind. Die Kleine war sieben, sie war unschön, hatte eine lange Nase, und sie lächelte fortwährend aus Freude über die vielen wohlmeinenden Erwachsenen um sie herum. Das Mädchen vermochte auf keine einzige Frage zu antworten. Die Augen der Alten tränten vor Liebe und Alter. Die beiden waren nicht blutsverwandt. Die Alte erzählte, die erste Frau ihres Sohnes, Walka, habe dieses Mädchen nach der Scheidung geboren – unbekannt, von wem. Walka selber wüßte dies nicht. Die Exschwiegertochter hatte das Kind der Schwiegermutter gebracht. Walka führte ein Vagabundenleben, hatte keinen festen Wohnsitz, sie konnte das Kind nicht in die Mülltonne werfen. So hatte sie es also ihr gebracht und war verduftet. Der Sohn war in den Norden übergesiedelt und hatte dort geheiratet. So war das Großmütterchen mit dem Mädchen alleingeblieben, eine Alte und ein Kleinkind – zwei Menschen, die niemand brauchte, die nur einander brauchten: Die Großmutter arbeitete als Reinemachefrau in einem Laden, wo oft ein paar Lebensmittel abfielen. Man hatte Mitleid mit ihr, überließ ihr das Essen kostenlos und schickte sie mittags nach Hause. Den Fußboden wischten die Angestellten anstelle der Alten selber. Das Mitleid vereinte sie, hielt sie alle über Wasser, machte sie zu Menschen. Die Alte starb nicht, weil sie es sich nicht leisten konnte. Wer sollte das Mädchen nehmen?

Pascha blickte auf die Alte. Ihr Gesicht war wie rissige Erde. Die Falten so tief, daß man in jeder eine Münze hätte verbergen können. Sie war mindestens neunzig.

Pascha schlug das Internat vor. Die Alte fragte, ob sie das Kind täglich abholen dürfe.

»Samstags und sonntags«, erläuterte Pascha.

Die Alte schwankte.

»Sie wird dort weinen.«

»Sie weint ein Weilchen und gewöhnt sich dann.«

»Ein Mensch ist kein Hund, er gewöhnt sich an alles«, stimmte sie zu. »Aber sie tut mir leid...«

»Überlegen Sie es sich, und sagen Sie es uns dann.«

Die Alte und das Mädchen verließen den Raum.

Ach Walka, Walka, dachte Pascha, was soll man bloß mit dir machen? Was kann man nur mit solchen Menschen tun? Sie verurteilen? Erschießen?

Pascha spürte plötzlich, wie der Stuhl unter ihm seitwärts entglitt und davonschwebte. Das widerfuhr ihm zum erstenmal. Alles passiert schließlich zum erstenmal, hatte ihm der Kreisarzt einmal gesagt. Pascha hatte Erholung, Urlaub oder einen Kuraufenthalt bitter nötig. Andernfalls würde die Hypertonie zunehmen und wer weiß wie enden. Die Hypertonie hatte viele Varianten, und keine einzige sagte ihm zu.

Er nahm Urlaub und fuhr in ein Sanatorium. Das Sanatorium lag am Schwarzen Meer, direkt am Ufer, und war von beiden Seiten durch ein Metallgitter eingegrenzt, damit sich nicht Betriebsfremde, genannt ›Wilde‹, auf das Stück Strand verirrten. Diese Wilden waren zwar ganz vernünftige Leute, aber ohne sie war es besser.

Das Territorium war klein, die Urlauber bewegten sich wie in einem Freigehege. Wie Blaufüchse und Nerze.

Pascha ertrug Gewimmel nicht, deshalb suchte er den Strand früher als alle anderen auf und den Speisesaal später. Seine Tischnachbarn hatte er während der ersten Woche nicht ein einziges Mal angetroffen. Und das war gut so. Pascha kurierte sich durch die Einsamkeit.

Von den Frauen fielen ihm zwei ins Auge: eine junge und eine gleichaltrige. Die Junge war gedrungen, kurzbeinig, hatte prächtige Zähne wie eine Kalmückin. Die Altersgefährtin war mager, biegsam wie eine Wasserpflanze, unangenehm aufreizend. Man hätte sie dauernd ansehen mögen. Ein paarmal tauchte eine Frau auf, die Marina ähnelte.

Er bewohnte ein Zimmer mit Doppelbett und Couch. Die Loggia ging zum Meer hinaus. Decken und Vorhänge waren blau, die Möbel weiß. Die Kurverwaltung verstand es, für ihre Erholungssuchenden zu sorgen.

Drei Stunden täglich befaßte Pascha sich mit Lehrstoff. Er las, schrieb, verfaßte Diktate für die Kinder, die nicht nur lehrreich, sondern auch unterhaltsam sein sollten, damit keine Langeweile aufkam. Langeweile ist das äußere Merkmal von Talentlosigkeit. Langeweile ist Dürre, sie tötet alles ab.

Nach einer Woche sah Pascha erstmals seine Tischnachbarn – es waren Marina und ein dreijähriger, kraushaariger, großäugiger Junge mit kurzen Zähnen. Eine genaue Kopie von Pawluscha, so als hätte Pawluscha sich durch einfache Teilung vermehrt.

Das Überraschungsmoment war so überwältigend, daß Pascha nicht einmal mit der Wimper zuckte. Er blieb sitzen, wie er war. Das wirkte wie völlige Gleichmut. So trifft man sich also wieder – na und?

Einmal hatte ihm die Nachbarin aus Moskau, die Kraschenaja, erzählt, sie sei ihrem späteren Mann vor der Revolution in Zürich begegnet.

»Er war wohl Deutscher?« hatte Pascha gefragt.

»Nein. Ein Jude aus Kiew.«

»Muß man denn extra nach Zürich fahren, um dort einem Kiewer Juden zu begegnen?« hatte Pascha kopfschüttelnd gemeint. »Den hätten Sie doch auch in Kiew treffen können.«

»Stimmt, aber ich bin ihm eben in Zürich begegnet.«

Das gleiche war Marina und Pascha zugestoßen. Sie hätten einander ebensogut in Moskau begegnen können, wo sie beide wohnten. Doch nein, sie trafen sich in Sotschi, und zwar fast an der gleichen Stelle, wo sie sich einst getrennt hatten. Das Schicksal hatte den Kreis geschlossen.

Überhaupt neigt das Leben dazu, spiralförmige Kreise zu ziehen. Aber das war nicht Paschas Entdeckung, das hatte man schon vor ihm festgestellt.

Marina war ganz perplex, ihre Überraschung war mit einem Pluszeichen versehen. Sie erstrahlte und sagte:

»Grüß dich, Pascha, du bist kaum wiederzuerkennen. Siehst aus wie Rushitsch. Ich dachte, du seist es leibhaftig.«

»Wieso Rushitsch?«

»Er tritt gerade in Sotschi auf. Ein Mime mit Gitarre.«

»Mime mit Gitarre? Seltsame Mischung.«

»Sind Pawluscha und ich nicht auch eine seltsame Mischung?« Marina nickte zu dem Jungen hin.

Pascha begriff, daß das Kind auch Pawluscha hieß.

Er antwortete nicht. Er begegnete Marinas klarem, ungetrübtem Blick und sah, daß ihr die Vergangenheit überhaupt nicht peinlich war. Keinerlei Komplexe. Während er sich krümmte und wand wie auf einer heißen Bratpfanne, sagte sie leichthin »grüß dich«, das war alles.

Marina hatte sich verändert. Sie war dicker geworden und blasser. Rouge anstatt natürliche Wangenröte. Anstelle der weißen Bluse ein schwarzer synthetischer Rollkragenpulli, um weniger waschen zu müssen. Das Auffallendste aber war ihre hektische, unterwürfige Art zu sprechen und sich zu bewegen.

Die Serviererin brachte Borschtsch. Pascha griff zum Löffel und machte sich ans Essen. Er fühlte sich frei von Marina. Ihr Anblick hatte genügt, daß alles augenblicklich verging. So jählings, wie er sich verliebt hatte, befreite er sich von ihr. Es tat ihm nun sogar leid darum, daß er so lange gelitten hatte. Ich Dussel! dachte er, wobei er mit dem Löffel den Klecks saure Sahne beiseite schob. Bei saurer Sahne war er mißtrauisch, sie war selten frisch.

Marina machte sich daran, Pawluscha zu füttern. Er wand sich und aß nicht. Ein wehleidiger, ungezogener

Bengel mit Rotzblasen unter der Nase, die Marina einfach mit der bloßen Hand abwischte.

»Ein Löffel für Onkel Pascha«, mahnte sie.

»Lieber für den Papa«, korrigierte er.

»Er kennt ihn gar nicht«, sagte Marina beiläufig.

Pascha wollte nach dem Grund fragen, beherrschte sich aber, wollte er sich doch die Achtung vor seinen eigenen Leiden bewahren. Er machte ein verschlossenes Gesicht.

Marina verwandelte indessen den Löffel in einen Dampfer, verfrachtete eine Frikadelle als Passagier auf das Schiff, das sich nun wie auf Wellen durch die Luft auf Pawluschas Mund zubewegte. Doch unmittelbar am Ziel schlug Pawluscha den Dampfer weg, und der Frikadellenpassagier landete auf Paschas Glatze. Pawluscha blickte ungerührt mit großen graugelben Augen vor sich hin.

Pascha erhob sich vom Tisch, bevor die zweite Ladung nahte.

»Da hast du's – jetzt ist Onkel Pascha gekränkt«, sagte Marina vorwurfsvoll.

»Bäh!« machte Pawluscha.

›Ganz der Papa‹, dachte Pascha und verließ den Speisesaal. Er durchquerte das ›Freigehege‹, trat auf die Straße, bestieg einen Bus und fuhr in die Stadt. Dort suchte er eine Imbißbude auf, bestellte Soljanka und Schaschlik. Noch während er aß, wurde ihm klar, daß ein gewaltiges Sodbrennen im Anzug war.

Die Woche verstrich, die Tage verrannen.

Morgens frühstückte Pawel in seinem Zimmer Käse

und Tomaten. Am Tage fuhr er zur Schaschlikbude. In den Zwischenzeiten ging er schwimmen, Tennis spielen, bereitete Unterrichtslektionen vor. Marina und Pawluscha tauchten mal hier, mal da auf und waren so etwas wie ein Sodbrennen.

Einmal watete Pascha gerade an Land und erblickte den kleinen Pawluscha, der knöcheltief im Wasser stand, umringt von Kindern. Die Kinder bespritzten ihn, während er kreischte, als ginge es ihm ans Leben. Pascha blickte sich nach Marina um, doch die war nicht in der Nähe.

Pascha wollte weitergehen, aber Pawluschas Gekreisch verfolgte ihn, bohrte sich in seine Ohren und tiefer noch ins Gehirn. Er machte kehrt, nahm Pawluscha bei der Hand und führte ihn aus dem Kreis der kleinen Bestien heraus. Gesunde Kinder sind unbarmherzig. Wenn sie nur etwas Lebendiges finden zum Quälen. Pawluscha heulte unentwegt, sein Gesicht war naß von Tränen und Meeresspritzern.

Pascha hockte sich nieder und wischte ihm das Gesicht mit der bloßen Hand ab, so wie Marina es getan hatte. Um Pawluschas Brauen flammten von der Aufregung rote Flecken und auf der Stirn Pünktchen.

»Wo ist denn deine Mama?« fragte Pascha.

»Ich weiß nicht...«

Da sieht man's mal wieder. In die Welt gesetzt, um zu leiden. Niemand braucht das Kind.

Wahrscheinlich hatte Marina vor den Augen der Schwiegermutter Tassja keine Gnade gefunden. Pawluscha senior hatte ihr den Gehorsam nicht verweigern können oder es auch nicht gewollt. Entweder hatten sie geheiratet und sich wieder scheiden lassen – dann standen Marina Alimente zu –, oder sie waren ohne zu heiraten einfach auseinandergegangen – dann bekam Marina fünfundzwanzig Rubel monatlich vom Staat. Früher waren es fünf gewesen. In einigen Ländern unterstützten wohltätige Gesellschaften solche Unglücksraben. Bei uns muß jede Frau ihr Schicksal in die eigenen Hände nehmen.

Marina kam in Badeanzug und Absatzschuhen angelaufen, herausgeputzt und geschminkt. Die Absätze versanken im Kies, das Rouge zerlief und glänzte fettig, und in ihrem ganzen entblößten Körper war etwas armselig Untertäniges, ein Sichfeilbieten. Auch Pawel sah sie so liebedienerisch an, als sei er tatsächlich Rushitsch.

»Weshalb hast du ihn hierher mitgenommen?« fragte Pascha streng.

»Wo soll ich ihn denn lassen? Ich hab niemanden.«

»Das sieht man.«

Pascha kehrte in sein Zimmer zurück. Er duschte, zog ein grünes Safarihemd über und schickte sich an, in der Stadt zu Mittag zu essen. Doch dann überlegte er es sich anders und ging in den Speisesaal.

Marina und Pawluscha kämpften bereits mit dem Gemüsesalat. Marina stopfte ihm das Gemüse mit den Händen in den Mund, doch Pawluscha spie es wieder aus. Der Tisch war vollgespuckt wie ein Stall.

Marina verglich die Gurkenstückchen mit Steinchen und die Möhrenscheiben mit Geldmünzen, obwohl diese am allerwenigsten gedünsteten Möhren ähneln. Pawluscha versteifte sich, wehrte sich mit Händen und Füßen. Das typische Benehmen eines verzogenen Kindes, dem man nicht Tag für Tag Erziehung angedeihen läßt, sondern alles erlaubt, weil das weniger aufwendig ist.

Marina war nahe daran, zu explodieren. Pascha war klar, daß sie dem Kind gleich eins überziehen würde – großes Gebrüll wäre die Folge und Flecken um die Brauen, dann würde Marina sich entschuldigen, sich vor dem Kleinen erniedrigen, und alles wäre wie gehabt. Pawluscha würde nach diesem neuerlichen Triumph völlig vertieren, sich in einen regelrechten Diktator verwandeln. Wahrscheinlich hatte er Tassjas Gene geerbt.

»Steh auf!« befahl ihm Pascha.

Pawluscha erstarrte mit geöffnetem Mund.

»Steh auf!« wiederholte Pascha.

Pawluscha glitt vom Stuhl.

»Verlasse den Speisesaal.«

»Und Mama?« fragte Pawluscha.

»Mama bleibt hier.«

»Und ich?«

»Du gehst raus, weil du störst. Sieh, alle sitzen still da und essen, wie es sich gehört. Wie aber benimmst du dich?«

Pawluscha zog eine Leidensgrimasse, stülpte die Oberlippe über die Zähne, machte auf Mitleid.

»Wenn du nicht gehen willst, setz dich und iß. Und daß ich nichts von dir höre! Ohne einen Ton, klar?«

Pawluscha erklomm den Stuhl und sperrte den Mund auf. Marina beförderte schweigend den Gemüsesalat hinein.

»Braver Junge«, lobte Pascha. »Und jetzt sitz still, damit auch Mama essen kann.«

Pawluscha blickte forschend in Paschas Augen, um in ihnen eine Schwachstelle aufzuspüren, die sich hinter der zur Schau getragenen Strenge verbarg. Doch die Strenge war echt. Auch der männliche Wille, der Pawluscha unbekannt war. Er saß brav da wie ein Hündchen. Ein bißchen tat er Marina leid.

»Sein Charakter ist nach der Krankheit völlig verdorben.«

»Was hat er denn gehabt?« fragte Pawluscha.

»Eine Vergiftung. Hat eine Packung Schlafmittel aufgegessen. Dachte, es sind Bonbons.«

»So was muß man wegschließen«, sagte Pascha streng.

Pawluscha hörte, daß man über ihn sprach, riß seine graugelben Augen auf. Pascha mußte daran denken, daß diese seltene Farbe Avocato genannt wird.

»Gib deiner Mama eine Serviette« verlangte Pascha.

»Ich?«

»Ja, du.«

»Ich bin noch klein.«

»Na und? Du bist doch ein Mann, und sie ist eine Frau.«

Pawluscha zog an der Serviette, mit der das Brot bedeckt war.

»Nicht die, die aus Papier.«

Pawluscha entnahm dem Glas eine Papierserviete und verstreute dabei alle übrigen. Er hatte einen Auftrag bekommen. Das war wie ein Spiel. Pawluscha spielte mit sichtlichem Vergnügen einen großen Jungen, was viel interessanter war als klein zu bleiben.

Am Abend schickte Pascha sich gerade an, ins Kino zu

gehen, als es klopfte. Wer das wohl sein mag, dachte er. Weder mit der Kalmückin noch mit der Altersgefährtin hatte er sich näher bekannt gemacht, sie hatten nur von weitem Blicke gewechselt. Aber möglich war alles. Im Süden lief alles schneller ab. Nicht nur die Blumen erblühten früher.

Vor der Tür stand Marina.

»Ich hab eine irrsinnig große Bitte an dich«, plapperte sie drauflos. Früher war sie nicht so gewesen. »Könntest du nicht ein Weilchen bei Pawluscha sitzen? Das heißt, das brauchst du gar nicht. Geh du deiner Beschäftigung nach, und ich lasse die Tür zu seinem Zimmer offen. Wenn er aufwacht, geh hinein und trag ihn ein bißchen im Zimmer herum. Er wird sich im Nu beruhigen, und du kannst ihn wieder hinlegen.«

»Wo ist denn dein Zimmer?« fragte Pascha verständnislos.

»Neben deinem. Du hast die elf und ich die dreizehn.« Marina sah zu ihm auf und hielt den Atem an. Pascha hielt dieses Unterwürfige an ihr nicht aus. Das alles konnte man auch anders vorbringen. Und ohne diesen Blick.

Offenbar hatte das Leben sie in diesen vier Jahren so mit dem Gesicht über den Asphalt geschleift, daß sie vergessen hatte, wie sie früher einmal war.

»Ich bin bald wieder zurück, gegen zwölf. Nicht später.«

Sie hatte beschlossen, das Schicksal in die eigenen Hände zu nehmen und ihm bis zwölf eine Wende zu geben.

»Wenn er etwas zu trinken verlangt – da auf dem Fensterbrett in der Thermosflasche«, teilte sie ihm noch mit, so als wolle sie seiner Entscheidung nachhelfen.

»Na gut.«

Sie reckte sich und küßte ihn auf die Wange. Auch dieser Kuß war eine demütigende Handlung, und Pascha meinte: »Sei nicht so flatterig. Beruhige dich. Du bist doch eine Frau.«

Marina hob die Brauen, als wundere sie sich über diese Eröffnung. Ihre Augen waren mit violetten Lidschatten bepinselt. Ihre Fingernägel waren grün. Schwergewichtiger Schmuck. Es fehlten nur noch Federn am Kopf.

Marina drehte sich um und stöckelte den Flur entlang. Es mußte sehr unbequem sein, auf solchen Absätzen zu gehen. Und dabei hatte sie einen weiten Weg.

Pawluscha schlief auf dem Bauch, das Gesicht ins Kissen geschmiegt. Pascha trat ans Bett und betrachtete ihn skeptisch. Der kleine Rücken hob und senkte sich, demnach atmete er – ihm fiel ein Stein vom Herzen. Trotzdem drehte er das Köpfchen leicht und machte eine Vertiefung ins Kissen, um den Luftzutritt zu sichern.

Die Decke wölbte sich leicht über dem Kind, so klein war er noch. Wie ein Erdbuckel. Wo fand da nur die Seele Platz? Und die ganze Zeit bewegte sich das Kind quasi am Rande des Abgrunds: mal hatte er Medikamente geschluckt, dann wieder ließ man ihn allein am Meer. Wie leicht hätte er bis an die Brust, dann bis zum Hals hineingehen können, eine Welle hätte ihn nur anzustoßen brauchen ...

Pawluscha schlief. Hinter der Rundung der Wange traten das kleine Näschen hervor und die geöffneten Lippen.

Unmöglich, sich vorzustellen, daß dieses schlafende und jenes brüllende und wehleidige Kind ein und derselbe Mensch waren.

Pascha kehrte in sein Zimmer zurück. Er legte sich hin, ohne sich auszuziehen, und las ein Buch über Hemingway. Einst war Hemingway jung und arm gewesen, hatte in Paris gelebt, Madley geliebt, einen Sohn bekommen, John, und ›Paris – ein Fest fürs Leben‹ geschrieben. Er war glücklich gewesen. Später, gegen Ende seines Lebens, war er reich, lebte auf Kuba, besaß ein Haus, hatte eine Unzahl Katzen, seine Frau Mary, aber er hatte etwas Wichtiges verloren und brachte sich um. Damals war er zweiundsechzig. Für den Tod ist das zu früh. Andererseits ist dies ein Alter, in dem sich vieles wiederholt. Alles war schon einmal dagewesen und wiederholte sich nun zum zweiten und dritten Mal. Neu war nur – der Tod. Vielleicht ist nur der Weg interessant, und am Ende des Weges erwartet einen nun mal die »Richtstatt«.

Hemingway hatte intensiv gelebt und hatte alles mitgenommen, was das Leben bietet. Er hatte seinen Zyklus früh vollendet und war deshalb früh von uns gegangen. Lermontow hatte seine Bahn noch früher vollendet und war gegangen. Möglicherweise ist nicht die Länge des Weges ausschlaggebend, sondern die Kompaktheit. Sieht man von den Genies ab und nimmt die gewöhnlichen Sterblichen, so liegt die Zeit ihrer Verwirklichung zwischen dreißig und vierzig. All das, wozu man fähig ist, muß in dieser Lebensperiode zur Entfaltung kommen. Und er, Pascha, womit hatte er seine Jahre zwischen dreißig und vierzig vergeudet?

Er nickte ein. Von einem Schrei fuhr er wieder hoch. In sein Zimmer kam barfuß und im Schlafanzug Pawluscha gelaufen, die Arme ausgebreitet. Pascha sprang auf, packte das Kind, wobei er dessen Schulterblätter wie die Ansätze von Flügeln spürte.

»Da ist ein Zauberer...« Pawluscha wies zur Tür.

»Du bist doch ein großer Junge. Ein Mann. Du darfst doch vor dem Zauberer keine Angst haben.«

Pawluscha verstummte, ließ seinen Körper über Paschas Schulter baumeln wie über eine Balkonbrüstung, sah nach unten und nach allen Seiten.

Pascha ging mit dem Kind ins andere Zimmer. Er goß aus der Thermosflasche heißes Wasser in ein Glas. Pawluscha reckte sich nach dem Getränk und streckte gar die Zunge heraus. Gierig und hörbar schluckend, trank er sich satt und sagte: »Geh nicht weg. Ich hab Angst.«

»Ich möchte schlafen«, widersprach Pascha.

»Ich will bei dir schlafen.«

Pascha überlegte, dann trug er ihn in sein Zimmer, packte ihn bequem ins Bett und legte sich daneben.

Pawluscha schmiegte die Stirn an Paschas Arm unterhalb der Schulter und schlief ein. Im Schlaf schwitzte er, die Stirn wurde feucht. Pascha spürte die Feuchtigkeit auf seinem Arm, hörte die kleinen Atemzüge. Pawluscha atmete, als spräche er im Flüsterton den Buchstaben ›i‹. Pascha spürte plötzlich, wie mit jedem ›i‹ sein Herz warm wurde. Nein, das Herz war nicht nur eine Pumpe, die mechanisch und gleichgültig das Blut in Umlauf setzte. Es war ein lebendiges Gefäß, in dem sich die Liebe ansammelte. Sie sammelte sich an und erwärmte.

Es war ihm unbequem, in ein und derselben Stellung zu verharren, er hatte aber Angst, sich zu bewegen, weil er das ›i‹ nicht unterbrechen und den Schlaf des Jungen nicht stören wollte. Er lag versunken in Liebe wie in einem Meer und dachte erstmals ohne Haß an Pawluscha den Älteren. Warum war dieser bloß so geworden? Weil man auch ihn bespritzte wie die Kinder seinen Sohn. Seine gebieterische Mutter zermalmte ihn förmlich mit ihrer Liebe, und so suchte er außerhalb ihrer Sphäre Selbstbestätigung auf Kosten anderer.

Marina kehrte nicht wie versprochen um zwölf zurück, sondern erst um zwei. Leise betrat sie Paschas Zimmer.

»Schläfst du?« fragte sie. »Schon gut, ich werde nicht stören...«

Sie machte kehrt und schritt zur Tür. Es interessierte sie nicht einmal, ob ihm die Anwesenheit des Kindes angenehm sei oder ob er lieber allein bleiben würde... Erstaunlich unterentwickeltes Feingefühl, dachte Pascha. Verhärtet in ihrem Egoismus. Vielleicht war es auch nur ihre Art, um jeden Preis zu überleben...

»Kommt Pawluscha her?« fragte er aus der Dunkelheit.

Marina blieb stehen, und er spürte ihr erstauntes Schweigen.

»Weißt du es denn nicht?« fragte sie nach einer Weile.

»Ich weiß gar nichts.«

»Er ist in Haft...«

Pascha setzte sich auf. Seine Augen gewöhnten sich an die Dunkelheit. Er konnte Marina gut sehen.

»Weshalb denn?«

»Nun, viele haben dran glauben müssen. Einer hat es auf

den anderen abgesehen. Wie Spinnen in einem Glas. Toyota hat man eingeschüchtert, er ist weich geworden, hat alle verpfiffen, nur um selbst ungeschoren davonzukommen.«

»Hat er viel aufgebrummt bekommen?«

»Toyota?«

»Nein, Pawluscha.«

»Ja, aber er war noch froh. Sie nahmen an, es würde noch schlimmer kommen.«

»Und Toyota?«

»Weiß ich nicht. Der interessiert mich nicht. Ich war damals schwanger. Hatte eine schlimme Toxikose. Fiel dauernd in Ohnmacht. Es war immerhin eine späte Schwangerschaft. Kaiserschnitt.«

Sie begann in ihrem Täschchen zu wühlen, langte nach den Zigaretten.

»Laß das Rauchen«, sagte Pascha. »Hier ist ein Kind.«

»Ach ja...«

Sie schwiegen, jeder in seine Gedanken vertieft. So war das also gewesen – während Pascha seine Kränkung verschmerzte, seinem Leben eine Wende gab, war unter den Füßen der anderen die Erde eingestürzt. Pawluscha war hinter Gitter gekommen, und Marina wurde bei lebendigem Leibe aufgeschnitten.

»Und Tassja?« fragte Pascha.

»Sie ist tot.«

»Das Herz?«

»Nein, sie war völlig gesund. Die Ärzte sagten, sie hätte noch wer weiß wie lange leben können.«

»Warum ist sie dann gestorben?«

»Die Ärzte sagen, weil sie den Tod wollte. Sie wollte nicht leben ohne Pawluscha. Eine grandiose Alte.«

»Hast du ihr gefallen?« fragte Pawel.

»Wann soll ich ihr denn gefallen haben? Am zehnten sind wir zurückgekommen, und am fünfzehnten wurde er bereits festgenommen. Einen Monat später habe ich gemerkt, daß ich schwanger bin. Ich beschloß, das Kind zu behalten. Gott hat es gegeben, dachte ich, soll es bleiben. Ich wußte nicht mal genau, ob es deins oder seins ist.«

Marinas Gesicht zeichnete sich als blasser Kreis ab. Anstelle der Augen sah man nur dunkle Flecken.

»Du bist müde«, sagte Pascha.

Marina ging schweigend in ihr Zimmer. Sie streifte die Kleidung ab, wusch gar nicht erst die Schminke herunter, legte sich hin, wie sie war. Sie hatte einfach keine Kraft. Wozu auch? Um mit siebzig auszusehen wie mit neunundsechzig? Die Vergangenheit zog wieder herauf wie der Schatten eines Bombers. Die Bahnstation ist ausgebombt, dem Erdboden gleichgemacht. Es scheint, daß die nächste Bombe im Direktflug auf deinem Scheitel auftrifft. Und so steht sie da, den Kopf zwischen die Schultern gezogen, mit einem lebenden Bündel auf den Armen und einer frischen Narbe auf dem Leib.

Damals, als sie ihren ›Kutscher‹ verloren hatte, war sie noch in der Lage gewesen, sich auf einer Ausstellung von ihrem Kummer abzulenken, jetzt dagegen... Wie sollte sie auf eine Ausstellung gehen! An Händen und Füßen war sie gebunden. In der Krippe kränkelte Pawluscha andauernd. Zwei Tage brachte sie ihn hin, eine Woche saß sie zu

Hause. Nicht mal zum Einkaufen konnte sie sich freimachen. Mit dem Handtuch mußte sie ihn ans Bett binden, um nach Milch, nach Brot zu laufen. Bei der Rückkehr hörte sie schon im Fahrtstuhl, wie er brüllte. Nicht brüllte, sondern fiepte.

Im Schneideratelier wurde eine neue Empfangsdame eingestellt. Noch längere Freistellungsfristen konnte man ihr nicht gewähren. Ein Atelier kommt nun mal nicht ohne Empfangsdame aus. Nun arbeitete sie im Kindergarten – mal als Kinderwärterin, mal als Erzieherin, wozu sie gerade gebraucht wurde. Dort bekam sie auch zu essen, und ihr Kind war aufgehoben. Ihre früheren Ambitionen waren nur noch Schall und Rauch. Da hatte sie nun ihr neunzehntes Jahrhundert. Die Schneiderin Walja, eine gute Seele, hatte ihr ihren Ferienscheck abgetreten. Eine Kundin hatte ihn für Walja besorgt, und Walja hatte ihn weiterverschenkt. Es gibt eben noch gute Menschen auf der Welt, die helfen, die einen nicht verkommen lassen. Für sich selber kann man alle Illusionen begraben. Doch für Pawluscha galt es zu leben. Er war noch ein Dummkopf und würde sie noch lange brauchen.

Sie dachte daran, wie sie vor einer Stunde am Ufer gesessen und trockenen Wein zum Schaschlik getrunken hatte. Ebenso wie einst. Alles wiederholt sich. Mit dem Unterschied, daß damals alle sie brauchten und jetzt niemand. Weder die anderen sie noch sie die anderen. Und die ganze Zeit hatte sie Pawluscha im Kopf.

Marina unterhielt sich mit dem Sohn in seiner Sprache, auch wenn das unpädagogisch ist. ›Heut‹ anstatt heult. Und ›scheit‹ anstatt schreit. Was, wenn er plötzlich auf-

95

wacht, ›heut‹ und ›scheit‹! Und sie hier am Strand inmitten fremder Leute...

In der Stille scharrte eine Maus. Marina fürchtete sich von Kindheit an vor Mäusen, empfand einen beinahe mystischen Ekel vor ihnen. Sie erhob sich, schnappte Decke und Kissen und ging ins Zimmer von Pascha. Sie warf das Kissen auf die Couch, legte sich hin, deckte sich zu. Pascha und Pawluscha rührten sich nicht.

Die Maus nagte weiter am Holz. Ihrer beider Zimmer lagen Wand an Wand, und es war noch nicht heraus, zu wem sich die Maus durchbeißen würde – zu ihr oder zu Pascha. Aber jetzt schreckte sie das Knabbern irgendwie nicht, es kam ihr sogar anheimelnd vor. Sie fürchtete sich nicht, weil Pascha und Pawluscha in der Nähe waren. Ein Großer und ein Kleiner. Der Große beschützte sie, sie beschützte den Kleinen. So sieht wahrscheinlich die Endstation aus, wenn es in deinem Leben einen Großen und einen Kleinen gibt.

Die Maus wühlte leise und beharrlich, denn auch sie hatte ihr Leben und ihr Programm für diesen frühen Morgen.

Deutsch von Monika Tantzscher

Der Senkrechtstarter

Wassili Petrowitsch Koslow, kurz Kosjol genannt – was soviel heißt wie Bock, Schafskopf –, siebenunddreißig Jahre alt, reiste zu einem Seminar junger Talente an, das in einem Ferienheim bei Moskau stattfand.

Puschkin wurde mit siebenunddreißig umgebracht, während Kosjol noch als junges Talent galt. Eine altersmäßige Zuordnung wie bei den Schildkröten. Es heißt, Schildkröten werden dreihundert Jahre alt. Sie hetzen nie irgendwohin, haben eine dicke Haut. Mit vierzig stehen sie in der Blüte ihres Lebens. Ein Künstler dagegen hat überhaupt keine Haut. Und mit vierzig hat der Mensch das halbe Leben hinter sich. Gedanken dieser Art gingen Kosjol durch den Kopf, als er um elf Uhr morgens im ›Wintergarten‹ saß, dem größten Raum des Ferienheimes, dekoriert mit Palmen in Kübeln und Kakteentöpfen.

Er saß neben einer staubigen Palme und lauschte dem obligatorischen Denker. Zum Seminar waren Soziologen, politische Beobachter, Kosmonauten und Liedermacher eingeladen worden. Unter ihnen gab es Persönlichkeiten und auch Schafsköpfe. Die Persönlichkeiten sprachen über ihre Arbeit, und die Schafsköpfe streuten Phrasen aus, in denen jedes Wort für sich genommen eine Bedeutung hat, aneinandergereiht jedoch ein Blabla ergeben, wie ein monotoner Trommelwirbel.

Kosjol hockte also unter der Palme und sann unter dem Trommelwirbel darüber nach, womit er die siebenunddreißig Jahre seines Lebens verbracht hatte.

Die ersten siebzehn hatte er in der Schule abgesessen. Wie sich's gehört. Dann zwei Jahre Armee, eine Schule der Verrohung. Der Weg vom Menschen zum Affen. Danach fünf Jahre Bauingenieurstudium.

Wie entdeckt man, daß man ein Talent ist? Gar nicht. Da ist einfach eine besondere Energie und eine besondere Sehnsucht. So als ob man in einem anderen Gang fährt als die Menschen um einen herum. Als Kosjol im letzten Studienjahr war, faßte er sich ein Herz und bewarb sich an der Filmhochschule. Er riskierte es einfach. Leicht möglich, daß er zwischen zwei Stühlen gelandet wäre: von der einen Stelle weggegangen – bei der anderen nicht reingekommen. Aber er war reingekommen. Man hatte ihn aufgenommen. Sieger richtet man nicht. Seine Freunde sagten: »Du bist ein As, Kosjol. Verstehst dich durchzuboxen.« Er fühlte sich wie Buratino aus dem Märchen, der das goldene Schlüsselchen gefunden hat. Er brauchte bloß einen Schritt zu tun und die eiserne Tür in der Wand aufzuschließen. Dahinter erwarteten ihn *Ruhm, Arbeit,* das *große Geld,* und alles zusammen nannte sich *Glück.*

Kosjol nahm sein Studium auf, doch da geriet ihm Kirka in die Quere. Sie hatte weißblondes, duftiges Haar, ein laszives Lächeln, war aber im Bett völlig teilnahmslos. Kosjol war rein verrückt nach ihr, närrisch vor Liebe. Er sah sie nur immer an und konnte sich nicht sattsehen. Er sog ihren Duft ein und konnte nicht genug bekommen.

Wo sollte das bloß hinführen? Na, man weiß schon wohin.

Kosjol widmete sich nur noch sporadisch seinem Studium. Doch Talent hängt nicht von der Summe des Wissens ab. Man kann gute Noten haben und trotzdem kein Talent sein. Oder auch umgekehrt. Information und Intuition sind verschiedene Bereiche im Gehirn, die nicht miteinander zusammenhängen.

Mit neunundzwanzig schloß Kosjol sein Studium ab und erhielt die Genehmigung für seinen Debütfilm. Schon lange wollte er die Erzählung eines ganz bestimmten Autors verfilmen. Er brannte förmlich darauf. Er wußte auch schon WIE, was und warum. Doch die zuständige Redakteurin, ein Huhn mit runden Brillengläsern, gackerte: »Ich kann Ihnen von *diesem* Autor nur abraten. Nehmen Sie lieber *den*.«

Aber *der* sagt mir nichts«, protestierte Kosjol. »Mir gefällt *dieser*.«

Die Redakteurin wußte, daß man für *diesen* Autor eins auf den Deckel kriegen und sogar gefeuert werden konnte. Ihre Arbeit aber schätzte sie sehr, da das Filmstudio ganz in der Nähe ihrer Wohnung lag. Über die Straße, und in fünf Minuten war sie an ihrem Arbeitsplatz. Kein Gedrängel und keine Schwitzbäder in öffentlichen Verkehrsmitteln.

Ein Nein kostete sie nichts. Für ein Ja würde sie sich verantworten müssen.

Es war nämlich so, daß *dieser* Autor ein Andersdenkender war und im Ausland lebte. Der andere dagegen dachte richtig und lebte bei Moskau auf seiner eigenen Datscha.

»Ich rate Ihnen ab. Sie erleiden damit Schiffbruch«, bedeutete ihm das Huhn diplomatisch.

»Das ist mein Schiffbruch und nicht Ihrer«, konterte Kosjol.

»Wieso denn? Ich bin die Redakteurin. Ich trage die Verantwortung. Wir ziehen an einem Strick.«

Kosjol blickte in ihr langweiliges, unbegabtes Gesicht.

»Ich will lieber aus eigener Schuld scheitern als aus Ihrer.«

Diese Gespräche zogen sich fünf Jahre lang hin. Kosjol wandte sich zwischendurch an den Vorgesetzten des Huhns. Dann an den obersten Vorgesetzten. Am Ende lief alles auf dasselbe hinaus: Die hohe Kunst ist nichts als ein abstrakter Begriff, der eigene Arbeitsplatz aber mit Sessel und Gehalt und Delikateßwürstchen auf Zuteilung – das ist etwas Konkretes. Keiner wollte seine Würstchen wegen Kosjol aufs Spiel setzen. Und so landete er wieder »an dem Ort, da es anfing«, beim Huhn. Das Huhn breitete bedauernd seine kurzen Flügel-Ärmchen aus.

Kosjols Blut begann zu kochen vor Ohnmacht und Haß. Er bekam eine Krampfader am Bein wie ein Ausrufungszeichen. Buratinos goldenes Schlüsselchen setzte Rost an und wurde krumm, wahrscheinlich weil Kosjol ständig seine verschwitzten Hände zu Fäusten ballte.

Kirka fragte jeden Tag: »Na, wie?« Schließlich hörte sie auf zu fragen. Sie verlor den Glauben an ihn und verachtete ihn insgeheim. Wenn sie ihn nachts umarmte, verachtete sie sich selber dafür, daß sie mit einer Null schlief. Und unwillkürlich erniedrigte sich Kosjol bis zum Sklaven. Demütigungen am Tage. Demütigungen in der Nacht.

Sie lebten auf Pump. Kosjol verstand nicht zu betteln, das übernahm Kirka. Sie studierte die Verhaltensweisen der Gläubiger und der Schuldner und verlegte sich auf eine wirksame Taktik: Sie brachte ihre Bitte unvermittelt, wie beiläufig vor. So eine Bitte ist schwieriger abzuschlagen. Die Leute reagierten auf dreierlei Art: Die einen lehnten sofort ab, ebenso beiläufig, aber bestimmt. Die anderen gerieten in Verwirrung, sie baten wieder anzurufen, verschoben es dauernd und gaben am Ende keinen Heller. Die dritten gingen darauf ein, handelten genauestens die Rückgabefrist aus und machten dabei schuldbewußte Gesichter.

Geld verdirbt die Freundschaft.

Es gab Momente, in denen Kosjol so weit war, aufzugeben und den gewünschten Autor zu verfilmen. Sein Debüt zu machen. Danach würde er den Autor verfilmen, der ihm am Herzen lag. Im Innersten aber begriff er: Wenn er den anderen verfilmte, entstünde eine Geschichte, die aussah wie eine wahre. Es wäre aber keine wahre, sondern eine wahraussehende. Und das war keinen Deut besser als eine verlogene. Schlimmer sogar. Seine Lehrer und Kollegen würden zur Vorführung erscheinen und bei sich denken: ›Kann kaum richtig drehen und weiß schon, wie man sich am besten verkauft. Na bravo!‹ Kosjol müßte dann an jeden einzeln herantreten und erklären, daß er eigentlich diesen Autor gar nicht gewollt hat. Er wollte einen anderen, doch man ließ ihn nicht. Und das Huhn würde dazu hilflos die Flügel ausbreiten: sie sei ja nur die Redakteurin.

Und am nächsten Morgen begab sich Kosjol wieder zum Huhn und argumentierte stotternd. Wenn er sich aufregte, blieb er an den Konsonanten hängen. Sein Gesicht erstarrte zu einer gequälten Grimasse. Das Huhn soufflierte ihm dann, tippte aber in der Regel daneben, und er mußte den Satz von vorn beginnen.

Am Ende fing das Huhn selber zu stottern an, ihr Blutdruck stieg, der Nacken schmerzte. Während eines solchen Anfalls wurde ihr klar, daß ihr ihre Gesundheit mehr wert war als alles andere, und sie zog los, um sich für Kosjol einzusetzen.

Der Film bekam grünes Licht. Er wurde gedreht. Und wanderte prompt ins Archiv. Für immer. Wie Kosjols dreijähriger Sohn sich ausdrückte: »Fürs danze Lebn.« Sein ganzes Leben war jetzt mit einem einzigen großen ›uein‹ besiegelt. Die kleine eiserne Tür in der Wand war für immer zugenagelt und verriegelt. Kosjol würde nie wieder eine Drehgenehmigung bekommen.

Um diese Zeit wurde sein zweites Kind geboren. Ein Versehen der Stadtbezirkspoliklinik. Man hatte die Schwangerschaft zu spät erkannt. Seine Frau mußte das Kind austragen.

Kosjol stürzte sich in die ›Mutterpflichten‹. Seine Frau verdiente, und er blieb zu Hause. Das ältere Kind brachte er in den Kindergarten. Er kochte für die Familie. Machte sauber. Ging mit dem Kinderwagen spazieren, schloß mit Omas und Kinderfrauen Freundschaft, hörte sich den neuesten Hofklatsch an und begriff, daß der Klatsch den Leuten die schöpferische Arbeit ersetzte. So gibt es im Leben eines jeden ein schöpferisches Element. Kirka rief mitunter an um mitzuteilen, daß sie später nach Hause käme, und kam angesäuselt heim. Alles wie in normalen Familien, nur umgekehrt. Sie war der Mann. Er die Frau.

Kosjol rebellierte nicht. Er fand sich damit ab. So ein Leben macht einen Menschen zum Neutrum. Einen Ausweg sah er nicht. Den Beruf wechseln? Zu spät, er war bereits mit dem schöpferischen Bazillus infiziert. Jede andere Tätigkeit wäre eine Lüge gewesen. Sich um ein Kind zu kümmern war immerhin keine Lüge. Um sich mit seinem Sohn zu verständigen, mußte er sich auf dessen Niveau begeben, in seiner Sprache sprechen: »ba-ba«, »nam-nam«. Er mußte die Flamme des Bewußtseins in ihm entzünden und nähren. Manchmal kam es ihm so vor, als ob er sich selber allmählich in einen Neandertaler verwandle, der am Feuer sitzt: »ba-ba«, »nam-nam«, »hm-hm«. Und das würde für immer so bleiben. Aber plötzlich…

Die Konfliktkommission meldete sich. Man hatte Kosjols Film aus dem Archiv gekramt und zu einem Filmfestival geschickt. Der erste Preis! In Gold. *Dort* zuerkannt, im Ausland, nicht *hier*. *Hier* wurde gemogelt und geschummelt. *Dort* hingegen ging es korrekt zu. Kosjol war ein Talent.

Das Huhn rief sogleich an. Es gackerte, daß er ein As sei. Ein Senkrechtstarter. Daß er richtig gehandelt habe. Kosjol hätte sie bei dieser Gelegenheit ganz gern an einiges erinnert, doch in einem solchen Augenblick war das irgendwie unpassend. Kleinlich, nicht ritterlich. Das Huhn bat ihn gleich, ihr eine Empfehlung für den Verband der Filmschaffenden zu geben. Auf ihn würde man hören. Er war eine Autorität.

Kosjol versprach es, als Gläubiger, der er nun war, bat er, ihn bei Gelegenheit wieder anzurufen. Dann fuhr er zum Seminar.

Und nun saß er hier unter der Palme und hielt Ausschau nach einer jungen Seminarteilnehmerin, mit der er die Abende verbringen könnte.

Das Seminar hatte einunddreißig Teilnehmer. Jeder für sich eine Persönlichkeit. Stückware. Einunddreißig Stück. Sie saßen in Jeans herum, die Gesichter fahl von der schlechten Ernährung. In hundert Jahren, wenn alle längst tot waren, würde sich herausstellen, daß unter ihnen fünf Genies gesessen hatten. Nicht weniger.

Von den einunddreißig waren acht Mädchen, das heißt, Mädchen waren sie eigentlich auch nicht mehr. Die Konkurrenz lief eins zu vier. Auf jede von ihnen kamen vier Talente.

Kosjol fand Gefallen an Nastja. Sie saß neben der Tür, rauchte und schnippte die Asche in ein Papiertütchen. Sie schwieg die ganze Zeit über und blickte zu Boden. Sie wirkte bedrückt, so als müsse sie am nächsten Tag zu einer Abtreibung in die Klinik.

Kosjol mochte die Lebenslustigen nicht. Sie erschienen ihm oberflächlich. Während er dem Vortrag über die Folgen des Personenkults zuhörte, sah er Nastja an und stellte sich vor, wie sie beide allein wären und er ihr alles über sich erzählen würde. Sie würde ihm zuhören und schweigen. Er würde sein ganzes Herz ausschütten, bis in die frühen Morgenstunden.

Die Tage bestanden aus Vorträgen, Filmvorführungen, Diskussionen. Das richtige Seminar begann aber erst am Abend. Nach dem Abendbrot. Dann drängten sich alle in einem Zimmer zusammen, die einen brachten etwas Alkoholisches mit, die anderen hofften zu nassauern. Man verteilte sich auf den Betten, auf dem Fußboden und auf dem Fensterbrett. Und dann ging es los. Eine dicke Qualmschicht stand wie Nebel im Raum. Die fünf Genies waren sich ihrer Unsterblichkeit noch nicht bewußt und führten sich wie gewöhnliche Saufbolde auf. Ihre besondere Energie und ihre besondere Sehnsucht brachen aus ihnen hervor. Und die anderen, die nicht zu den Unsterblichen gehörten, quälten sich unbewußt ob der Vergeblichkeit ihres Lebens. Doch sowohl die einen als auch die anderen waren bereit, für das *neue Wort* ihr Leben zu geben. Da waren sich alle gleich, da waren alle Götter. Sie trugen das *neue Wort* in die Welt und waren entschlossen, es überall zu predigen. Kosjol trank schweigend. Er wollte warten, bis alle sich ausgeschrien hatten und sich verkrümelten. Dann würde er mit Nastja hier bis zum Morgen zusammenbleiben. Vielleicht würde er auch sein ganzes Leben von vorn beginnen. Die Beziehung zu seiner Frau war wie eine abgestandene, mehrfach aufgekochte Bouillon mit trübem Bodensatz. Er sehnte sich nach einer neuen Liebe auf neuer Grundlage. Er würde der Mann sein und sie die Frau. Beide würden zusammen arbeiten und gemeinsam Filme machen. Kosjol sah Nastja unentwegt an, so als wäre er über einen Konsonanten gestolpert. Das alles spielte sich vor einer Geräuschkulisse ab. Man beschuldigte einen Regisseur von Dowshenkos Studio, er produziere weinerliche Schinken, statt dessen müsse man schockieren, die Kinder quasi auf die Schienen schmeißen. Der rothaarige, vierschrötige Kopez aus dem Swerdlowsker Studio schrie, die Hauptsache sei das Volk, man müsse Antwort auf alle Fragen beim Volk suchen.

Da hob Nastja den Kopf und fragte leise: »Was ist denn das, das Volk? Sind das die Menschen, die den Akker bestellen, oder sind das alle Schichten der Gesellschaft?«

»Was?«

»Die Intelligenzija – ist das auch das Volk?« präzisierte Nastja.

»Was verstehst du denn schon vom Volk!« kanzelte Kopez sie ab, wobei er anscheinend auf etwas anspielte; Kosjol wußte nicht was.

Nastja verstummte. Kosjol verspürte das Bedürfnis, ihr zu Hilfe zu kommen. Doch der Zeitpunkt war verpaßt. Man war schon bei etwas anderem. Kopez verlangte die Gitarre. Kosjol saß mit einem Schuldgefühl da. Er vermutete, daß Nastja in Moskau Unrecht widerfahren war und sie hierher gekommen war, um sich zu zerstreuen und zu vergessen. Doch auch hier wurde sie gedemütigt.

Kopez griff zur Gitarre. Er sang schlecht und spielte noch schlechter, schlug immer ein und denselben Akkord an. Er spürte selbst, daß er falsch spielte, und bemühte sich, leiser zu spielen und dafür lauter zu singen.

In diesem Augenblick geschah etwas. Kosjol fühlte, daß in seinem Inneren etwas zersprang – war es aus Mitleid mit Nastja, war es eine falsche Note, oder war das Verlangen nach Glück der Auslöser, das ihm schier die Brust sprengte.

In seinem Organismus war wie in einem U-Boot eine Kabine beschädigt worden, und das Boot sank auf den Grund.

Äußerlich hatte sich nichts verändert. Rauchschwaden,

Kopez sang, Nastja rauchte und sah dabei auf die Zigarette.

Kosjol erhob sich still und verließ den Raum. Niemand beachtete ihn. Wo geht ein Mensch schon hin, wenn er viel getrunken hat?

Er betrat den leeren Korridor. In seinem Rücken spürte er eine glühende Ahle. Jeder Schritt, jeder Seufzer verursachten Schmerz. Er tastete sich an der Wand entlang zum Krankenzimmer. Am Tisch saß eine Schwester, deren Alter, weil sie dick war, undefinierbar blieb.

»Mir ist nicht gut«, sagte Kosjol und setzte sich auf die weißbezogene Liege.

Kosjol verströmte Zigarettendunst und Wodkageruch. Die Schwester roch das und meinte in vertraulichem Ton: »Gehen Sie doch mal auf die Toilette, und versuchen Sie sich zu übergeben.«

»Wie bitte?«

»Stecken Sie einfach zwei Finger in den Hals«, erläuterte die Schwester.

Kosjol erhob sich. Die Ahle stach tiefer, die Schmerzen strahlten aus. Mit Mühe gelangte er zu der Tür mit dem Männlein darauf. Er näherte sich dem Becken, steckte die Finger in den Mund – und fiel in einen schwarzen Sack.

Im Krankenzimmer kam er wieder zu sich. Über ihm schwebte wie ein Pfannkuchen das Gesicht der Schwester. In einiger Entfernung nahm er verschwommen die Gesichter seiner Kollegen wahr. Sie standen aneinander gedrängt wie eine Herde verängstigter Pferde und zeigten alle den gleichen angespannten verschreckten Gesichtsausdruck.

Nastja trat mit der Zigarette vor und sagte: »Man muß

ein Elektrokardiogramm machen. Rufen Sie einen Krankenwagen.«

»Warum denn?« widersprach Kosjol. »Das geht vorüber.«

Alle blickten hoffnungsvoll auf Kosjol, so als entschiede er darüber, ob die Fete weitergehen kann oder alle in Panik und Schrecken hin und her rennen würden.

Kosjol war das Ganze unangenehm. Er versuchte aufzustehen, doch etwas schnitt ihm die Luft ab. Er holte Luft, konnte aber nicht richtig durchatmen.

»Den Notdienst...« murmelte er.

»Lassen Sie hier das Rauchen«, ordnete die Schwester an. »Überhaupt, gehen Sie besser hinaus.«

Die Seminarteilnehmer schoben ab. Vor der Tür blieben sie mit schuldbewußten Mienen stehen. Es war ihnen unangenehm, wieder in ihr Zimmer zu gehen und weiterzufeiern, als sei nichts geschehen.

»Hat uns das schöne Lied verpatzt, der Blödmann!« witzelte Kopez.

»Selber Blödmann«, sagte Nastja feindselig.

Schließlich kehrten sie doch ins Zimmer zurück. Sie konnten ja schlecht im Korridor stehenbleiben.

»Na, was ist jetzt, wollen wir noch eins einschenken?« fragte der Verfechter der harten Linie, der ›die Kinder‹ am liebsten ›auf die Schienen schmeißen‹ wollte.

Die Flasche machte die Runde.

»Die Truppe hat den Verlust des Kameraden nicht bemerkt«, kommentierte der Glückspilz Dima. Er war fünfundzwanzig, als die Perestroika begann, kam frisch vom Studium, hatte nicht einen Tag verloren. Auch mit seinen

Eltern war alles im Lot. Begabt war er außerdem. Es gibt solche Menschen.

Sie tranken aus, schwiegen. Alle dachten an dasselbe. Eben noch hatte ein Kamerad bei ihnen gesessen. Ein Gleicher unter Gleichen. Und plötzlich war er weg. Da lag er nun mit aschfahlem Gesicht. Gleich würde die Ambulanz kommen und ihn wegbefördern. Wohin? Vielleicht ins Jenseits.

Fremdes Unglück entfacht die Lebensgier. Kopez langte nach der Gitarre, doch man verweigerte sie ihm.

»Es reicht!« sagte Nastja. »Du kratzt drauf rum wie ein Hund mit der Pfote.«

Der Glückspilz Dima nahm die Gitarre. Er sang gut. Mehr als das, er sang göttlich. Dabei wurde einem klar: Nicht die Arbeit allein hat den Menschen geschaffen.

Vierzig Minuten später traf der Krankenwagen ein und brachte zwei junge Frauen mit: eine Ärztin und eine Krankenschwester. Die Schwester war groß und weizenblond. Die Ärztin war ein dunkler Typ mit Brille. Ihre Beine waren von oben bis unten gleichförmig gerade wie die Buratinos.

Die Seminarteilnehmer wechselten ins Krankenzimmer hinüber. Sie machten sich Sorgen um das Schicksal ihres Kameraden.

Die Weizenblonde und Buratino bereiteten das Elektrokardiogramm vor. Der Apparat funktionierte nicht. Wahrscheinlich war er unterwegs zu Bruch gegangen, vielleicht war er auch schon vorher kaputt gewesen.

Kopez, der Alleskönner, versuchte den Fehler herauszufinden und zu beseitigen. Die Seminarteilnehmer ließen indessen die Zeit nicht ungenutzt verstreichen, sie bändelten mit den Frauen an, einer brachte sogar Wodka und ein Wurstbrot. Die Frauen gingen auf das ewige Spielchen ein. Sie kicherten an passenden und unpassenden Stellen, wehrten aufdringliche Hände ab. Alles wäre so schön gewesen, hätte da nicht Kosjol mit aschgrauem Gesicht wie ein verwaschener Lumpen gelegen. Er zerstörte die Melodie, brachte eine beunruhigende Note hinein. Man hätte sie gern aus der Partitur gestrichen.

»Kosjol, raff dich auf!« stachelte Dima ihn an.

Kosjol antwortete nicht. Er sah zur Decke. Ihm war alles einerlei. Er war die Schmerzen, die Atemnot leid. Nur einen Wunsch hatte er: mit ganzer Brust tief durchatmen zu können. Alles übrige war ihm gleichgültig.

Der Apparat war und blieb kaputt.

»Patient, sind Sie einverstanden, ins Krankenhaus mitzukommen?« fragte Buratino.

»Was fragen Sie noch? Ist das nicht klar?« bemerkte Nastja bissig.

»Jeder Mensch hat das Recht zu entscheiden, ob er am Leben bleiben will oder nicht«, erklärte Buratino philosophisch.

»Das entscheidet er, wenn er auf dem Fenstersims im zehnten Stock steht. Wenn er aber selber einen Arzt ruft, hat er schon entschieden.«

Buratino kniff die Lippen zusammen. Als sie dem Notruf gefolgt war und ihr bewußt geworden war, daß sie unter Künstler geraten würde, hatte sie sich vorgenommen, ihnen zu zeigen, daß auch sie ein interessanter Mensch mit Köpfchen war. Doch sie wurde nicht akzeptiert. Na gut, dann eben nicht, so scharf war sie auch wieder nicht darauf.

»Na bitte schön«, lenkte sie pikiert ein. »Ich bin ja schon still.«

Das nächstgelegene Krankenhaus war in Troizk. Die Ärztin Leonidowa, eine nicht mehr ganz junge, resolute Frau, studierte das Elektrokardiogramm.

»Nichts Auffälliges«, konstatierte sie für sich. Sie setzte sich auf den Rand der Liege und horchte Kosjol mit einem Stethoskop ab.

»Tief durchatmen«, befahl sie.

»Ich kann nicht. Es tut weh.«

»Wo tut es weh?«

»Überall.«

Die Ärztin drückte mit eisernen Fingern auf seinen Leib. Kosjol erschrak: Wenn sie jetzt noch einmal so drückte, würde die restliche Luft aus ihm weichen wie aus einem durchlöcherten Schlauch, und es wäre aus mit ihm. Er spannte den Leib an, um ihre Finger abzuwehren.

»Alles klar.«

Die Leonidowa erhob sich und ging hinaus.

Kosjol hatte ein Gefühl, als lebe er außerhalb von Raum und Zeit. Der Schmerz, der in ihm wütete, brachte alle Zeitbegriffe durcheinander. Jede Minute wurde zur Ewigkeit. Nach einigen Ewigkeiten erschien eine verwachsene Krankenschwester und nahm ihm Blut aus dem Finger. Dann kehrte die Leonidowa zurück und brachte einen jungen, verschlafenen Mann mit weißem Kittel mit. Also war es Nacht.

»Erhöhter Anteil von Leukozyten, der Bauch wie ein Brett«, sagte sie.

Der junge Mann trat an Kosjol heran und drückte auf den nackten Bauch. Kosjol verkrampfte sich, um die Finger abzuwehren.

Der Arzt musterte Kosjol. Sie waren ungefähr gleichaltrig.

»Es ist nicht der Blinddarm«, sagte Kosjol.

»Hat man ihn schon rausoperiert?«

»Nein.«

»Woher wissen Sie dann, daß er es nicht ist?«

»Nicht der Bauch tut mir weh, sondern der Rücken.«

»Bei Blinddarmentzündung kann es überall weh tun. Das hängt von der Lage des Wurmfortsatzes ab.«

»Wovor haben Sie denn solche Angst?« fragte die Leonidowa vorwurfsvoll. »Sie kriegen eine Narkose und merken nicht das geringste.«

Beide Ärzte waren sich einig: Wenn es keine Blinddarmentzündung war, würden sie eben den gesunden Blinddarm herausschneiden. Prophylaktisch. Dann würden sie wieder zumachen, und die Sache wäre erledigt, jedes Risiko ausgeschaltet. Wenn sie aber den Patienten bis zum Morgen liegenließen, würde der vereiterte Blinddarm vielleicht platzen. Blinddarmdurchbruch. Ein ärztlicher Lapsus.

»Mein Leib tut aber nicht weh«, wiederholte Kosjol.

»Eine Dissimulation«, drückte sich die Leonidowa aus.

Kosjol erriet: Das war so etwas wie das Gegenteil von Simulation. So wie eine Degradierung eine rückläufige Entwicklung ist. Nach Ansicht der Ärzte stellte er sich gesund. Doch dem war nicht so. In ihm passierte etwas. Man mußte suchen, was es war.

Er wollte das sagen, doch beim Konsonanten ›n‹ kam er nicht weiter. Der junge Arzt sah seine Leidensgrimasse und sagte: »Geben Sie ihm was zum Beruhigen.«

Eine Schwester erschien und gab ihm eine Spritze.

Die Zeit floß jetzt zäh und klebrig dahin, so als ob er in Sirup schwämme. Der Schmerz war nur noch wie eine Erinnerung. Man konnte wieder an etwas anderes denken.

Er dachte daran, daß man ihn jetzt auf eine Bahre legen und mit den Füßen voran wegfahren würde. Das würde sein letzter Weg sein. An Nastja verschwendete er keinen Gedanken mehr. Was kümmerte sie ihn jetzt noch? Er brauchte nichts mehr, weder Liebe noch Berühmtheit. Wenn er nur am Leben blieb!

Er sah das Gesichtchen des jüngsten Sohnes vor sich: Augen wie zwei Seen, die das halbe Gesicht einnahmen. Er hatte Grübchen in den Mundwinkeln. Als der liebe Gott die Mundlinie beendet hatte, hatte sie ihm wohl selbst so gefallen, daß er sie noch mit zwei Punkten verziert hatte. Das Gesichtchen war komisch, so wie alle kleinen Wesen komisch sind, seien es junge Kätzchen, Ferkel oder Fohlen. Darin bestand ihr einziger Schutz. Die Natur verleiht ihnen den Zauber der Hilflosigkeit. Kosjol dachte daran, wie er den Sohn betrachtet und vor Glück gelacht hatte, leise, im selben Atemzug. Und der Junge hatte den Vater beobachtet und ebenfalls gelacht, genauso lautlos, im selben Atemzug. Auge in Auge hatten sie sich zugelächelt. Doppeltes Glück. Oder ein Glück, das sich aus zwei Hälften zusammensetzt.

Beim Gedanken an den älteren Sohn kam ihm die blasse Hand mit dem ausgestreckten Mittelfinger in den Sinn. Wie eine Hühnerpfote. Wenn sie nebeneinander gingen, legte der Ältere sein Pfötchen in seine Handfläche. Kosjol fühlte sich dann stark, allmächtig. Im Grunde brauchte ihn keiner: der Film nicht, auch Kirka nicht. Aber die Kinder, die brauchten ihn. Für sie war er unentbehrlich. Und nun würde man ihn hier aufschneiden, und Kirka bliebe mit fünftausend Rubel Schulden zurück. Er hatte sie geheiratet, hatte ihr nichts gegeben. Und nun stieß er sie in die Kälte hinaus, starb einfach.

Wieder kam eine Schwester, vielleicht war es auch dieselbe. Sie brachte ein Schälchen mit Rasierzeug.

»Na, dann wollen wir uns mal rasieren«, sagte sie einschmeichelnd.

Kosjol begriff, daß man ihn auf die Operation vorbereitete.

»Das möchte ich lieber selber machen«, bat er.

»Wie Sie wollen.«

»Gehen Sie bitte hinaus«, verlangte Kosjol. »Ich geniere mich.«

Die Schwester zuckte die Achseln und verschwand. Bei diesen Künstlern war doch immer alles anders als bei anderen Leuten. Mit normalen Menschen war die Arbeit leichter.

Kosjol setzte sich auf, ließ die Beine herunter. Er lauschte in sich hinein. Der Schmerz war höllisch, er warf ihn zurück. Und der Kopf war wie Blei. Er hätte ihn anlehnen mögen. Doch er wußte, wenn er sich jetzt hinlegte, würde man kommen und ihn aufschneiden. Er erhob sich, balancierte seinen Stand aus, dann tat er den ersten Schritt, den nächsten. Er verließ den Behandlungsraum, betrat den Korridor. Leute gingen und hasteten vorüber, niemand hielt ihn auf. Kosjol trat auf die Straße in den beginnenden Frühling hinaus. In den Wind. In die Abenddämmerung. Er ging immer der Nase nach über Felder, durch Schluchten, bis er in ein Dorf gelangte. Ein Bursche mit Motorradhelm, ein mitternächtlicher Cowboy, ließ gerade sein Motorrad an.

»Bring mich nach Moskau«, bat Kosjol.

Der mitternächtliche Cowboy (der Rocker Pascha Balaschow) brach eben zu einem Meeting im Gorki-Park auf. Von dort würden die Rocker auf ihren Motorrädern ausschwärmen. Moskau lag also auf Paschas Strecke.

»Sitz auf«, willigte der Cowboy ein.

Kosjol stieg auf und lehnte seinen Kopf an den Rücken des Fahrers. Der ›Cowboy‹ spürte die Wodkafahne und dachte: ›Total besoffen.‹ Doch der Geruch war ihm von zu Hause vertraut und störte ihn nicht.

Er drückte auf die Tube. Das Motorrad heulte auf und fuhr los.

Kosjol hatte das Gefühl, auf einem Pferd zu sitzen, das sich aufbäumt und losstürmte, nur daß es ihn nicht vorwärtstrug, sondern in die Höhe. Er durchquerte die blauen Weiten der Erdatmosphäre und sauste durch das Ozonloch hindurch in den Kosmos hinaus. Dort war alles schwarz. Noch nie hatte er ein solches Tiefschwarz gesehen. Wenn man die Augen schließt, ist es unter den Lidern nicht schwarz, sondern eher grau. Das Licht dringt durch die Lider. Hier aber herrschte eine besondere samtschwarze Dunkelheit. Sie nannte sich das *Nichts*. ›Das also ist das *große Nichts*‹, erriet Kosjol.

Der Cowboy spürte, daß der Mickerling hinter ihm zur Seite kippte. Er hielt das Motorrad an, drehte sich um, sah aus Kosjols Mundwinkel Blut laufen. Von Wodka spuckt man kein Blut. Das wußte er genau.

Der ›Cowboy‹ band Schal und Gürtel ab, verknotete beides miteinander. Dann lehnte er den Mickerling gegen seinen Rücken und band ihn mit einem Knoten auf seiner Brust fest.

Das Fahren war jetzt unbequem. Mehr als zwanzig Stundenkilometer waren nicht drin. Er würde sein Rokkertreffen verpassen. Natürlich schade. Niemand versteht, wie toll das ist, zusammen über die leeren nächtlichen Straßen zu fegen. Ohne ein Wort zu reden. Finster. Eins mit der Geschwindigkeit.

Doch der Mickerling tat ihm auch leid. Pascha Balaschow fährt nicht mal ein Huhn auf der Straße tot. Und das da war schließlich ein ganzer Mensch.

Kosjol schlug die Augen auf. Mit den Füßen voran fuhr er durch einen langen Korridor. Er erschrak bei dem Gedanken, er könne wieder im Krankenhaus von Troizk gelandet sein. Doch die Wände waren hier anders. Auch der Arzt war fremd, dick wie ein Bäcker. Er ging nebenher und beobachtete Kosjol.

»Was ist mit mir?« fragte Kosjol.

»Wer zuviel weiß, wird schneller alt. Das wollen Sie doch nicht?«

Doch Kosjol mußte Gewißheit haben. Dann würde er

sich selber wie Münchhausen an den Haaren aus dem Sumpf ziehen. »Sagen Sie es mir!« bettelte er.

»Eine kleine Lungenembolie.«

»Wie kommt denn so was?«

»Ein Blutgerinnsel hat sich gelöst«, erläuterte der Arzt. »Es ist in die Lunge geraten. Ihr Glück. Hätte auch ins Herz gehen können. Oder ins Gehirn.«

»Muß ich operiert werden?« Kosjol fürchtete sich vor Operationen.

»Nein, nein. Absolute Ruhe und alle vier Stunden eine Spritze.«

Man brachte Kosjol ins Krankenzimmer und legte ihn auf ein Bett. Es war ein Zweibettzimmer. Das leerstehende Nachbarbett war ordentlich gemacht, ohne ein Fältchen, wie in einer Musterkaserne. Die Schwester kam, verabreichte ihm eine Spritze, die das Blutgerinnsel auflösen sollte. Der Arzt hatte gesagt, es handle sich um ein kleines Blutgerinnsel, wahrscheinlich von der Größe eines Weizenkorns. Deshalb hatten es die Ärzte in Troizk auch nicht erkannt. Wäre Kosjol dort geblieben, würde die Leonidowa soeben nach Dienstschluß den Krankenbericht oder besser: den Todesfall von Wassili Petrowitsch Kosjol niederschreiben, während er selber bereits in der Leichenhalle läge mit einem Schildchen am großen Zeh. Bei der Obduktion hätte man festgestellt, daß er keine Blinddarmentzündung, sondern eine Lungenembolie gehabt hatte, die sich während der Operation in eine große verwandelt und zum Tode geführt hatte. Während der Dienstbesprechung hätte man den jungen Arzt vorwurfsvoll gefragt: »Wie konnte denn das passieren?« Worauf

dieser geantwortet hätte: »Bei jeder Arbeit gibt es Ausschuß. Drei Prozent Ausschuß sind zulässig.«

Kosjol hätte zu den drei Prozent gehört.

»Der Patient war selber schuld«, hätte die Leonidowa
ergänzt. »Er hat dissimuliert.«

Kosjol wäre an seinem Tod also selber schuld gewesen.
So aber war er schuld, daß er noch lebte. Er hatte sich den
Umständen nicht gefügt, hatte seinen Körper durchgeboxt. So wie er im Filmstudio seine Seele *durchgeboxt*
hatte. Und von nun an würde er leben und Filme machen,
welche immer er wollte und wie immer er wollte. Er
würde gut verdienen, die Schulden zurückzahlen, die Welt
kennenlernen. Kirka würde er mitnehmen. Er würde sie in
den besten Geschäften von Kopf bis Fuß einkleiden. Und
sie würde wieder eine Frau sein und er ein Mann. Alles
würde so sein, wie es sein muß.

Doch warum, warum hatte er nur so lange dazu gebraucht, um den Schafsköpfen zu beweisen, daß er *Koslow*
war, wozu hatte er die Hälfte seines Lebens dafür vergeu-
den müssen?

Warum mußte man seine Seele und seinen Körper
durchboxen, daß die Fetzen büschelweise am Zaun zu-
rückblieben? Warum konnte man nicht einfach leben?
Einfach leben!

Koslow schloß die Augen. Unter den Lidern wurde es
grau. Nicht schwarz, sondern grau. Also schlief er nur.

Deutsch von Monika Tantzscher

Je suis, tu es, il est

Anna erwartete zu Hause ihren erwachsenen Sohn.

Es war schon drei Uhr nachts. Anna wälzte alle möglichen Varianten in ihrem Kopf. Erstens: Ihr Sohn war im Studentenwohnheim bei dieser künstlichen Blondine, dieser Aidsträgerin. Der Virus grub sich schon in seine Kapilaren. Noch eine Sekunde, und er wäre in der Blutbahn, würde überall hinschwimmen und sich ein fettes Leben machen. Ihr Sohn würde an einer Immunschwäche sterben. Erst würde er abnehmen, ganz durchsichtig werden und dann verlöschen wie eine Kerze. Sie würde ihn beerdigen und seine Todesursache vertuschen. Mein Gott! Dann sollte er lieber heiraten. Warum, warum bloß hatte sie es ihm vor zwei Jahren ausgeredet. Aber wie hätte sie es ihm nicht ausreden sollen: ein Mädchen aus Mariupol, sechs Jahre älter als er. Und das war noch nicht alles. Sie hatte ein Kind, das nicht bei ihr lebte. Sie hatte es in staatliche Obhut gegeben, bis es drei Jahre alt wäre. Hatte ihr eigenes Kind in fremde Hände gegeben, und selbst ging sie sich in Moskau einen Ehemann fangen. Und er, dieser Dummkopf, rannte zu ihr hin, verhedderte sich in seinem eigenen Edelmut wie in Rotz. Er hatte zum Standesamt rennen wollen. Anna hatte ihm den Paß versteckt. Was sie sich da nicht alles hatte anhören müssen! Was hatte sie selbst nicht alles zu ihm gesagt. Sie war in die Kirche gegangen. Hatte

Gott auf Knien angefleht. Aber sie hatte es geschafft, hatte gesiegt. Jetzt konnte sie dasitzen und auf ihn warten.

Ihre Nerven waren angeknackst. Sie mußte sich im Griff behalten. Sich selbst gut zureden.

»Hör auf«, sagte Anna zu sich selbst. »Was sind das für Phantasien? Wieso im Wohnheim? Warum Aids? Vielleicht ist er gar nicht bei einer Frau, sondern bei Freunden. Betrinkt sich bei irgend jemandem in der Küche. Und dann gehen alle nach Hause.«

Und wenn sie plötzlich, betrunken wie sie waren, eine Schlägerei anfingen? Er schlägt einen, der schlägt ihn, er fällt hin, Blut fließt. Oder vielleicht hatte ihn jemand aus dem Fenster geworfen, und er lag mit zerschmettertem Gesicht und inneren Blutungen da. Mein Gott... Wenn er noch am Leben wäre, würde er doch anrufen. Er ruft immer an. Also ist er nicht mehr am Leben. Wenn er nicht mehr am Leben ist, ist er tot.

Anna ging zum Telefon und wählte die 09. Sie fragte nach der Nummer des Amtes für Unglücksfälle. Man diktierte ihr die Nummer.

»Hallo«, sagte eine verschlafene Stimme in diesem Amt.

»Hören Sie, wissen Sie nichts von einem jungen Mann?« fragte Anna.

»Wie alt?«

»Siebenundzwanzig.«

»Was hatte er an?«

Anna versuchte sich zu erinnern.

»Walja«, sagte die unzufriedene Stimme im Hörer, »was hast du denn da zusammengebraut? Die Brühe soll ich trinken?!«

›Da passieren Unglücksfälle, und die reden über Tee‹, dachte Anna. In diesem Moment klingelte es.

Anna legte den Hörer auf, flitzte zur Tür und öffnete. Ihre erste und ihre zweite Phantasie wurden Wirklichkeit. Er war mit einer Frau zusammen, und er war betrunken. Aber er lebte. Und lächelte. Daneben stand die Blondine. Sie war hübsch. Anna schaute sie nur aus den Augenwinkeln an, ihr war überhaupt nicht danach zumute, sich mit ihr zu befassen, aber auch so bemerkte sie, daß das Mädchen hübsch war. Sie hätte bei einem Schönheitswettbewerb mitmachen können.

»Mama, darf ich vorstellen: Das ist Irotschka.« Oleg konnte für diese Worte kaum seinen betrunkenen Mund in die richtige Form kriegen.

»Sehr angenehm«, sagte Anna.

Vor Irotschka war es Anna unangenehm, ihrem Sohn eine zu verpassen, damit er nüchtern würde, aber sie hatte sehr große Lust dazu. Die Hand juckte ihr geradezu.

»Kann Irotschka bei uns übernachten? Sie kommt jetzt nicht mehr ins Wohnheim rein. Die schließen die Tür ab.«

›Aha, Wohnheim‹, dachte Anna. ›Noch so eine Limitschiza*.‹

»Und aus welcher Stadt kommen Sie?« fragte Anna.

»Aus Stawropol«, antwortete Oleg an ihrer Stelle.

Die eine war aus Mariupol, die andere aus Stawropol. Alles böhmische Dörfer.

Anna ging beiseite und ließ das junge Paar hereinkommen. Beide rochen nach Alkohol.

* Bürgerin mit zeitlich begrenzter Aufenthaltsgenehmigung für die Hauptstadt.

Sie gingen schnurstracks in Olegs Zimmer. Man hörte einen Knall. Die Sofamatratze war geplatzt. Anna kannte dieses Geräusch. Anschließend hörte man ein Kichern wie in einem Nixenteich. Dann war anscheinend Ruhe.

Es war schwer, einen erwachsenen Sohn zu haben. Als er noch klein war, hatte sie Angst gehabt, daß er aus dem Fenster fallen könnte, und zog ins Erdgeschoß. Jetzt konnte sie nicht mehr tauschen, selbst wenn sie gewollt hätte; im Erdgeschoß will niemand wohnen. Als er zur Armee kam, hatte sie Angst, daß ihn die älteren Soldaten mit ihren sadistischen Spielchen zum Krüppel machen könnten. Jetzt war er erwachsen, und sie hatte immer noch Angst um ihn. Anna konnte nicht einschlafen. Sie wälzte sich hin und her. Deshalb zählte sie die Buchstaben in den Städtenamen: Mariupol – acht Buchstaben, Stawropol – neun Buchstaben. Und dann… wenn sie zwei Kinder hätte, wäre sie nicht so verrückt. Aber sie hatte kein zweites Kind gewollt. Sie hatte mit ihrem Mann in Frieden gelebt, alle hatten sie beneidet: ›Was für eine Familie!‹ Und nur sie selbst hatte gewußt, wie brüchig das alles war. Anna hatte eine neue Liebe gewollt. Sie hatte nicht danach gesucht, aber sie hatte gewartet. Ein zweites Kind hätte ihr die Manövrierfähigkeit genommen.

Anna war neben ihrem Mann hergegangen und hatte in die Ferne geschaut, über seinen Kopf hinweg, als hielte sie Ausschau nach dem richtigen Glück.

Innerhalb einer Stunde war alles zu Ende. Ihr Mann starb im Flur seines wissenschaftlichen Forschungsinstitutes. Er war zur Arbeit gegangen, und eine Stunde später kam der Anruf. Er war tot.

Anna fuhr neben ihm zur Leichenhalle. Sie fuhren zunächst ins Krankenhaus. Ihr Mann lag da, als ob er schliefe. Er hatte den Tod wohl kaum gespürt. Anna konnte sich nicht losreißen, sah sein Gesicht lange an und versuchte, seine letzten Gefühle zu erraten. Sie schaute auf seinen Bauch, auf die Stelle, die immer sehr lebendig gewesen war. Wenn er da tot war, dann gab es ihn wirklich nicht mehr. Einmal träumte sie, daß ihr Mann neben ihr saß und ihr zulächelte.

»Du bist doch tot«, sagte Anna erstaunt.

»Ich habe mich verliebt, das war es«, erklärte ihr Mann. »Ich habe eine Frau getroffen und konnte mich nicht von ihr losreißen. Aber du hast mir leid getan. Und da hab ich so getan, als ob ich sterbe. Aber in Wirklichkeit lebe ich.«

Da wachte Anna auf und weinte. Sie wußte natürlich, daß ihr Mann nicht mehr lebte. Aber trotzdem zeigte der Traum eine Wahrheit. Ihr Mann hatte wohl wirklich andere Frauen geliebt, aber er hatte nicht gewagt, die Familie auseinanderzureißen. Es hatte ihn innerlich zerrissen, und er war gestorben. Er hätte besser gehen sollen.

Nach dem Tod ihres Mannes blieb Anna allein. Sie war zweiundvierzig und sah aus wie fünfunddreißig. Sie war Lektorin in einem Lehrbuchverlag. Vielen Autoren und Mitarbeitern lief bei ihrem Anblick das Wasser im Mund zusammen. Aber eine neue Familie kam nicht dabei heraus. Jeder hatte zu Hause seine eigene Familie. Und die, die keine hatten, taugten sowieso nichts. Die waren nur darauf erpicht, von ihr adoptiert zu werden. Wollten sich von ihr bekochen und ins Bettchen bringen lassen, wollten jemanden haben, der sich um alles kümmerte.

Natürlich war da auch mal Liebe, warum auch nicht ...
Er war ein wunderbarer Mensch, ähnelte dem Tschechow-
schen Werschinin: rein, unglücklich, und er hatte eine
Frau, die verrückt war. Und natürlich war er arm. Das war
vor der Perestroika. In letzter Zeit hatte er sich in einer
Genossenschaft organisiert und verdiente zweitausend
Rubel monatlich. Die Nullen schafften ihn. Er war kein
Mensch mehr, sondern ein Jagdhund. Und ihm war schon
nicht mehr nach Sehnsucht und Leidenschaft zumute, er
versank bis über beide Ohren in Arbeit. Du hast keine
Zeit? Na gut, dann geh doch arbeiten. Du bist müde?
Dann geh nach Hause. Als sie ihm das sagte, war er einge-
schnappt, als hätte sie ihn beleidigt. Die Liebe wollte er als
Zugabe zu den Nullen.

Eines Tages wurde Anna klar: Das war's dann wohl
gewesen. Vergangenheit. Plusquamperfekt. Und das, was
ihr als Provisorium erschienen war, war die Gegenwart.
Ihr Ehemann, das Heim, das gemeinsame Kind. Die Familie. Aber ihr Mann war tot. Und ansonsten war nur Stille.
Der ehrlichste Pakt, ist der Pakt mit der Einsamkeit.

Eine Frau braucht eine innere Zuflucht. Annas innere
Zuflucht war ihr Sohn. Ein hübscher, kluger Kerl. Sie lebte
ganz für ihn.

Und ihr Sohn hinter der Wand lebte ganz für Irotschka.
Aus Stawropol. Mit neun Buchstaben. Und Mariupol sind
acht. Was bleibt einem da noch außer Buchstaben zählen?

Irotschka wachte um ein Uhr mittags auf.

Zu dieser Zeit war Oleg schon aufgestanden, hatte
Gymnastik gemacht, gefrühstückt, war zur Arbeit gegangen und hatte eine Operation durchgeführt.

Anna hatte während dieser Zeit in einem Laden eingekauft, Mittagessen gekocht – ein Huhn mit Gemüse – und hatte sich an den Schreibtisch an ihre Arbeit gesetzt.

Im Lehrplan waren große Veränderungen im Gange. Die Geschichte der Sowjetunion wurde praktisch neu geschrieben. Die Kinder machten keine Prüfungen.

Annas Fach war Französisch. Auf diesem Gebiet war alles beim alten geblieben: *Je suis, tu es, il est.* Ich bin, du bist, er ist.

Die Neuerer unter den Lehrern traten auf den Plan: Sie wollten eine schnellere Methode, das Erlernen der Sprache während des Schlafes. Anna verhielt sich hierzu skeptisch, genau wie gegenüber Diäten. Wenn man schnell abnimmt, nimmt man auch schnell wieder zu. Die schnell erworbenen Kenntnisse, würden sich genauso schnell wieder verflüchtigen. Lieber nach der alten Methode: etwas Neues lernen, es vertiefen; noch etwas Neues lernen, wieder vertiefen.

Anna saß am Schreibtisch. Die Arbeit ging ihr schlecht von der Hand, weil jemand Fremder in der Wohnung war.

Endlich tat sich was, man hörte ein Schlurfen, Barfußlaufen, die Dusche rauschte.

»Man muß ihr was zu essen geben«, dachte Anna. »Die jungen Leute haben immer Hunger.« Sie ging in die Küche und stellte Kaffee auf.

Aus dem Bad tauchte Irotschka in Olegs Schlafanzug auf. Sie war morgens genauso schön wie abends. Sogar noch schöner. Die sorglose reine Stirn, die geraden Haare von Ophelia, die dunkelblauen Augen, jugendlich klar und offen. Was, wenn Ophelia bei Hamlet übernachtet hätte, und morgens käme seine Mutter, die Königin...

Anna erinnerte sich nicht mehr genau, warum Ophelia ins Wasser gegangen war. Die jedenfalls würde sich nicht ertränken. Die würde alle anderen ertränken und sich dann selbst zu ihrem Kaffee und ihrer Zigarette setzen.

»Guten Morgen«, grüßte Irotschka.

»Guten Tag«, korrigierte Anna.

Irotschka setzte sich an den Tisch und begann schweigend zu essen, ohne Anna dabei anzusehen. Wie im Zugabteil.

»Studieren Sie noch, oder arbeiten Sie?« fragte Anna vorsichtig.

»Ich studiere. Biologie.«

Also war das Wohnheim ein Studentenwohnheim, dämmerte es Anna.

»Im wievielten Studienjahr sind Sie?«

»Im ersten.«

Also war sie achtzehn oder neunzehn Jahre, rechnete Anna. Oleg war siebenundzwanzig.

»Haben Sie Eltern?«

»Im Prinzip ja.«

»Was heißt ›im Prinzip ja‹?« Anna verstand nicht.

»Die Menschen vermehren sich schließlich nicht durch Ableger oder Setzlinge. Also hat jeder Mensch zwei Elternteile.«

»Sind sie geschieden?« erriet Anna.

Irotschka antwortete nicht. Sie steckte sich eine Zigarette an, machte ein paar Züge und streifte die Asche am Tellerrand ab.

›Sie raucht‹, dachte Anna. ›Vielleicht trinkt sie auch.‹

»Kommen Sie nicht zu spät zur Uni?« fragte Anna taktvoll.

»Wir haben Ferien.«

Anna entsann sich, daß die Semesterferien Ende Januar, bis Anfang Februar lagen. Ja, tatsächlich, sie hatten Ferien. Irotschka wollte doch hoffentlich nicht zwei Wochen hier bleiben?

»Warum sind Sie nicht nach Stawropol gefahren?« fragte Anna mit vorsichtigem Interesse. »Haben Sie kein Heimweh nach zu Hause?«

»Oleg kann nicht weg. Er muß arbeiten.«

»Was ist zwischen Ihnen und Oleg?« Anna erstarrte, den Löffel in der Hand.

»*Alles* ist zwischen mir und Oleg.«

Das Telefon klingelte. Der Apparat stand auf dem Tisch. Anna wollte mit gewohnter Bewegung den Hörer abnehmen, aber Irotschka war geschickter. Ihr dünner Arm fuhr wie eine Schlange durch die Luft – und schnellte mit ihrer Beute, dem Telefonhörer, zurück an ihr Ohr.

»Jaaa«, sagte Irotschka gedehnt und leise.

In diesem ›ja‹ waren alle Eindrücke der letzten Nacht und der Vorgeschmack auf die nächste.

Schließlich verstummte Irotschka und sah Anna aus bittenden, hinausdrängenden Augen an.

Anna ging aus der Küche und dachte dabei: ›Wer ist hier eigentlich bei wem zu Besuch...‹

Jeder Mensch hat seine Bräuche, denn ohne Bräuche ist man nackt. Genau wie die Gesellschaft als Ganzes. Wenn in einer Gesellschaft die Bräuche verkommen, reißt die

Ankerkette, und das Schiff schlingert nach allen Seiten, nach dem Willen der Wellen oder nach dem Willen irgend eines einzelnen hergelaufenen Kerls.

Es gehörte zu den Bräuchen von Anna und Oleg, sich gegenseitig am Arbeitsplatz anzurufen, sich in Zeit und Ort zu orten: du bist, ich bin. Dann brauchte man nichts zu fürchten, weder soziale Katastrophen noch persönliche Feinde. Du bist, ich bin. Wir sind.

Es gehörte auch zu ihren Bräuchen, sich gegenseitig die Tür zu öffnen, an der Schwelle zu warten wie ein treuer Hund. Man drückte so seine Freude aus, wedelte mit dem Schwanz. Dann führte man den anderen in die Küche und setzte ihm eine Schüssel mit den herrlichsten Düften vor.

Auch heute klingelte Oleg zur üblichen Zeit an der Tür. Sie eilte ihm entgegen, aber auf halbem Wege tauchte Irotschka auf.

»Er hat mich gebeten, ihm aufzumachen.«

Anna tat verwirrt einen Schritt rückwärts. Hier wurden Privilegien entzogen, genau wie in der Perestroika. In ihrer Familie vollzog sich ebenfalls eine Perestroika.

Währenddessen öffnete Irotschka die Tür und hängte sich an Oleg – im wahrsten Sinne des Wortes. Sie umklammerte mit den Händen seinen Hals und wickelte ihre Beine um ihn. Normalerweise küßte Oleg zur Begrüßung seine Mutter auf die Wange, aber jetzt hingen fünfzig Kilo Irotschka zwischen ihnen.

Oleg schien das Hindernis nicht zu stören. Er stützte Irotschka am Rücken, damit sie bequemer hinge. Sie versperrten den ganzen Flur, dann stolperten sie aus dem Flur in Olegs Zimmer – und weg waren sie.

Das Huhn wurde kalt. Die Eckpfeiler des Hauses bröckelten. Noch eine Stunde länger so ein Leben und die Decke, die vor Wind und Wetter schützte, würde einstürzen.

Abends paßte Anna einen günstigen Moment ab und fragte:

»Muß Irotschka nicht zurück ins Studentenwohnheim?«

»Weißt du...« Oleg wurde verlegen. Dann hob er den Kopf wie ein Partisan vor der Erschießung und sagte:

»Mama, wir haben geheiratet.«

»Wie meinst du das?« fragte Anna ungläubig.

»Na, wie soll man das schon meinen, wenn man heiratet?«

»Habt ihr euch standesamtlich registrieren lassen?«

»Klar.«

»Und es gab eine Hochzeit?«

»Gab es.«

»Im Studentenwohnheim?«

»Nein. Im Restaurant.«

»Von welchem Geld?«

Anna stellte nebensächliche, unwichtige Fragen. Sie hatte Angst, auf den wesentlichen Punkt zu kommen.

»Von meinem. Woher soll sie denn Geld haben. Sie ist Waise.«

»Sie hat Eltern.«

»Die kann man vergessen.«

»Und woher hast du das Geld genommen?«

»Geliehen. Von Walka Schtschetinin.«

Walka war Olegs Freund seit seiner Kindheit, Jugend

und Pubertät. Sie hatten zusammen studiert. Jetzt arbeiteten sie zusammen.

»Warum hast du dir's nicht von mir geliehen?« fragte Anna.

»Dann hättest du alles erfahren.«

»Und durfte ich es denn nicht erfahren?« Das war die Hauptfrage, die Kardinalfrage. »Warum hast du's mir nicht gesagt?«

»Du hättest alles kaputtgemacht.«

Eine Pause entstand.

»Du hättest es nicht zugelassen«, fügte Oleg hinzu. »Davor hatte ich Angst.«

Anna schwieg. Es tat weh. Wie ein Schlag mit der Tür ins Gesicht.

»Verzeih mir«, sagte Oleg.

»Ich kann nicht«, antwortete Anna. »Und weißt du noch was?«

»Was?«

»Du bist ein Schuft.«

»Das find ich nicht.«

»Was denkst du denn?«

»Ich habe für meine Liebe gekämpft.«

Für Oleg war das Gespräch beendet. Es gibt Augenblicke im Leben eines Menschen, wo man für seine Liebe kämpfen muß. Das war seine Wahrheit. Aber da war auch Annas Wahrheit: Sie hatte ihren Sohn großgezogen, ihn hinaus ins Leben geschickt, und jetzt schob er sie unters Sofa wie einen alten Pantoffel.

Ja, altwerden sollte man im Orient. Dort wird das Alter verehrt. Da gibt es so was nicht.

Dima... Das waren die Momente, wo man einen nahestehenden Menschen brauchte. Wenn man im eigenen Haus verraten und verkauft wurde. Wieder schlief sie nachts nicht. Es quälte sie die Frage: Warum das alles?

Vielleicht, weil ihre Generation, die heute Sechzigjährigen, die Perestroika Chruschtschows ungenutzt hatte verstreichen lassen und zwanzig Jahre lang bis zu den Ohren in der Scheiße sitzen geblieben war. Vielleicht hatte aber auch alles noch viel früher begonnen und trug jetzt Früchte. Die Enkel Pawel Morosows wuchsen heran. Man hatte sie gelehrt, sich von den Eltern loszusagen, die Wurzeln auszureißen, das Gebot zu mißachten, das da heißt: ›Du sollst Vater und Mutter ehren.‹

Die Nacht verdichtete alles Böse zu einer festen Masse und deckte es zu.

»Du bist einfach eifersüchtig«, erklärte Belladonna die Situation.

»Die klassische Schwiegermutter, das ist alles«, ergänzte Lida Granowskaja. »Du bist nicht die erste und wirst nicht die letzte sein, der es so geht.«

Anna hatte zwei Freundinnen aus ihrer Studienzeit. Lida Granowskaja und Belladonna.

Lida war die Frau von Granowskij, und selbst war sie eben Lida. Granowskij hatte in letzter Zeit, durch die Perestroika, eine sagenhafte Karriere gemacht, und Anna war an der Stelle hängengeblieben, an der sie vorher gewesen war. Aber das tat der Freundschaft keinen Abbruch. Sie waren trotzdem weiterhin befreundet, eine Herzensgewohnheit.

In Lidas Leben war schon mit fünfzehn alles klar gewesen, seit der achten Klasse, als die Klassenlehrerin die Klassenbeste Lida dem zurückbleibenden Stasik Granowskij zur Seite stellte, zwecks Lernunterstützung. Damals, vor dreißig Jahren, hatte alles begonnen und dauerte bis heute an. Das Kräfteverhältnis war klar: Granowskij war die Sonne, Lida war der Mond. Der Rest des Kosmos existierte irgendwo abseits ihres Lebens.

Belladonna – das war eine ›schöne Frau‹ und auch eine Magenarznei. Belladonna war beides. Sie war die Schönste von den dreien. Aber ihr Leben war wie ein junger Planet, der seine endgültige Form nicht finden, nicht fest werden kann. Da gab es Eisschollen und Erdrutsche. Belladonna war ein Mensch ohne Kompromisse. Wenn sie heiratete, dann nur den besten aller Männer. Wenn sie eine Datscha kaufte, dann die beste aller Datschas. Aber dafür wartete sie das ganze Leben auf diese beste Datscha und diesen besten aller Männer. Bekanntlich sind die provisiorischen Brücken die stabilsten. Belladonna ging über provisorische Brücken und trug in ihrem Herzen das zersetzende Gefühl des Unbefriedigtseins mit sich herum. Sie lebte wie in enger Umarmung mit diesem verzehrenden Gefühl.

Lidas Leben war festgefahren, Belladonnas war ein Fluß. Anna brauchte sowohl das eine, als auch das andere, je nachdem, wonach die Seele gerade verlangte: nach Bewegung oder nach wohltuender Stille.

Aber heute brauchte sie beides gleichzeitig. Anna hatte ihre Freundinnen zur Beratung versammelt. Sie saßen in der Caféteria des Lehrbuchverlags und tranken Kaffee aus dem Automaten.

Anna hatte angenommen, daß Lida und Belladonna sich, nachdem sie sie angehört hatten, sofort an den Kopf fassen und als Zeichen des Protestes und der Solidarität in lautes Geschrei ausbrechen würden. Aber die Freundinnen verhielten sich seltsam. Sie stellten blödsinnige Fragen.

»Wie alt ist sie? Vierzig?« fragte Belladonna.

»Wieso vierzig? Sie ist neunzehn«, antwortete Anna.

»Ist sie eine Schlampe?«

»Was redest du da für einen Quatsch? Sie studiert Biologie.«

»Liebt sie ihn? Oder hat sie ihn aus Berechnung geheiratet, wegen der Zuzugsberechtigung nach Moskau?«

»Sie hängt sich ihm an den Hals wie eine Katze.«

»Was gefällt dir daran nicht, sag mal? Sie ist schön, klug und liebt ihn...«

Lida und Belladonna starrten Anna an. Anna schwieg angespannt.

»Keine einzige würde dir gefallen«, schloß Lida.

»Wieso?«

»Weil Oleg dir selbst gefällt. Ich kann mich nur wundern, wie er es geschafft hat, dir durch die Lappen zu gehen... Hat er gut gemacht. Ist ja doch ein Mann.«

»Aber er tut mir weh!«

»Na, er ist doch Chirurg«, erinnerte Lida. »Zuerst tut es weh, und dann wird alles gut.«

»Mach dich nicht verrückt«, rief Belladonna. »Die erste Ehe ist immer eine Probeehe. In einem Jahr lassen sie sich scheiden.«

In Annas Brust glomm ein Funke Hoffnung auf.

»Und wenn sie sich nicht scheiden lassen?« fragte sie vorsichtig nach.

»Na, dann bleiben sie zusammen. Willst du denn nicht, daß dein Sohn glücklich wird?«

Anna überlegte. Es war ja richtig. Irgendwann mußte Oleg ja doch heiraten. Warum dann nicht Irotschka?

Die düstere Nacht ballte sich zu einer Wolke zusammen, flog davon und löste sich am Himmel auf. ›Wozu? Warum?‹ Darum. Er hatte sich verliebt und geheiratet. Hatte geheiratet und seine Braut mit nach Hause gebracht. Schließlich konnten sie nicht im Wohnheim leben... Sie würden eine Weile so leben und sich wieder scheiden lassen, und dann würde ihr Sohn wieder ganz ihr gehören. Oder sie würden zusammen leben und gut miteinander auskommen, dann sollte Gott ihnen Glück schenken.

»Kommt, jetzt trinken wir Champagner«, beschloß Anna.

»Schließlich haben wir was zu feiern.«

Sie holten eine Flasche.

Die Gesichter der Freundinnen kamen ihr jetzt noch schöner und liebenswerter vor. Wie die Zeit vergeht. Noch nicht lange, da waren sie selbst in Irotschkas Alter gewesen und hatten geheiratet: Lida ihren Stasik, Belladonna ihren Lentschik und Anna ihren Dima. Jetzt, nach dreißig Jahren, gab es Dima nicht mehr. Lentschik gab es noch, aber er war trotzdem nicht da. Belladonnas Sohn wurde zur Armee eingezogen, ihre Tochter heiratete, und sie selbst eilte auch einer neuen Hochzeit entgegen. Sie wollte frische Gefühle.

»Und, wie fühlst du dich so?« fragte Anna neugierig.

Belladonna seufzte aus den Tiefen ihrer Seele. Die Liebe war schon in Ordnung, aber es stellten sich allerlei Nebenwirkungen ein.

Ihre Tochter hatte den kleinen Pawlik geboren und war mit ihrem Mann nach Kuba gereist. Dort war die Luftfeuchtigkeit sehr hoch. Das wäre Pawlik vielleicht nicht bekommen, wie einer Pflanze, die sich nicht an ein anderes Klima gewöhnen kann. Deshalb hatten sie das Kind bei Belladonna gelassen, und sie konnte sich nicht mehr vom Fleck rühren, weil sie Oma spielen mußte. Der Enkel schrie nachts, ließ keinen schlafen. Belladonna schaukelte ihn, nahm ihn hoch, hielt ihm mit der Hand den Mund zu, wie einem Partisanen auf dem Speicher, als unten die Deutschen waren. Der Junge tat ihr so leid, daß sie selbst zu weinen anfing. Wenn jetzt hinter der Wand ihr früherer Mann gewesen wäre, der leibliche Großvater Lentschik, dann hätte er das, ob es ihm behagte oder nicht, ertragen und seinen Enkel auch noch geliebt. Und wäre auch selbst mal aufgestanden und hätte das Kind geschaukelt.

Die neue Brücke, die sie mit fünfundvierzig gebaut hatte, hatte sich für den Alltag als untauglich erwiesen. So was kann vorkommen.

Anna tat der Kleine mit dem goldblonden Köpfchen leid, dem man den Mund zuhielt und den man nicht weinen ließ. Sie wollte selbst auch so etwas Kleines. Sie würde es hüten und hätscheln und sich von Oleg und Irotschka lösen. Sollten sie doch leben, wie sie wollten. Sie würde ihren eigenen kleinen Oleg haben.

Das gemeinsame Leben nahm seinen Lauf. Ein Tag türmte sich auf den anderen, wie Fleischbrocken am Schaschlikspieß. So vergingen Monate.

Von einem Kind war nicht die Rede, statt dessen kaufte Oleg ein Videogerät. Aus zweiter Hand. Für ein Wahnsinnsgeld. Der Monatslohn von ganzen zwei Jahren.

Abends verwandelte sich die Wohnung in eine Karawanserei. Es kamen Irotschkas Studienfreunde und Olegs Arbeitskollegen, die Assistenzärzte. Sie saßen auf allem, worauf man nur sitzen konnte, einschließlich des Bodens.

Anna versuchte zuerst, sich in diesen schicken Kinoclub einzugliedern, aber es gab selten gute Filme. Dafür hatten sie solche, die der Vatikan verboten hat, so viel Gottlosigkeit und Schamlosigkeit kam darin vor. Es war ihr peinlich, sich so was im Beisein von jungen Leuten anzusehen.

Anna ging in die Küche. Nach einiger Zeit zog der ganze Haufen in die Küche um: sie aßen, rauchten, schwätzten. Anna räumte das Feld und ging in ihr Zimmer.

Sie hätte gern mit den Jungen zusammen ›gequatscht‹, zugehört, worüber sie redeten, was für eine Generation da heranwuchs. Aber die Jungen interessierten sich nicht für sie. Verbrauchtes Biomaterial. Und Anna selbst spürte ja auch den Unterschied. Ihre Aura war wie verkochte Bouillon. Die der Jungen war lasurblau, leicht und klar. Die beiden Kraftfelder paßten nicht zusammen. Anna ging in ihre Ecke wie ein alter Hund und hörte hinter ihrem Rücken einen erleichterten Seufzer.

Um ein Uhr nachts gingen sie nach Hause und hinterließen einen Berg schmutziges Geschirr, einen leeren Küchenschrank und eine Menge Kippen im Aschenbecher.

Anna entstanden zwei neue Probleme: das Geld und die Einkäufe. Irotschka kochte nicht und ging auch nicht einkaufen. Sie studierte Biologie, und sie hatte ausgezeichnete Noten. Sie wurde zur Sprecherin ihres Kurses gewählt. Oleg ging auch nicht einkaufen und kochte auch nicht, denn er hatte pro Tag zwei Operationen durchzuführen. Wie kann man jemanden, der zwei Operationen lang stehen mußte, noch Schlange stehen lassen für Würstchen.

Anna brauchte nur an zwei Tagen pro Woche im Verlag zu sein. Die übrige Zeit arbeitete sie zu Hause. War es denn so schwer für sie, in ein Geschäft zu gehen und ein Mittagessen für drei Leute zu kochen? Was machte das denn aus, ob für zwei oder drei?

Besuch? Jetzt war doch kein Krieg mehr und auch nicht die Zeit der Blockade von Leningrad. Wie kann man da den Leuten keinen Tee machen?

»Oleg, wir müssen auseinanderziehen«, sagte Anna.

»Wie stellst du dir das vor?«

»Wohnungstausch. Wir tauschen die Zweizimmerwohnung gegen eine Einzimmerwohnung und ein Zimmer in Untermiete.«

»Sollen wir zur Untermiete wohnen?«

»Du kannst die Einzimmerwohnung haben.«

»Und selbst willst du in eine Kommunalwohnung ziehen?«

Anna wollte nicht in einer Kommunalwohnung leben, aber was sollte man da machen?

»Ich halte das so nicht aus, Oleg.«

Anna sah ihrem Sohn direkt in die Augen. In seinen

Augen sah sie Irotschka. Ihr Sohn war glücklich. Und das Glück scheint einen Menschen hermetisch abzuriegeln. Fremdes Leid dringt nicht durch.

Sie, Anna, benutzten die Jungen nur, aber sie liebten sie nicht. Sie nutzten sie aus.

Sie hätte schreien mögen wie Boris Godunow in Mussorgskijs Oper: »›Noch bin ich Zar!‹ – Noch bin ich eine Frau!«

»Laß sie in Ruhe«, riet Belladonna. »Leb dein eigenes Leben.«

Anna rief Werschinin an und ging mit ihm in ein Restaurant. Werschinin bestellte frisch geräucherte Forelle und Kaviar. Er war jetzt reich und großzügig wie ein begüterter Kaufmann und beeilte sich, das zu demonstrieren.

Anna öffnete unauffällig den Reißverschluß ihres Rokkes. Die Schwierigkeiten der letzten Monate hatten Anna so von innen auseinander gedrückt, daß sie in die Breite gegangen war. Sie hatte zugenommen. Werschinin merkte nichts, denn er war mit sich selbst beschäftigt. Damals schon und auch jetzt. Aber früher hatte er sich beklagt, jetzt prahlte er. Seine Firma wollte an die Finnen Rohstoffe verkaufen und mit diesem Geld ein Hotel für Ausländer bauen, harte Valuta kassieren. Anna verstand und verstand auch nicht: Finnen, Hotel, Valuta... Früher hatten sie sich neben einer Metrostation getroffen, waren in eine Bäckerei gegangen und hatten Blätterteigtaschen für acht Kopeken gekauft. Er hatte ihr erzählt, wie wichtig sie für ihn war. Und sie hörte ihm zu und aß ein Blätterteigstückchen. Das war wunderbar gewesen.

Und jetzt lag da eine weiße Tischdecke. Frisch geräucherte Forelle. Kein Wort von Liebe. Er sagte nur: »Unsere Beziehung hat jetzt einen neue Qualität. Wir können jetzt warten.« Das Neue war aufgetaucht, das Warten, weil das Alte verschwunden war: die Leidenschaft. Früher hatten sie nicht ohne einander leben können, und jetzt verflogen die Wochen, ohne daß es ihnen etwas ausmachte. Der Magnet war schwächer geworden. So einfach war das.

Werschinin ging vom Wachzustand zum Träumen über. Er träumte davon, ein Stück unbebautes Land zu haben, beispielsweise in Burjatien oder ganz weit im Norden, um dort ein ökonomisches Experiment anzustellen. Ein Staat im Staat, mit einer anderen wirtschaftlichen und sogar politischen Struktur. Wie die Insel des Ingenieurs Garin. Seine Augen glänzten. Die Zähne blitzten. Niemand würde ihm je so eine Insel geben, das war klar. Aber was für ein Traum...

Werschinin hatte Karriere gemacht. Aber früher war er besser gewesen. Er hatte ihr zugehört, wie Oleg. Und jetzt gehörte Oleg Irotschka, Werschinin gehörte seinen Geschäften. Und was hatte sie? Die französische Sprache: *Je suis, tu es, il est.* Und das war alles.

»Dann geht es dir also gut?« faßte Anna zusammen.

»Nein, natürlich nicht...«

Jetzt würde das Gespräch auf seine verrückte Frau kommen und seine beiden Töchter. Er könne doch eine Verrückte nicht im Stich lassen, sie sei doch völlig hilflos.

»Und ich, bin ich nicht verrückt?« fragte Anna.

»Nein, du nicht. Du bist klug. Und stark.«

Das war der springende Punkt. Sie tat keinem leid.

Als Hauptgericht gab es Stör mit Pilzen. Anna aß das erlesene Gericht und dachte daran, daß zu Hause nur Suppe von gestern stand. Sie hatte Gewissensbisse. Voller Schuldgefühle ging sie heim. Aber zu Hause herrschte wieder Hochbetrieb, Rauch und Gelächter stiegen zur Decke – und noch höher, bis ins nächste Stockwerk. Sie brieten im Ofen Kartoffeln. Sie waren froh, daß Anna nicht da war.

»Sie brauchen mich nicht«, sagte Anna zu Lida Granowskaja.

»Sie brauchen dich nicht. Aber sie kommen nicht ohne dich aus.«

Kommen nicht ohne dich aus... Damit konnte sie weiterleben; zumindest eine Zeit lang, so lange bis die Temperatur noch nicht am kritischen Punkt angelangt war. Dann würde eine Explosion alles in die Luft fliegen lassen, würde einen irgendwohin schleudern, ohne daß man wußte, wo man landete.

»Irotschka, können deine Gäste nicht die Schuhe im Flur ausziehen?«

»Vielleicht haben sie Löcher in den Socken«, verteidigte Irotschka ihre Freunde.

»Wieso Löcher?«

»Na, sie haben eben keine Socken ohne Löcher. Sie leben von ihrem Stipendium.«

Das konnte tatsächlich sein: man schlug jemandem vor die Stiefel auszuziehen, und er konnte nicht.

»Aber wir haben einen Teppich«, erinnerte Anna.

»Na und? Tut's Ihnen um den Teppich leid?« wunderte sich Irotschka. »Der überlebt uns noch alle.«

›Uns alle‹. Sie hatte nicht ›Sie‹ gesagt, sondern sich mit-eingeschlossen.

»Irotschka, darf ich dich was fragen?«

Irotschka war angespannt, als erwarte sie einen Schlag.

»Ihr habt mir eure Hochzeit verheimlicht...«

»Oleg hat sie Ihnen verheimlicht«, verbesserte Irotschka.

»Aber du hättest das nicht zulassen sollen.«

»Das war seine Sache. Warum sollte ich mich in sein Verhältnis zu seiner Mutter einmischen?«

»Du wirst doch selbst einmal Mutter sein. Stell dir vor, dein Sohn lädt dich nicht zu seiner Hochzeit ein.«

»Wieso?« fragte Irotschka.

»Na ja«, Anna suchte nach dem passenden Wort. »Sagen wir mal, er hat Angst...«

»Genau!« pflichtete Irotschka bei. »Man muß es eben so machen, daß der Sohn vor seiner Mutter keine Angst hat. Sie lieben ihn doch nur für sich selbst. Sie wollen, daß es Ihnen gut geht und nicht ihm.«

Das war eine Neuigkeit.

»Er tut mir sehr leid«, schloß Irotschka.

Neuigkeit Nummer zwei. Oleg war plötzlich in seinem eigenen Heim einsam und unverstanden. Aber sie, Irotschka, streckte nach ihm die Hand aus. Sie beide zusammen, wie im Walzer vereint, sie tanzten gemeinsam über den öden Globus.

»Na gut, nehmen wir an, ich bin eine schlechte Mutter. Aber warum waren deine Eltern nicht auf der Hochzeit?«

Irotschka antwortete nicht.

Gab es die überhaupt, ihre Eltern? Oder nur im Prinzip? Wer war sie überhaupt? Wo waren ihre Wurzeln? In welchem Garten war sie gewachsen?

»Ich höre nichts«, sagte Anna.

»Ich sag ja auch nichts.«

Wenn sie nicht wollte, brauchte sie nicht zu antworten. Schließlich war das hier keine Gerichtsverhandlung. Sogar Präsidenten auf Pressekonferenzen konnten schweigen, wenn ihnen die Frage nicht paßte. Wenn sie sie taktlos fanden. Aber hier war kein Gericht. Und auch keine Pressekonferenz.

»Warum schweigst du?«

Anstelle einer Antwort zog Irotschka eine Reisetasche hervor, warf schweigend ihre Sachen hinein und ging ohne ein Wort weg. Sie knallte die Tür hinter sich zu.

Das alles war innerhalb einer Viertelstunde passiert. Das letzte, was Anna gesehen hatte, war Irotschkas jeansbehostes Hinterteil – zwei blaue Bohnen.

Oleg kam von der Arbeit nach Hause. Er holte vom Hängeboden einen Koffer herunter, legte vier Paar Schuhe hinein, das Videogerät samt Kassetten. Alles andere, was er besaß, trug er auf dem Körper. Sein Koffer war in fünfundzwanzig Minuten gepackt. Irotschkas in fünfzehn. Insgesamt vierzig.

Vierzig Minuten hatten genügt, um die Beziehung Mutter – Sohn endgültig zu zerstören.

Das Leben war in zwei Hälften geteilt: *vorher* und *nachher*.

Diese zwei Leben unterschieden sich voneinander wie ein gesunder Hund von einem gelähmten. Alles war genau gleich: Kopf, Körper, Pfoten – aber kein Strom floß mehr durch.

Anna war wie vom Stromnetz abgeschaltet. Sie kochte einen wunderbaren Kaffee, aber sie schmeckte sein Aroma nicht. Es war ihr völlig egal, was sie trank, sie hätte genausogut Leitungswasser trinken können. Oder auch gar nichts.

Nach dem Frühstück legte sie gewohnheitsmäßig eine Kassette mit Liedern von Wyssotzkij auf. Das brachte sie normalerweise in Arbeitsstimmung. Aber jetzt fühlte sich Anna von den monotonen, heiseren Schreien nur wie benebelt. Im Leben *danach* hatten sich die Bewertungskriterien verschärft, nichts gefiel ihr, niemandem vertraute sie.

Anna schaltete den Kassettenrekorder ab und machte sich an die Arbeit.

Eine Wort-für-Wort-Übersetzung ist nur eine halbe Sache. Sie überträgt den Inhalt, aber nicht den Autor. Man muß aus der Übersetzung die Intonation des Autors heraushören, die Grundtonart. Im Gehirn muß ein Ton, beispielsweise A-Dur, den Kammerton der Übersetzung bilden. Und wenn man den heraushört, dann ist alles da: der Autor, das Geheimnis der Kreativität und der sprachliche Code. Anna versetzte sich gleichsam in den französischen Schriftsteller hinein, hörte seine Stimme, saugte die Energetik seiner Seele auf. Kreative Menschen sind glückliche Leute. Sie haben eine Art Unsterblichkeit. Sie brauchen dazu keine Kinder.

Im Leben *danach* saß Anna am Schreibtisch wie ein Bauklötzchen mit Augen. Sie bemühte sich, in den Tonfall des Dichters einzustimmen, aber ihr Gehirn versank in dichtem Nebel.

Und wozu auch diese Übersetzung? Weshalb mußte gerade sie, Anna, das übersetzen? Man würde auch ohne sie auskommen. Übersetzer gab es wie Sand am Meer.

Die Sprache ist übrigens mit der Landschaft verbunden. In Armenien gibt es viele Berge, und die Wörter sind auch bergig. Man kann Familiennamen finden, in denen sieben Konsonanten hintereinander stehen: *Mkrtschan*. Und in Finnland gibt es viele Ebenen. Dort gibt es solche Wörter: *Saaremaa* ... Die nördlichen Sprachen sind langgezogener. Zum Süden hin wird es schneller. Französisch ist schon ziemlich schnell, und Spanisch flitzt einem davon wie eine Erbse auf dem Teller. Aber was hatten hier Mkrtschan und Erbsen verloren? Nichts, natürlich.

Sie hatte einfach keine Lust zu arbeiten, keine Lust zu essen. Keine Lust zu leben. Noch ein bißchen, und sie würde sich in ein Gespenst verwandeln, würde alles sehen, aber an nichts wirklich teilhaben.

»Du hättest sie liebgewinnen müssen. Dich ihr annähern«, sagte Lida Granowskaja.

»Wieso eigentlich?« fragte Anna verständnislos.

»Wenn du deinen Sohn liebst und dein Sohn Irotschka, dann mußt du das lieben, was dein Sohn liebt.«

»Dann würde Irotschka von Oleg und von mir geliebt. Und mich liebt niemand. Mich erträgt man bloß, mit zugehaltener Nase.«

In Annas Augen traten böse, selbstverliebte Tränen.

Vor einem halben Jahr gab es diese Irotschka noch gar nicht. Das heißt, natürlich existierte sie irgendwo, in Stawropol oder in Mariupol, weit weg von ihrem gemeinsamen

Leben mit Oleg. Und dann tauchte sie auf, drang in ihr Heim ein, saugte sich fest wie eine Zecke, vergiftete alles, tötete alles und schleppte ihren Sohn fort.

Der Haß schnürte Anna die Kehle zu. Sie mußte tief durchatmen, um den Haß zu durchbrechen.

Sie saßen auf der Datscha bei Lida Granowskaja. Aus dem Fenster sah man Tannenbäume unter schwerem Schnee. Wie verletzend, wie beleidigend ist Haß, wenn es unter Gottes Himmel solche Schönheit gibt...

Ob es in der Natur Haß gibt? Zum Beispiel die Erdbeben? Der Ausbruch von Vulkanen? Die Stürme auf dem Meer?

Lida Granowskaja legte Holz im Kamin nach.

»Hattest du eine Schwiegermutter?« fragte Belladonna.

»Wieso?« Anna verstand nicht.

»Und wie hast du dich denn mit ihr vertragen?«

Anna erinnerte sich reinen Gewissens an ihre Schwiegermutter. Dimas Mutter. Als sie sie kennenlernte, war Anna neunzehn und die Schwiegermutter siebenundvierzig. Achtundzwanzig Jahre lagen zwischen ihnen. Ein ganzes bewußtes Leben. Dobroljubow hat sich in dieser Zeitspanne entwickelt und ist gestorben. Aber was hatte Dobroljubow damit zu tun... Die Schwiegermutter kam Anna damals sehr alt vor: am Körper überflüssige Fleischklumpen, im Gesicht überflüssige Hautlappen, unter den Augen zerknittert – als ob man Pergamentpapier in der Faust zerknüllt und dann wieder glattstreicht. Anna hatte gehört, daß die Schwiegermutter in ihrer Jugend eine heiße Affäre mit einem bedeutenden Mann gehabt hatte, sie hatte geliebt und war geliebt worden.

Die erste Zeit wohnten sie mit der Schwiegermutter zusammen. Die Schwiegermutter bewegte ihren massigen Körper mal hierhin, mal dorthin, vom Zimmer in die Küche und wieder zurück. Sie stellte Teller hin, trug Teller hinaus. Sie äußerte Gedanken, die sie auch hätte für sich behalten können. Es hätte nichts geändert. Anna hörte mit halbem Ohr zu, widersprach nie, war nie grob – Gott bewahre... Sie war gleichgültig höflich. Mehr nicht.

»Hast du sie gemocht?« fragte Belladonna.

»Ich hab sie ertragen.«

»Na also, und nun wirst du ertragen. Das Gesetz des Bumerangs. So wie du zu anderen bist, so sind andere zu dir.«

»Das kann doch nicht sein, daß sich das vererbt?« fragte Anna mit mystischem Schrecken.

»Na, was denkst du denn...«

Lida Granowskaja bedeckte das Holz mit Zeitungspapier. »Ihr hättet nicht zusammen wohnen sollen. Von Anfang an«, diagnostizierte Lida. »Im Westen leben Alt und Jung nicht zusammen.«

»Wohin hätte ich sie denn stecken sollen? Wir haben siebenundzwanzig Quadratmeter für drei Personen. Das entspricht der Norm. Was besseres gibt uns niemand.«

»Dieser ›entwickelte Sozialismus‹ macht jeden fertig«, schloß Lida und brachte Streichhölzer.

Das Feuer entzündete sich sofort. Es prasselte fröhlich im Kamin.

Sie schenkten eine Runde Eierlikör aus. Lida hatte ihn selbst gemacht. Mit Kondensmilch, Wodka und Eigelb.

Lida erfand nicht nur Rezepte für Menüs, sondern auch für Getränke.

Granowskij war auf einer seiner üblichen Dienstreisen. In letzter Zeit reiste er sehr viel. Die kapitalistischen Wissenschaftler reichten ihn einfach von Hand zu Hand weiter. Seine Freunde witzelten, daß er auf der Zollerklärung in der Rubrik Beruf ›Be.wiss‹ eingetragen hätte – sollte heißen ›Berühmter Wissenschaftler‹. Deshalb nannten sie ihn auch so: ›Bewiss.‹

Neben seiner Wissenschaft hatte der ›Bewiss‹ noch ein Hobby: er erfand Slogans für Streikende, beispielsweise für die Armenier, die Moldauer, die Bergarbeiter, je nach dem historischen Moment. Die Slogans waren emotional und wissenschaftlich korrekt. Sie drückten genau und geschickt das Wesentliche aus.

Lida war der Filter, durch den die Phantasie ihres Mannes hindurchging. Alles Unnötige und Überflüssige wurde so abgesondert und weggeworfen. Es war eine eigenartige Autorengemeinschaft. Sie liebten sich schon seit der achten Klasse, alles zusammen dreißig Jahre lang. Mit ihrer Liebe passierte nichts: sie durchlebte keine Krisen, sie kränkelte nicht, versandete nicht. Wahrscheinlich mußte das so sein. Etwas anderes geht mit der Zeit vorbei, aber die echte Liebe nicht. Die echte Liebe verschwindet erst mit dem Menschen selbst.

Anna schaute ins Feuer und sehnte sich nach Liebe. Wenn sie neben sich einen Menschen hätte, würde sie Irotschka nicht fürchten. Er würde jetzt neben ihr sitzen und mit ihr zusammen ins Feuer sehen.

»Und wo campieren sie jetzt?« fragte Belladonna.

»Wahrscheinlich haben sie ein Untermietzimmer genommen«, meinte Anna.

»Was heißt ›wahrscheinlich‹? Weißt du denn gar nicht, wo sie sich aufhalten? Rufen sie nicht einmal an?«

Lida sah Anna aufmerksam an. Anna schämte sich zuzugeben, daß ihr Sohn sie verlassen hatte und nicht einmal anrief. Wenn sie krank würde, oder sogar stürbe, dann würde er das über eine dritte Person mit Verspätung erfahren.

Anna schwieg.

»Kinder sind doch Luder!« faßte Belladonna zusammen.

»Und wie waren wir zu unseren Müttern?« fragte Lida.

Die Holzscheite fingen Feuer, und die Flammen züngelten empor, als wollten sie sich vom Boden losreißen. So sind auch die Menschen: Sie hängen an ihren Wurzeln und wollen doch nach oben und nach allen Seiten hin ausbrechen.

Anna übergab damals ihren kleinen Oleg ihrer Mutter für die drei Sommermonate. Sie fuhren hinaus auf die Datscha. Die Mutter schuftete sich ab, trug Wasser aus dem Brunnen herein und kochte auf einem Spirituskocher. Während einem dieser Monate erhielt sie eine schreckliche Diagnose. Anna kam jeden Samstag raus auf die Datscha und fragte: »Wie geht's Oleg?«

»Und wie's mir geht, fragst du nicht?«

Die Mutter verheimlichte die Diagnose. Offenbar wollte sie ihrer Tochter keinen Kummer machen und erwartete auch von ihr keine Hilfe. Sie ging ihren Weg allein.

Die Elternliebe wird einem nicht zurückgegeben. Sie ist eine Einbahnstraße: von den Eltern zu den Kindern.

Die Mutter liebte Anna mehr als alles auf der Welt. Anna liebte ihren Sohn genauso. Der Sohn würde seine Familie lieben, und für Anna würden ein paar abgenagte Reste bleiben. Die Eltern sind verbrauchtes Material, das seinen Teil gelebt hat und keine Früchte mehr trägt. Die Natur ist nicht mehr an ihm interessiert. Man muß schon besondere seelische Fähigkeiten haben, um seine Kinder und Eltern gleichstark zu lieben.

Anna hatte diese Fähigkeit nicht gehabt. Und auch Oleg hatte sie nicht.

Draußen vor dem Fenster wurde es dunkel. Von einer Tanne fiel Schnee herunter, der von der Last befreite Zweig wippte.

Das Leben ist gerecht, wenn man darüber nachdenkt. Man bekommt die Rechnung für die eigene Schuld präsentiert. Anna bekam sie dafür, wie sie sich ihrer Mutter und Schwiegermutter gegenüber verhalten hatte. Sie bekam sie von Oleg und Irotschka. Das Gesetz des Bumerangs.

»Ich hab keine Kinder. Und wißt ihr warum?« fragte plötzlich Lida. »Mein Urgroßvater war ein Schäfer, und er hat sich an der Dorfnärrin vergangen.«

»Was für eine Dorfnärrin?«

»Im Dorf lebte eine schwachsinnige Frau. Niemand krümmte ihr ein Haar. Aber er wagte es. Das Dorf hat ihn dafür verflucht. Auf unserer Familie liegt ein Fluch.«

»Aber daran ist doch dein Urgroßvater schuld, da mußt doch nicht du dafür büßen, oder?« bemerkte Belladonna skeptisch.

»Doch, muß ich«, sagte Lida ernst. »Irgend jemand muß es doch. Wieso nicht ich?«

»Quatsch!« wehrte Belladonna ab. »Manche vergewaltigen ein Leben lang Dorfnärrinnen, und nichts geschieht ihnen. Sie leben ganz normal.«

Die Holzscheite hatten sich in große Kohlestücke verwandelt. Langsam schrieb die Flamme ihren Feuerbrief. Die drei versuchten, ihn zu entziffern, dem Grundgeheimnis des Lebens auf die Spur zu kommen.

So hatte wohl auch der junge Uropa, der Hirte, am Lagerfeuer auf dem Feld gesessen. Und nicht weit von ihm ging die junge, blühend schöne Dorfnärrin vorbei.

Oleg Lukaschin, Chirurg am städtischen Krankenhaus, besuchte nach siebenmonatiger Pause seine Mutter. Sieben Monate. In dieser Zeit kann ein Kind geboren werden. Ein lebensfähiges, wenn auch nicht ganz ausgetragenes. Man sagt, daß Napoleon ein Siebenmonatskind war.

Oleg ging zu Fuß bis zur Metro. Er fuhr mit der Rolltreppe hinunter. Er schaukelte im Waggon hin und her. Er schwamm mit dem Menschenstrom auf der Rolltreppe wieder ans Tageslicht. Am Kiewer Bahnhof kam er wieder an die Erdoberfläche. Er wartete auf den Bus, der nicht kam. Taxis hielten hier nicht. Etwas weiter, um die Ecke, war eine Menschenmenge, so groß, als würde hier eine inoffizielle politische Zusammenkunft abgehalten. Ein verflixter Ort.

Schwarzhaarige Leute verkauften Nelken. Die Blumen standen in Dosen in einem großen Aquarium. Im Aquarium brannten Kerzen. Offensichtlich schützten sie so die zarten Pflanzen vor der Kälte. Es war eine einfache Konstruktion. Aber Lukaschin erinnerten die Blumen und Kerzen an einen Gottesdienst, den er einmal erlebt hatte. In einer Kirche nahe bei Moskau. Der Pope war alt gewesen, schlampig und grob. Ein Pope aus der Zeit der Stagnation, ein Bürokratenpope. Aber die alten Frauen waren echt. Aber was sollte ihm das jetzt?

Lukaschin konnte sich auf nichts konzentrieren. Irgendwelche Gedanken und Gefühlsfetzen durchzuckten sein Hirn. Er stand auf dem Bahnhofsvorplatz wie ein bloßgelegter Nerv. Um ihn herum tobte das Leben, schlang sich um diesen Nerv und zerrte an ihm.

Sie hatte gesagt: Ich will einen Hund.

Gut, wenn du einen Hund willst, dann kaufen wir einen. Du kriegst deinen Hund. Was, wenn er damals nicht einverstanden gewesen wäre: ›Das fehlt noch, wozu ein Hund? Was gibt's hier zu bewachen? Wir haben sowieso kein eigenes Zuhause.‹

Aber er hatte gesagt: Wir kaufen einen.

Morgens gingen sie aus der Wohnung. Irotschka blieb mit dem Mantel an einer spitzen Ecke des Müllschachts hängen. Der Mantel spannte sich und riß. Sie blieben stehen. Zusammen betrachteten sie den herunterhängenden Fetzen, der einem Hundeohr glich. Irotschka schlug es auf die Stimmung, ihr Gesichtchen nahm einen verstörten Ausdruck an. Der Mantel war ein Markenmodell, auf zwei Seiten zu tragen, mit allem Schnickschnack. Er war Irotschkas ganzer Stolz. Abgesehen von Oleg war dieser

Mantel das Repräsentativste in ihrem Leben, das sie vorzuweisen hatte.

Irotschka war eine ganz gewöhnliche Frau. Und deshalb liebte sie Oleg. Er sehnte sich nach Natürlichkeit, nach Normalität. Um ihn herum wimmelte es von lauter Persönlichkeiten. Und alle diese Persönlichkeiten, taten nichts anderes, als sich auf Kosten anderer zu profilieren; noch dazu auf seine, Oleg Lukaschins, Kosten. ›Da schau, was ich für eine einzigartige Frau bin – und du bist nur ein *Sowmän*.‹ *Sowmän* war ein neues Modewort, sollte heißen ›ein sowjetischer Mann‹. ›Weder Geld noch galantes Benehmen ist von dir zu erwarten‹. Kurz: ein *Sowmän* war das allerletzte.

Irotschka dagegen war wie Tau auf einem Blatt. Wie Birkensaft von einer Birke im Frühling. Er küßte sie auf das unglückliche Gesichtchen und tröstete sie. Irotschka war untröstlich. Doch dann ließ sie sich von ihrem Mantel ablenken und erwiderte seine Küsse. So standen sie neben dem Müllschacht und küßten sich bis zur Erschöpfung.

»Komm, wir gehen wieder rein«, sagte Oleg mit belegter Stimme. Wenn sie damals umgekehrt wären, nicht zum ›Vogelmarkt‹ gefahren wären, dann wäre alles anders gekommen. Aber sie fuhren hin. Kauften den Hund. Irotschka nahm einen Welpen auf den Arm und kam nicht mehr von ihm los.

»Was ist das für eine Rasse?« fragte Irotschka.

»Eine Pudelmischung.«

»Promenadenmischung«, übersetzte Lukaschin. »Komm, wir gehen noch ein bißchen weiter, schauen uns noch andere an.«

»Ach guck doch, wie süß der ist!« Irotschkas Gesicht hatte schon denselben Ausdruck wie das Welpengesicht angenommen. Sie waren bereits ein Herz und eine Seele.

Sie suchten lange nach einem Taxi. Heutzutage sind die Taxifahrer völlig übergeschnappt. Sie nehmen niemanden mehr mit. Sie brauchen keine Drei- und Fünfrubelscheine mehr. Sie lassen sich von einer Kooperative für den ganzen Tag anheuern und bekommen sofort eine runde Summe. Wozu brauchen sie noch die normalen Leute? Die sind für sie nur Abfall.

Sie nahmen einen von den privaten Autofahrern, die sich mit Taxifahren was nebenbei verdienen. Er war ein lieber Kerl. Bestimmt war er nach seiner Mutter geraten. Sein Gesicht war die männliche Variante eines Frauengesichts. Wenn sie auf ein richtiges Taxi gewartet hätten? Ob dann alles anders gekommen wäre? Die offiziellen Taxifahrer sind geübte Chauffeure. Ein Taxifahrer hätte vielleicht ausweichen können. Aber der Amateurfahrer war nicht ausgewichen. Der Minibus traf ihn genau frontal. Lukaschin sah den auf sie zurasenden Bus – sein Herz stand still, die Seele vereiste, sein Körper erstarrte und wurde hart wie Stahl. Lukaschin verwandelte sich in ein Stück Metall.

Aber da war noch vorher etwas gewesen. Etwas sehr Wichtiges… Irotschka sagte: »Schau, wie die goldenen Kirchenkuppeln glänzen.« Der Fahrer, der liebe Kerl, erklärte: »Die sind vor kurzem frisch vergoldet worden.« Irotschka sagte: »Oleg, komm, wir tauschen die Plätze, ich kann so nichts sehen.«

Irotschka saß, den Hund auf dem Schoß, hinten. Er saß

neben dem Fahrer. Sie sagte: »Komm, laß uns die Plätze tauschen.«

Der Fahrer hielt an. Sie tauschten die Plätze. Irotschka setzte sich neben den Fahrer, Oleg setzte sich nach hinten.

Der Bus prallte frontal auf und tötete den Fahrer, den lieben Kerl, der seiner Mutter ähnelte. Sie lösten ihn mit dem Schneidbrenner aus den Trümmern. Anders ging es nicht, so zusammengedrückt waren die Türen.

Oleg holte Irotschka selbst heraus.

Blut quoll aus ihr hervor, dick und zähflüssig. Ihre hellen seidigen Haare waren ganz von der rötlichen Substanz verklebt. Menschen liefen zusammen, sperrten den Mund auf. Was ist? Habt ihr noch nicht gesehen, wie ein Mensch stirbt? Na dann glotzt ruhig... Lukaschin streckte ihnen seine blutverschmierten Hände entgegen.

Aber da war vorher noch etwas gewesen... Etwas sehr Wichtiges... Er hätte sich nicht umsetzen dürfen. Als sie sagte, ›komm, wir tauschen‹ hätte er antworten müssen ›nein, jetzt bleib schon sitzen, wo du sitzt‹. Dann hätten sie nicht angehalten und wären an dieser Biegung vorbeigefahren. Drei Minuten für das Umsteigen. Sie wären drei Minuten früher an dieser Ecke vorbeigefahren, hinter der später der Tod gelauert hatte. Auf wen hatte er es abgesehen gehabt? Auf den Fahrer? Auf Oleg? Auf einen von ihnen beiden. Oleg. Aber Irotschka war dazwischen gegangen, hatte ihn gedeckt. Sie hatte es auf sich genommen. Jetzt war er am Leben. Und sie fast nicht mehr.

Oleg drang bis zum OP vor, sagte daß er selbst Chirurg sei. Er sagte es mit ganz normaler Stimme, aber alle ringsherum hatten irgendwie Angst vor ihm. Sie ließen ihn nicht zu ihr. Dann lief er zur Treppe. Er stand am Lastenaufzug. Der Aufzug öffnete sich, sie rollten Irotschka auf einer Bahre heraus. Ihr Kopf war ganz verbunden, ihre Augen geschlossen. Ihr Gesichtchen war fast olivgrün, bleich bis ins Grünliche. Und es war irgendwie hart, als hätten sie sie aus dem Gefrierfach geholt. Sie war es nicht und war es doch.

Kerzen hinter Glas. Blumen und Kerzen.

Einmal im Theater waren sie die Treppe hinuntergegangen. Die Vorstellung war zu Ende. Sie gingen zur Garderobe hinunter. Er ging voraus, sie hinter ihm her. Er fühlte im Rücken, daß sie da war. Plötzlich wurde ihm am Rücken kalt, ihn fröstelte. Er drehte sich um. Irotschka war zurückgeblieben, und jemand hatte sich zwischen sie beide geschoben. Irotschka holte ihn ein. Oleg wartete auf sie und nahm sie bei der Hand. Nur er und sie. Ein gemeinsames Ganzes. Und niemand dazwischen, nicht seine Mutter und auch kein Freund. Ein gemeinsames Ganzes. So war es gewesen, war es jetzt und würde es immer sein. Sie hatte seinen Tod auf sich genommen. Er würde ihr ganzes weiteres Leben auf sich nehmen, wie es auch immer aussehen würde. Seine Mutter würde ihm helfen. Sie war erst siebenundvierzig. Sie würde noch dreißig Jahre leben.

Seine Mutter ... Ewig war sie mit irgend etwas unzufrieden, wollte irgend etwas beweisen. Wollte einem etwas aufdrängen. Und jeder Mensch lebt doch so, wie es ihm selbst gefällt. Jedenfalls so gut er kann ...

Oleg erinnerte sich an das unglückliche Gesicht seiner Mutter, das einem Schaf auf der Schlachtbank glich. Mitleid und Gereiztheit kämpften in seiner Seele. Aber er konnte nicht lange an etwas anderes denken. In seinem Organismus waren, wie bei einem Computer, alle Knöpfe gleichzeitig gedrückt: Start, Stop und Speichern. Die Warnlämpchen blinkten auf: Vorsicht, Gefahr. Aber es war schon zu spät. Gleich würde alles explodieren.

Ein Bus kam. Oleg schob sich zwischen die Rücken der Menschen. Und er wurde selbst für andere zum Rücken. Wie viele Leute. Warum hatte das Schicksal ausgerechnet Irotschka getroffen, dieses junge, vollkommene, für die Liebe geschaffene Wesen. Wo war der Sinn. Nirgends. Das Schicksal ist ein Schwein. Es pocht dumpf auf seinen Anteil. Aber er, Oleg, würde selbst seine Wahl treffen. Wenn Irotschka sterben würde, würde er nicht eine Minute länger ohne sie bleiben. Er würde mit ihr gehen, hinter ihr her gehen. Wie damals auf der Theatertreppe. Zusammen. Hand in Hand. Von diesem Gedanken wurde ihm leichter ums Herz. Das war immerhin eine Wahlmöglichkeit. Ein anderes Programm.

»Entwerten Sie bitte meine Fahrkarte«, sagte jemand zu Oleg, der neben dem Automaten stand.

Um ihn herum brodelte das Leben, leer, sinnlos. Er mußte daran teilnehmen.

Er nahm die Fahrkarte. Legte sie auf den Apparat und lochte sie.

Anna sah fern, als sich der Schlüssel in der Tür drehte und Oleg hereinkam.

Er kam ins Zimmer. Zog die Schuhe aus. Er zog Hausschuhe an und schaute zu Boden. Als hätte es die sieben Monate der Trennung, die Eimer voller Tränen, die kilometerlangen um die Faust gewickelten Nervenstränge nicht gegeben. Er kam nach Hause. Zog sich um. War müde. Hatte seltsame Augen, als hätte ihm jemand eine Handvoll Sand ins Gesicht geschüttet. Er hatte nicht geschlafen. Vielleicht getrunken. Beides – und noch was drittes. Das dritte würde sie nicht erwähnen. Das war die Sache der Jungen.

Anna akzeptierte die Spielregeln. Oleg kam rein, als sei nichts gewesen. Also tat sie auch, als sei nichts gewesen.

»Soll ich dir was zu essen machen?« fragte Anna.

Er antwortete nicht. Richtig, was brauchte sie auch lang zu fragen...

Anna ging in die Küche. Sie schenkte ihm einen Teller Borschtsch ein. Den Borschtsch kochte sie ganz wunderbar: Sie garte die Gemüse einzeln, goß die Fleischbrühe darüber. Dann preßte sie eine ganze Zitrone aus und zerdrückte eine Knoblauchzehe.

Oleg nahm den Löffel und fing zu essen an. Er aß, wie er als Kind gegessen hatte, den Kopf mal auf die eine, mal auf die andere Seite geneigt. Sein Pullover starrte vor Dreck. Und überhaupt war der ganze Oleg irgendwie hart, dreckig, unrasiert, sah aus wie ein Penner.

Er hob die Augen, sah seine Mutter an und sagte:

»Es tut gut. Was Warmes.«

»Wieso, kriegst du zu Hause nichts gekocht?« fragte Anna möglichst beiläufig.

Oleg schwieg genauso beiläufig. Natürlich aß er nicht richtig. Er knabberte mal hier mal da etwas. Er arbeitete viel. So ein Leben hält die beste Gesundheit nicht aus. »Wo wohnt ihr?« fragte Anna.

»Zur Untermiete.«

Im Fernsehen lief eine Übertragung vom Parteikongreß. Man hörte die scharfe, hohe Stimme des Abgeordneten Sobtschak.

»Was kostet eure Unterkunft?« fragte Anna.

»Schon gut.«

»Ich könnte ein paar Privatschüler nehmen. Das fällt mir nicht schwer.«

»Schon gut«, wiederholte Oleg.

So standen die Dinge also. Man wollte ihre Hilfe nicht in Anspruch nehmen: weder Geld noch Platz. Irotschka will es nicht. Und Oleg hatte sie es auch verboten.

»Ich hab eine Bitte an dich«, sagte Oleg.

Aha, also doch noch was. Nicht der totale Boykott.

»Ich muß Irotschka aus dem Krankenhaus holen...«

»Ist sie im Krankenhaus?« fragte Anna erstaunt. Obwohl, was war daran erstaunlich? Die jungen Frauen, die mit Männern schlafen, aber kein Kind gebären wollten, kamen ziemlich oft ins Krankenhaus. So an die drei Mal pro Jahr.

»Sie muß für eine gewisse Zeit hier bleiben. Bei dir. Man kann sie nicht allein lassen. Und ich muß arbeiten.«

Tausende von Frauen trieben ab und gingen am nächsten Tag zur Arbeit. Wieso brauchte Irotschka eine Sonderbehandlung. Seltsam.

»Aber ich muß auch arbeiten«, erinnerte Anna.

»Du kannst zu Hause arbeiten. Und ich nicht. Ich muß im OP stehen.«

»Ist Irotschka damit einverstanden?« fragte Anna vorsichtig.

»Irotschka ist krank. Sie braucht Hilfe.«

»Ihr benutzt mich also als Arbeitskraft?«

»Ich benutze dich nicht. Ich bitte dich.«

»Wieso engagierst du dir niemand Fremden? Setz eine Anzeige in die *Wjetschernaja Moskwa:* suche Frau für Krankenpflege.«

»Ich hab kein Geld für eine Pflegerin und für die Wohnung. Und ich will Irotschka nicht fremden Händen anvertrauen.«

»Verzeih, Oleg. Aber ich kann auf deine Irotschka verzichten; sowohl gesund als auch krank.«

Oleg hob den Kopf, sah seine Mutter an, als ob er das Gesagte nicht verstanden hätte. Als ob sie mit ihm französisch geredet hätte, und er hätte es nicht übersetzen können.

»Ich glaube dir nicht«, sagte Oleg leise. »Das bist nicht du, die das sagt. Du bist ein guter Mensch. Ich weiß das. Ich habe niemanden außer dir . . .«

Anna fing an zu weinen und ließ den Kopf hängen. Ihr grauer, nicht nachgefärbter Haaransatz wurde sichtbar.

»Wir hatten einen Autounfall«, sagte Oleg mit tonloser Stimme. »Der Fahrer kam ums Leben. Irotschka ist zum Krüppel geworden.«

Anna hörte auf zu weinen. Sie hob den Kopf.

Ihr Gehirn weigerte sich, die Information zu verarbeiten. Aber es drückte ihr wie von innen her auf die Augen. Sie traten hervor. Ihr ganzes Gesicht war in den Augen.

»Und du?« Anna schnappte nach Luft.

»Und mich hat es auch umgebracht, Mama«, sagte Oleg still. »Siehst du das denn nicht?«

Sie brachten Irotschka am Mittwoch.

Oleg trug sie auf den Armen ins Zimmer und legte sie auf das Sofa.

Anna bereitete sich innerlich auf das Wiedersehen vor, sie überwand ihre innere Anspannung. Der Haß schwelte immer noch in ihr, wenn auch nicht mehr akut, eher wie eine chronische Erkältung. Sie mußte diesen Haß irgendwie übertünchen, mit Worten zuschaufeln, mit einem Lächeln und mit Begrüßungsformeln.

Aber das war alles nicht nötig. Irotschka lag auf dem Sofa. Oleg hatte ihr ein Kissen untergeschoben, hatte es so aufgebauscht, daß Irotschka halb sitzen konnte. Ihr Kopf war kahlgeschoren, in ein Kopftuch gehüllt, wie es die Frauen bei der Heuernte tragen. Ihre hellblauen Augen waren wie leere Fenster, drückten keinerlei Regung aus. Man wußte nicht, ob sie etwas um sie her wahrnahm oder ob ihr Verstand davongeflogen war, sich dem Weltgeist zugesellt hatte und von ihrem Körper getrennt existierte. Anna erstarrte an der Tür. Und zum ersten Mal seit sie Irotschka kannte, empfand sie ein menschliches Gefühl; das war die Befreiung von ihrer Eifersucht. Dieses Gefühl hieß Mitleid. Das Mitleid hatte die Eifersucht aufgefressen, wie die Sonne den Schnee auffrißt. Es blieb nur ein nasser, leerer Fleck.

Irotschka irrte auf einem fremden Planeten umher. Dort waren keine Menschen. Keine Häuser. Unter ihren Füßen war etwas grau-schwarz Poröses, wie Bimsstein. Es tat ihren Füßen weh und das Atmen war unangenehm. Vom Luftmangel schmerzte ihr der Kopf. Sie wollte nicht mehr weitergehen, wollte sich hinlegen. Aber irgendwer wartete auf sie. Jemand Wichtiges. Und wenn sie sich hinlegen würde, würde sie nie wieder aufstehen. Und würde ihn nicht erreichen. Sie mußte weitergehen. Die Beine taten ihr weh. Und der Kopf. Ein Schritt... und noch einer... noch einer...

Oleg setzte sich neben dem Sofa auf den Boden und betrachtete seine Frau. Er konnte die Augen nicht abwenden. Er war wie ein brennendes Haus, die Wände standen noch, aber aus den Fenstern schlugen schon die Flammen. Noch eine Sekunde, und er würde wie eine lodernde Fakkel im Himmel verschwinden. Man mußte ihn irgendwie retten, ihn mit Wasser löschen.

»Mußt du heute zur Arbeit?« fragte Anna ruhig.

»Was?« Oleg wandte ihr sein Gesicht zu.

»Ich sage: Mußt du zur Arbeit?«

»Ich geh nicht hin.«

»Die Leute sind krank, haben Schmerzen. Sie warten auf dich. Das ist doch nicht gut.«

»Ich hab meinen eigenen Schmerz.«

»Aber das kümmert keinen.«

»Ja«, bestätigte Oleg. »Genau. Das kümmert keinen. Wir sind allein in unserem Unglück, Mama.«

»Im Unglück ist man immer allein«, sagte Anna. »Du weißt das bloß nicht.«

Anna hatte ihren Sohn mit kaltem Wasser begossen. Abgekühlt. Beruhigt.

»Geh schon«, sagte sie. »Ich komm schon zurecht.«

Oleg stand auf und ging aus dem Haus.

Er kam mit dem Hund zurück. Offenbar wartete unten ein Chauffeur auf ihn.

Er warf den Hund auf den Boden.

»Ich fahr los . . .« Er küßte seine Mutter, schmiegte einen Moment lang sein Gesicht an ihres, nur eine Sekunde lang. Aber mehr war auch nicht nötig. Der unterbrochene Kreis schloß sich wieder. Sie waren wieder zusammen: Mutter und Sohn. Irotschka hatte sie auseinandergebracht. Und Irotschka brachte sie wieder zusammen.

Der Hund lief durchs Zimmer. Er hatte einen Stummelschwanz, und wenn er sich bewegte, klappte er das Hinterteil nach beiden Seiten.

Anna schaute dumpf auf das, was der Hund hinterlassen hatte. Lange herumstehen und grübeln hatte keinen Sinn. Man mußte in Gang kommen und schnell etwas unternehmen.

Anna nahm den Besen, die Schaufel und einen nassen Lappen. Man mußte etwas tun. Und das hieß: leben.

Am nächsten Tag brachte Oleg einen Kräuterheiler mit. Er war um die vierzig, dicklich, ein bißchen ungepflegt, hatte viele graue Haare auf dem Kopf und im Bart. Die Haare und der Bart waren ungekämmt, nur mit der Hand glattgestrichen. ›Der steht morgens auf und glättet sich mit den Händen die Haare‹, dachte Anna. ›Na ja, ist sein gutes Recht‹. Aber das war ja alles unwichtig. Das Wichtigste am Kräuterheiler waren seine Augen. Jedes Auge ist wie ein See, das den Seelengrund widerspiegelt. Oder auch nicht, wenn das Wasser trüb ist.

Der Kräuterheiler nahm ein grünliches Beutelchen heraus, in dem eine Mischung für einen Aufguß war, und begann die Zusammensetzung und die Art der Behandlung zu erklären. Anna verstand es nicht richtig, sie war schwer von Begriff für alles, was mit Chemie oder Biologie zusammenhing; und mit der Physik stand es genauso. Sie wußte beispielsweise bis heute noch nicht, wie Elektrizität funktionierte und was eigentlich Strom war.

Der Kräuterheiler erklärte die Wirkung eines Ferments in der Natur auf ein Ferment im Körperinneren. Bei längerer, vorsichtiger, wellenförmiger Einwirkung, würden sich die zerstörten Reflexe wieder regenerieren.

Die Tropfeneinnahme mußte man über den Tag ausbreiten wie ein Netz:

Um sechs Uhr, bei Sonnenaufgang, mußte man den ersten Tropfen geben, in einem Löffel Wasser gelöst. Weiter mußte man jede Stunde einen Tropfen mehr verabreichen: um sieben Uhr zwei Tropfen, um acht Uhr drei Tropfen. Und so weiter bis zum Mittag. Bis zwölf Uhr waren es sieben Tropfen. Von dreizehn Uhr an mußten die Tropfen wieder bis auf einen verringert werden.

Um achtzehn Uhr war der letzte Tropfen dran. Dann war Pause bis um sechs Uhr morgens.

Jeder Tag war ein Zyklus. Einatmen und ausatmen. Die erste Tageshälfte war das Einatmen. Die zweite Tageshälfte das Ausatmen. Und auf keinen Fall durfte man die Einnahme versäumen oder die Abfolge der Tropfen ändern.

»Und wird es helfen?« fragte Oleg.

»Schlimmer wird es jedenfalls nicht. Entweder es bleibt

wie es ist, bei Null, oder der Zeiger schlägt nach der positiven Seite aus.«

Oleg sah den Kräuterheiler eindringlich an, er versuchte an seinem Gesicht eine Prognose abzulesen.

»Entweder bleibt ihr Zustand unverändert, oder er nimmt eine positive Dynamik an«, wiederholte der Kräuterheiler.

Er gab keine Garantie.

Anna war eine Nachteule. Um sechs Uhr aufzustehen war für sie gleichbedeutend mit... mit was? Na, egal. Es war ganz einfach eine Katastrophe.

Man hätte ja den ersten Tropfen im Halbschlaf verabreichen können und dann schnell wieder ins Bett kriechen und weiterschlafen können. Aber um sieben mußte sie wieder aufspringen. Wie ein Matrose auf Wache. Sie hätte Oleg wecken können. Sollte er aufstehen und die Tropfen abzählen. Aber Oleg ging um acht aus dem Haus. Er mußte operieren. Menschenleben hingen von seinen Händen ab. Sollte sie daran schuld sein, daß seine Hände zitterten?

»Und wie lange dauert die ganze Prozedur?« fragte Anna.

»Neun Monate«, antwortete der Kräuterheiler. Neun, das ist eine mystische Zahl. In neun Monaten reift ein Mensch heran. Neun Tage nach dem Tod fliegt nach russisch-orthodoxem Glauben die Seele davon.

Neun Monate... Anna tröstete sich mit dem Gedanken, daß es nur ein zeitweiliger Zustand wäre. Zweihundertsiebzig Tage ihres Lebens vergeudet. Hatte sie noch so viele Tage vor sich, daß sie zweihundertsiebzig Tage wegwerfen konnte...

Anna seufzte.

»Sie gewöhnen sich daran«, sagte der Kräuterheiler liebevoll und beruhigend. »Es ist eine gute Kur. Glauben Sie mir. Man muß früh schlafengehen und bei Sonnenaufgang aufstehen. Zusammen mit der Natur. Wie eine Pflanze.«

»Aber ich bin doch keine Pflanze«, widersetzte sich Anna.

»Begreif doch, wenn sie stirbt, dann sterbe ich auch«, warnte sie Oleg ruhig.

Anna begriff, daß das die Wahrheit war. Sie waren jetzt durch ein gemeinsames Ziel aneinandergekettet. Wenn Anna ihren Sohn retten wollte, mußte sie Irotschka retten.

»Was hab ich denn gesagt?« Anna machte runde Augen. »Ich hab doch nur gesagt, daß ich keine Pflanze bin, weiter nichts.«

Die Tropfen flossen: eins, zwei, drei, vier, fünf, sechs, sieben, sechs, fünf, vier, drei, zwei, eins...

Stunden und Tropfen – das war jetzt ihr Leben.

Stunden und Tropfen, eine mechanische, unintellektuelle Beschäftigung. Das Fehlen der Kreativität und eines gleichwertigen Umgangs mit anderen Menschen zermürbte sie mehr als das frühe Aufstehen.

Anna stand bei Sonnenaufgang auf. Sie legte sich nicht wieder hin, aber sie war auch nicht richtig wach. Sie befand sich im Zustand der Anabiose, wie eine Eidechse im Winterschlaf. Sie kroch schlaff an den Wänden entlang. Sie nahm an diesem Leben teil und gleichzeitig auch nicht. Und irgendetwas brachte sie Irotschka näher. Drei Feinde gingen auf Anna los und hoben ihre Bajonette: Schlafmangel –

die Unterjochung des Körpers. Kontaktmangel – die Unterjochung der Seele. Und: das Fehlen eines Endergebnisses. Irotschka lag weiterhin da wie ein Stück Holz. Man konnte nichts erkennen. Formte sich nun in ihr ein neues Bewußtsein oder nicht?

»Wozu brauchst du das?« fragte Belladonna ehrlich erstaunt. »Das ist ja wie bei einem Säugling.«

»Bei einem Säugling ist das aber was anderes. Da weißt du, was du machst: Du ziehst ein Kind groß. Man quält sich ab, aber dafür entsteht ein Mensch. Aber das?«

Lida sah Anna verständnislos an.

»Aber was soll ich denn machen?« fragte Anna.

»Gib sie in staatliche Pflege«, fand Belladonna einen Ausweg. »In ein Heim.«

»Ich kenne diese Heime. Da kann man ja um den Verstand kommen.«

»Aber da hat Irotschka – entschuldige – ja nichts, um das sie kommen könnte. Sie kriegt doch gar nichts mit«, erinnerte Belladonna. »Für sie ist es doch ganz gleich, wo sie ist.«

»Und so lebt sie nicht und du nicht, und Oleg lebt auch nicht«, fiel Lida Granowskaja ein.

Das Gespräch fand bei einem Botschaftsempfang statt. Granowskij wurde von allen Botschaftern eingeladen, aber er ignorierte diese Einladungen. Ihn langweilten diese unverbindlichen Gespräche, das Flanieren durch den Saal, die leeren Worte. Lida war aber von diesem Leben sehr angetan. Ihr gefiel das Gewimmel und das Stimmengewirr, und sie nahm ihre Freundinnen dazu mit. Ihre Freundinnen fuhren nie ins Ausland, und deshalb war für sie ein Empfang in einer westlichen Botschaft ein Fensterchen zum Kapitalismus. Sie lehnten sich heraus, sahen sich alles an und gingen dann wieder rein. Besser als gar nichts.

Der Botschafter und seine Frau begrüßten die Gäste. Vermutlich bemerkten sie Granowskijs Fehlen. Anstelle von Herrn Granowskij standen da drei unbedeutende Frauen. Aber der Botschafter begrüßte Lida, Anna und Belladonna genauso freundlich wie die Botschafter fremder Staaten. Dieselbe Hand, dasselbe Lächeln.

Anna musterte unauffällig die Anwesenden.

Nicht weit von ihr stand eine große, elegante Frau im Smoking. Solche Smokings tragen Türsteher in teuren Hotels und Orchesterdirigenten. Aber das Interessanteste an dieser Frau war nicht der Smoking, sondern ihr Alter. Sie hätte vierzig sein können oder auch sechsundneunzig. Ihr Gesicht war mehrmals geliftet und an manchen Stellen hatten sich Abnäher gebildet. Sie war wohl doch eher sechsundneunzig. Aber was für ein Charme...

»Schau mal...« Anna stubste Belladonna.

»Wo?« Belladonna begriff nicht, was Anna meinte, weil sie nur nach Männern Ausschau hielt.

Die Kellner – vermutlich alles KGB-Agenten –, trugen auf Tabletts etwas zu essen herein. Belegte Brote von der Größe eines Jubiläumsrubels und an Getränken, was immer das Herz begehrte: Whisky, Campari, Cointreau... Schon die Namen machten einen ganz betrunken. Anna probierte alles der Reihe nach und bekam einen Schwips.

Auf dem Empfang fand auch eine Modenschau statt. Entlang den Wänden gingen die Mannequins auf und ab und zeigten Ledermode. Irgend ein berühmter Modemacher aus dem Westen hatte seine Kollektion mitgebracht.

Anna war immer der Meinung gewesen, daß Winterkleidung vor der Kälte schützen müsse. Aber nein. Hier stellte sich heraus, daß Kleidung ein Kunstwerk sein konnte, wie – sagen wir mal – ein Picasso. Und dieses Kunstwerk konnte man anziehen. Die Mannequins waren junge Mädchen, elegant und keck. Sie gingen in einer Art militärischer Formation, als wollten sie jemanden angreifen.

Sie marschierten im Gleichschritt, die Hüften herausgestreckt, und trugen das Geheimnis ihres schönen Körpers vor sich her. Irotschka sah nicht schlechter aus als sie. Sogar besser. Und sie lag da wie ein Stück Holz. Oleg könnte so einem Mädchen den Kopf verdrehen. Aber er saß neben Irotschka, als wäre er selbst gelähmt.

Und sie selbst ... Anna ... Nie würde sie so einen Mantel tragen, nie solche Beine und einen so kleinen Hintern haben. Und keiner dieser Männer würde sie ins Kino einladen und ihr im Dunkeln zuflüstern: »Ich liebe dich, ich sterbe ohne dich ...«

Anna fing an zu weinen.

»Was ist denn los?« stubste sie Lida.

»Sie beneidet die Mädchen«, erklärte Belladonna still.

Und das war die Wahrheit. Sie weinte aus Neid und weil ihr traurig bewußt wurde, daß sie nie etwas vom Leben gehabt hatte. Und daß sie auch nichts mehr bekommen würde. Alles, was ihr blieb, war: ein Tropfen, zwei Tropfen, drei Tropfen ...

Anna kehrte nach Hause zurück. Sie war noch nicht ganz nüchtern. Oleg hatte Nachtdienst, und Irotschka schlief.

»Ich bin betrunken«, teilte Anna dem Hund vertraulich mit. Man mußte ja schließlich mit jemandem reden.

Der Hund war mächtig gewachsen und hatte sich innerhalb von zwei Monaten zu einem gesunden, zottelhaarigen, gutmütigen Ungetüm ausgewachsen. Vermutlich war einer seiner Ahnen ein Neufundländer gewesen. Einer von denen, die in den Bergen Menschen retten. Sie hatten den Hund in den Flur gejagt. Dort war wenig Platz, man konnte sich kaum umdrehen, und der Hund bewegte sich, wie eine Lokomotive auf Schienen, immer vor und zurück.

Anna setzte sich ans Telefon und wählte Werschinins Nummer. Sie rief ihn zu Hause an, genau im Herzen der Familie, was gegen die Spielregeln war. Er war selbst dran. Sie hörte seine Stimme. »Grüß dich«, sagte Anna. »Ich hab mich gerade im Spiegel angesehen. Ich hab eine Falte auf der Stirn, ein deutscher Soldat könnte drin verschwinden wie in einem Schützengraben und da sitzenbleiben; man würde ihn nicht sehen.«

»Sag mal, bist du betrunken?« erriet Werschinin.

»Stimmt genau«, gab Anna zu.

»Ich ruf dich später zurück«, sagte Werschinin im Verschwörerton. Und dann sagte er plötzlich mit lauter, munterer Stimme: »Ja, ja...«

Das hieß, seine Frau war dazugekommen.

Irotschka ging über einen fremden Planeten und geriet plötzlich in ein Viereck.

Die Wände des Vierecks waren kariert. In der Mitte lag etwas Zotteliges. Und in der Ecke stand etwas Nichtzotteliges, etwas Hohes. Irotschka sah alles voller Staunen lange an. Irgendwann einmal hatte sie das alles schon einmal gesehen. Irotschka konzentrierte sich. Der Kopf schmerzte. ZIMMER, erinnerte sie sich. HUND. MENSCH. Aber das in der Ecke war nicht sie. Wer dann?

Er war neun Uhr morgens. Anna zählte vier Tropfen ab, hob den Kopf sah plötzlich, daß Irotschka sie ansah. Sie sah nicht allgemein in ihre Richtung, sondern sie sah sie direkt an. Sie betrachtet sie. Das kam so unerwartet, daß Anna aufschrie.

Die Menschen schreien vor Schreck und aus dem Gefühl heraus, das ihm entgegengesetzt ist, das am anderen Ende des Schreckens liegt. Eine Spritze Glück wirkt auf der Stelle.

Annas Glück übertrug sich sofort auf den Hund. Er sprang hoch und – vor Aufregung wie toll geworden –, leckte er Anna mit seiner heißen Zunge übers Gesicht. Dann sauste er zu Irotschka und leckte auch sie ab.

Durch das fünfzehn Quadratmeter große Zimmer raste der Jubel in Gestalt einer zottigen Kugel.

Anna griff zum Telefonhörer. Sie mußte Oleg diese riesige Neuigkeit ihres Lebens mitteilen.

Der Schlafmangel, die Kontaktarmut, die Stunden und Tropfen, ihre Mühe und Geduld, das alles floß in eins zusammen und hieß jetzt: *positive Dynamik*.

Es ging niemand ans Telefon. Dann sagte am anderen Ende der Leitung die Petrakowa mit erstickter Stimme: »Rufen Sie später nochmal an. Wir haben jetzt eine Besprechung.«

Anna wollte schreien:

»Ich kann aber nicht später anrufen. Zum Teufel mit eurer Besprechung...«

Aber die Petrakowa legte auf.

»Nutte«, sagte Anna. Und das über die Chefärztin der chirurgischen Abteilung, Julija Alexandrowna Petrakowa.

Anna bekam plötzlich Angst, sie hätte sich die positive Dynamik nur eingebildet. Sie ging zurück ins Zimmer. Irotschka schlief. Die neuen Eindrücke gingen anscheinend über ihre Kräfte. Ihr Gesichtchen war bleich wie Milch, von der man den Rahm abgeschöpft hat.

›Sie hat keine frische Luft, keine Bewegung‹, dachte Anna und spürte plötzlich in sich eine neue Regung. Früher hatte Irotschka für Oleg existiert. Aber jetzt existierte sie unabhängig von ihm, war einfach Irotschka. Eine unglückliche junge Frau. Fast noch ein Kind. Sie war so völlig hilflos. Man könnte sie verhungern lassen, und niemand würde es erfahren. Was würde aus ihr, wenn Anna einmal sterben würde...

Oleg saß zu Irotschkas Füßen auf dem Sofa und sah fern. In der Sendung *Sechshundert Sekunden* wurde davon berichtet, daß ein Kerl mit Namen Prochorow einen anderen Kerl angeheuert hatte, um einen Menschen zu töten. Für fünftausend Rubel. Der Auftrag war ausgeführt worden. In der Sendung *Guten Abend, Moskau* berichtete man darüber, daß die Leichenhallen überfüllt waren, daß man die Leichen nirgends aufbahren könne und die Ratten sie fraßen. Der Sprecher sagte: ›Nagetiere‹.

Wozu mußte er, Oleg, sich das alles anhören? Wenn er tot wäre, wäre es ihm völlig gleichgültig, ob ihn die ›Nagetiere‹ auffressen würden oder nicht. Aber solange er am Leben war, fürchtete er sich vor dem Leben – und vor dem Sterben auch.

Oleg war übersättigt von den Ungeheuerlichkeiten des sowjetischen Alltags und wollte lieber einen Videofilm sehen. Aber er hatte sich heute keine Kassette besorgen können. Es hatte nicht geklappt.

Die Petrakowa hatte zu Hause eine richtige Videothek.

Oleg hatte gesagt: »Gibst du mir eine Kassette?«

Sie hatte gesagt: »Fahren wir zu mir, dann kannst du dir was aussuchen.«

Sie gingen zusammen aus dem Krankenhausgebäude. Ein Wolkenbruch regnete auf sie herab. Unten auf dem Boden war Schnee, und oben regnete es.

»Der Winter geht zu Ende«, sagte die Petrakowa.

Sie hatte etwas Schwarzes mit etwas Braunem an. Es paßte nicht zusammen, sah aber interessant aus.

Der Regen prasselte auf ihre Schultern. Ihre Brille war voller Spritzer. Oleg merkte sich ihre Autonummer: 17–40. ›Zwanzig vor sechs‹, dachte er. Und weiter: ›In zwanzig Minuten den letzten Tropfen.‹ Auch er lebte ganz im Turnus der Stunden und Tropfen.

Die Petrakowa konnte die Scheibenwischer nicht richtig aufstecken.

»Komm, ich mach das«, bot Oleg an.

Er nahm ihr die Scheibenwischer aus der Hand und befestigte sie geschickt.

Die Petrakowa rührte sich nicht vom Fleck. Schaute ihm fasziniert zu. Dann sagte sie:

»Was du für Hände hast...«

»Was denn für welche?« fragte Oleg verständnislos.

»Schöne. Männliche. Das ist sehr selten: schöne Hände. Du weißt?«

»Du redest wie eine Wort-für-Wort-Übersetzung«, bemerkte Oleg.

»Stimmt«, sagte die Petrakowa. »Ich denke oft englisch. Und dann übersetze ich es.«

Die Petrakowa und ihr Mann hatten zehn Jahre in einem englischsprachigen Land gelebt. Sie hatte sogar einen leichten englischen Akzent.

In der Wohnung wurde renoviert. Der Boden war mit Zeitungen abgedeckt. Überall war Kalk verstreut. Die Möbel und das Sofa waren mit Tüchern abgedeckt.

›Wie im OP‹, dachte Oleg. ›Nur daß es dort sauber ist und hier schmutzig.‹ Obwohl: wenn man genauer hinsah, war es auch dort schmutzig.

Der Mann der Petrakowa war nicht zu Hause. Er arbeitete in London. Die Petrakowa war nach Moskau zurückgekehrt, um ein Auge auf ihren Sohn zu haben, damit er nicht auf Abwege geriete. Ihr Sohn war in der Pubertät. Gerade vierzehn.

Im Moment war ihr Sohn auch nicht zu Hause und hatte auch keinen Zettel hinterlassen, wo er sich aufhielt. Womöglich kam er gerade in diesem Moment auf besagte Abwege.

Die Petrakowa nötigte Oleg aufs Sofa, legte eine Kassette ein und ging aus dem Zimmer.

Sie hatten vereinbart, daß er sich ein paar Filme ansah. Nicht ganz, sondern so zehn Minuten. Dann würde er sich aussuchen, was ihn interessierte. In zehn, ja schon in zwei

Minuten ist klar, womit man es zu tun hat: Kunst oder, na ja... zweiter Aufguß.

Bilder flimmerten über den Bildschirm. Ein Sujet bildete sich heraus. Das Sujet bestand darin, daß eine nicht mehr junge, vom Leben arg gebeutelte Frau ein Bordell eröffnete. Ihr Sohn, ein geistig zurückgebliebener junger Mann, schlich durchs Haus und schaute durch die Schlüssellöcher. Und das wars. Ein ganz primitiver Pornofilm. Künstlerischer Wert gleich Null.

Einen Pornofilm kann man sich natürlich mal ansehen, aber nicht im Hause seiner Vorgesetzten, der Chefärztin der Chirurgie. Und auch nicht bei sich zu Hause, wo seine Mutter war und seine kranke Frau.

Er hätte die Kassette gern herausgenommen, aber die Petrakowa hatte ein anderes Gerät als er zu Hause, die Anordnung der Knöpfe war anders. Am Ende würde er noch etwas kaputtmachen...

Oleg konnte sich nicht losreißen, der Film zog ihn wie in einen Strudel. Der Text war englisch.

Die Petrakowa kam herein und fragte:

»Soll ich dir's übersetzen?« Sie setzte sich auf seinen Schoß. Er spürte den süßlichen Jasminduft ihres Parfüms.

»Was du für Augen hast...«

Oleg wollte gar nicht wissen, was für welche. Ihm war nicht danach.

»Ich übersetze simultan«, sagte die Petrakowa und begann dasselbe zu tun, was sich auf der Bildfläche abspielte. Er hätte jetzt aufspringen und die skrupellose Petrakowa von sich schleudern müssen. Wenn er da aufgesprungen wäre, genau in dem Moment, als sie sich setzen wollte, dann wäre nichts geschehen. Aber er hatte es nicht gleich getan. Da fing sie an, von seinen Augen zu reden. Der richtige Augenblick war verpaßt. Er spürte ihre Hände auf seinem Körper. Das waren Hände... Sie konnten alles. Ein Skalpell halten. Und streicheln... Die Petrakowa war eine gottbegnadete Chirurgin. Und eine gottbegnadete Frau... Wie sie streicheln konnte!

Oleg saß da wie unter einer wohltuenden Narkose. Die Petrakowa streichelte ihn. Sie zog ihn zum Abhang hin. Jetzt würde er gleich hinunterstürzen, mit einem quälenden letzten Schrei vor dem Tod.

»Hör auf...«

»Warum?« Die Petrakowa nahm die Brille ab, und er sah ihre Augen, grün und unerschrocken...

Da hätte er noch eine letzte Chance gehabt, hätte ihr und sich selbst sagen können ›Hör auf!‹. Aber er packte sie, preßte sie mit seinen jungen Muskeln an sich, mit all seinem verklemmten Narzißmus, seiner reifen Leidenschaft, seiner schweren langen Enthaltsamkeit, seinem Kummer und seiner Ausweglosigkeit, mit der Verzweiflung eines verletzten Elchs.

Nichts wirst du mir übersetzen. Von wegen simultan. Ich sag dir selbst alles. Auf meine Art. In meiner Sprache. Ich erniedrige und erhöhe dich.

Das Sofa war aus Leder. Die Tücher waren heruntergerutscht, und die Petrakowa war auf dem Boden gelandet. Sie lag auf den Zeitungen im Kalk und sah teilnahmslos vor sich hin – wie Irotschka. Wieder Irotschka.

Im anderen Teil der Wohnung hörte man Männerstimmen.

»Wer ist das?«

»Die Handwerker«, antwortete die Petrakowa gleichgültig.

»Waren die die ganze Zeit über hier?«

»Natürlich. Bei uns wird doch renoviert.«

Oleg versteinerte. Ein schönes Bild gab er da ab: mit offenem Mund und offener Hose. Die Petrakowa kicherte.

Er hätte sie gern geschlagen, aber ihr Gesicht war so zart und schön. Und außerdem war so was nicht seine Art.

Oleg stand auf, tappte über die Zeitungen und verließ die Wohnung.

Zu Hause war die Tür unverschlossen. Die Mutter war nicht da, wahrscheinlich war sie zu den Nachbarn gegangen. Auch gut. Er hatte keine Lust, mit jemandem zu reden.

Oleg stellte sich unter die heiße Dusche, wusch die Berührung von sich ab. Das Telefon klingelte. Er beeilte sich, ging noch nackt aus dem Bad. Wasser troff an ihm herunter.

»Ich hab dich gesucht«, sagte Walka Schtschetinin durchs Telefon. »Wo hast du denn gesteckt?«

Oleg wollte es ihm nicht sagen, aber er hatte auch keine Lust zu lügen.

»Ich war bei der Petrakowa«, sagte er.

»Aha...«, sagte Walka anzüglich.

»Was heißt hier ›aha‹?« fragte Oleg vorsichtig. Es kam ihm so vor, als ob schon alle alles wüßten.

»Sie hat dir gesagt: ›Was für Augen, was für Hände!‹«

»Na und?«

»Das sagt sie zu allen«, erklärte Walka ruhig.

»Wart mal 'nen Moment.« Oleg ging ins Bad und zog sich seinen baumwollenen Bademantel über. So fühlte er sich sicherer.

»Wieso? Ist sie eine Nutte?« fragte er unbekümmert.

»Nein, gar nicht. Sie ist eine Schlampe.«

»Wo liegt da der Unterschied?«

»Eine Nutte ist eine Professionelle. Die macht es für Geld. Und die macht es als Hobby. Aus Lebenshunger.«

Also nicht er und sie, sondern bloß zwei Bedürfnisse.

Da hast du deine komplizierten Frauen. Die Persönlichkeiten. Man hatte ihn benutzt wie ein Freudenmädchen. Oleg knirschte mit den Zähnen.

Er ging zu Irotschka. Setzte sich zu ihren Füßen. Er sah sich die Sendung *Das fünfte Rad* an. Der Hund kam zu ihm gelaufen und legte ihm die Schnauze auf den Schoß. Zu Hause ... Der Hund vergötterte ihn. Seine Mutter las ihm jeden Wunsch von den Augen ab. Seine Frau würde ohne ihn sterben. Nur in diesem Haus war er ein Gott. Ein Mensch-Gott. Aber da draußen in der großen weiten Welt stießen Autos und Eigenlieben zusammen, nagten Ratten und Mörder an einem. Männer verloren ihre Ehre.

Oleg nahm Irotschkas Hand und küßte sie still und reumütig.

Irotschka sah vor sich hin, und es blieb im Dunkeln, ob es die positive Dynamik gegeben hatte oder nicht.

Ende Mai siedelten sie in die Datscha über. Lida Granowskaja übergab ihnen ihren Besitz, denn sie und der Bewiss hatten den ganzen Sommer anderweitig verplant. Sie würden nicht auf die Datscha kommen. Im Juni würden sie in Amerika sein. Im Juli im Baltikum. Im August in Israel.

»Heutzutage fahren nur die Schlafmützen nicht ins Ausland«, sagte Lida.

»Die Schlafmützen – und ich«, dachte Anna.

Sie tat sich selbst leid, aber nur ein bißchen. In ihrem Leben hatte auch eine positive Dynamik eingesetzt. Von Annas drei Feinden – dem fehlenden Ergebnis, dem Schlafmangel und der Kontaktarmut – hatten sich die ersten beiden ergeben und ihr die Fahne zu Füßen gelegt.

Der Zeiger, der das Ergebnis anzeigte, bewegte sich deutlich von Null ins Plus. Irotschka schaute immer öfter im Zimmer umher. Also war sie bei Bewußtsein. Dann würde sie bald anfangen zu sprechen; und aufstehen; und sich erinnern.

Der Kräuterheiler hatte recht behalten. Das Leben war wunderbar. Vor allem am Morgen. Anna wachte bei Sonnenaufgang auf und ging in den Gemüsegarten. Aus der Erde sproß und drängte alles nach oben, was nur wachsen konnte: Heilkräuter und Unkraut. Es sah aus, als ob jedes Kräutlein leidenschaftlich zur Sonne hinstrebte: Lieb mich. Die weisen, alten Tannen streckten und reckten sich krachend. All das eitle Streben, das haben wir alles hinter uns. Wozu? Das Wichtigste ist Wasser aus der Erde zu saugen, das Sonnenlicht zu genießen und da stehenbleiben, so lange wie möglich stehenbleiben, 100 Jahre, 200 ... Immer ...

Die lochmusterartigen Birken flirrten mit den Blättern, schnatterten vor sich hin. Sie bereiteten sich auf den Absturz vor, auf Fehler – vielleicht auf einen verhängnisvollen Fehltritt – und sogar auf den Tod. Sollten sie ruhig morgen sterben, aber heute war die Liebe dran, die Liebe . . .

Die Sonne war gerade aufgewacht, sie ermüdete einen noch nicht, ließ einen noch nicht schmoren, sondern streichelte zärtlich die Erde. Die Vögel stoben Hals über Kopf aus dem Nest und flogen hoch auf in den Himmel. In der Ferne waren Glöckchen zu hören. Das war der alte Chabaraw, der seine Ziegen auf die Weide trieb.

Der Alte hatte sieben Ziegen: eine Ziegengroßmutter, einen Ziegengroßvater, zwei Ziegenkinder und drei Enkel. Die Ziegenenkelkinder waren weiß, mit steiler Stirn, länglichen Pupillen in den stachelbeergrünen Augen.

Die ganze Familie kam auf Annas Grundstück. Der alte Chabarow brachte ihr eine Dreiliterkanne mit Milch. Anna gab eine leere Kanne mit Deckel zurück. Und so jeden Tag.

Irotschka saß unterm Baum auf einer Chaiselongue. Um sie herum die Ziegen. Ein biblisches Bild. Der alte Chabarow sah Irotschka jedes Mal genau an. Einmal sagte er:

»Einen Engel haben sie getötet . . .«

»Wieso getötet? Es war einfach ein Unglück«, verbesserte Anna.

»Nein«, der Alte schüttelte den Kopf. »Die Menschen haben einen Engel getötet.«

Er nahm die leere, saubere Kanne und ging vom Grundstück. Dabei stampfte er mit seinen Gummistiefeln kräftig und – wie es schien – verärgert auf die Erde.

»Er ist verrückt«, dachte Anna. »Der ist völlig neben der Spur.«

Irotschkas Haare waren wieder nachgewachsen, ihre Augen gaben ihrem Gesicht einen überirdischen, abstrakten Ausdruck. Anna fiel wieder ein, daß mit Irotschkas Eltern etwas nicht stimmte. Gab es sie überhaupt? Vielleicht war sie tatsächlich von nirgendwo her. Ein Engel, der alles Böse der Welt auf sich genommen hatte.

In der Mitte des Sommers kam der Kräuterheiler. Er brachte ein Fläschchen mit einem neuen Aufguß. Und der Einnahmerhythmus wurde auch ein anderer: dreimal am Tag, immer nach sechs Stunden Pause. Um zehn Uhr morgens, um vier Uhr nachmittags, um zehn Uhr abends. Das war alles. Das war schon viel einfacher. Die reinste Erholung.

Sie saßen im Gras, aßen Erdbeeren von ihrem eigenen Beet. Sie tranken Ziegenmilch aus schweren Keramikkrügen.

»Sagen Sie mal«, begann Anna vorsichtig. Sie hatte Angst, daß der Kräuterheiler sie für verrückt halten könnte, und verstummte.

»Nun . . .« Der Kräuterheiler sah sie an, als fordere er sie zum Weiterreden auf.

»Vielleicht ist es so, daß Irotschka Böses von fremden Leuten auf sich genommen hat?«

»Ach, wissen Sie . . . die Erde hat jetzt – vom Kosmos aus betrachtet – eine bräunliche Aura; zuviel Blut. Böses.«

»Und was weiter?«

»Man muß die Erde reinigen.«

»Auf welche Weise?«

»Keine bösen Worte aussprechen, keine schlechten Gedanken denken und keine bösen Taten begehen.«

»Und das ist alles?« fragte Anna verwundert.

»Das ist alles. Der Mensch ist ein kleines Kraftwerk. Er kann gute Energie herstellen, aber auch schlechte. Wenn er schlechte herstellt, wird die Atmosphäre durch braune Dämpfe verunreinigt. Und der Mensch selbst wird auch verunreinigt. Man muß die Kanäle reinigen.«

»Welche Kanäle?«

»Es gibt Kanäle – die Blutgefäße –, durch die Blut fließt. Und es gibt Kanäle, die den Menschen mit dem Kosmos verbinden. Was glauben Sie, warum ein Kind mit noch offener Schädeldecke geboren wird? Wir haben Kontakt mit der Sonne. Die Sonne durchdringt uns, und wir sie.«

Der Kräuterheiler sah Anna an, und sie sah, daß er Augen hatte wie eine Ziege, grün und sonnendurchflutet; nur daß er keine länglichen Pupillen hatte, sondern runde.

Als der Kräuterheiler gehen wollte, fragte Anna etwas verlegen:

»Was bin ich Ihnen schuldig?«

»Geld verdiene ich mir anderweitig«, winkte der Kräuterheiler ab.

»Wie?« fragte Anna neugierig.

»Ich habe mit ein paar Leuten ein Joint-venture gegründet. Eine Computerschule.«

Anna staunte. Da hast du deinen ›Wanderprediger‹. Nicht schlecht, diese Wanderpredigerinnung – auch die organisieren sich jetzt in Kooperativen.

Dann wurde ihr klar: er war kein Wanderprediger. Er war ein ganz normaler Techniker. Er dachte und sagte einfach nichts Schlechtes. Und deshalb hatte er so klare Augen und ein so offenes Gesicht. Er reinigte nur die Erde.

Anna stand über einen Ameisenhaufen gebeugt. Sie konnte jetzt weit weg vom Haus in den Wald hinein laufen, lange Spaziergänge machen. Von den drei Feinden war nur einer übriggeblieben: die Kontaktarmut. Oleg kam einmal pro Woche herausgefahren. Im Prinzip war er nicht da. Irotschka war auch fast nicht da. Aber dafür gab es hier Bücher. Die Granowskijs hatten eine wunderbare Bibliothek.

Es stellte sich heraus, daß Anna sehr stark spezialisiert war. Sie wußte nur das, was ihren Beruf betraf. Ansonsten – Wüste . . . Sie war unaufgeklärt wie ein Filzpantoffel. Grau wie der Morgennebel. Tschechow hatte sie seit der Schulzeit nicht mehr gelesen. Und was war das schon gewesen, in der Schule? *Der Mensch im Futteral?* – ›*Der Kampf gegen die Gemeinheit der Welt*‹?

Was für ein Kampf? Ein Schriftsteller kämpft nicht, er atmet seine Epoche aus. Anna entdeckte etwas Verblüffendes: Es gab zwei Tschechows. Einer bis zum fünften Band. Und ein anderer. Fünf Bände Anlauf und dann der Sprung. Eine völlig neue Höhe. Woher kam das plötzlich? Er wußte, daß er bald sterben würde. Tuberkulose war damals noch unheilbar. Er lebte in völliger Abgeschiedenheit in Jalta. Und entwickelte sich geistig zum Genie.

Die Abgeschiedenheit hat ihre Vorteile. Vielleicht sollte Anna für immer hier bleiben. Eine *Isba** kaufen. Ziegen halten.

---

* Russisches Holzhaus

Was war schon die Stadt? Ein Hexenkessel des Bösen, aus dem bräunliche Dämpfe zum Himmel aufstiegen. Und sie selbst, Anna, wie lebte sie? Unter welchen Bedingungen? Sie hatte Werschinin aus seiner Familie geholt. Und er hatte doch plötzlich zwei Töchter, die eine fünfzehn-, die andere siebzehnjährig. Wie würden sie ins Leben gehen, nachdem ihr Vater sie sitzengelassen hatte. Und seine Frau ... Wohin sollte sie denn? Sollte er sie etwa aus dem Fenster werfen? Sollte sie sich eine Plastikschleife ins Haar stecken und über ihre Falten hinweg fremde Männer anlächeln? Und Werschinin würde mit abgestumpftem Gewissen weiterleben? Wozu brauchte sie ihn dann, wenn er abgestumpft wäre ...

Der Kräuterheiler hatte unrecht. Das Böse, das ein Mensch produziert, zieht nicht in die Atmosphäre ab, es fällt auf den eigenen Kopf zurück.

›In hundert Jahren werden die Menschen besser leben als wir heute.‹ So sagten viele von Tschechows Helden; offenbar dachte Tschechow selbst auch so.

In hundert Jahren, das war jetzt. Heute. Damals waren die neunziger Jahre des neunzehnten Jahrhunderts. Jetzt haben wir die neunziger Jahre des zwanzigsten Jahrhunderts. Und was ist in diesen hundert Jahren passiert?

Der heutige Werschinin tritt in den Ruhestand. Die Armee wird reduziert. Die Tusenbachs sind als Klasse abgeschafft worden. Der edle, gebildete Offiziersstand ist verschwunden. Stalin hat ihn liquidiert. Solenij ist in die ›Pamjat‹* eingetreten. Irina und Mascha sind arbeiten ge-

* Vereinigung russischer Rechtsradikaler

gangen. Sie wollten arbeiten, bis zur völligen Erschöpfung. Bitte sehr. Das können sie haben, so viel sie wollen.

Nach Moskau kann man nicht einfach ziehen, man bekommt nämlich keine Zuzugsgenehmigung. Höchstens eine zeitlich begrenzte, verbunden mit sehr schlechten Arbeitsbedingungen.

Wir heutigen Menschen betrachten das Ende des neunzehnten Jahrhunderts mit Nostalgiegefühlen, wir sehnen uns nach dem damaligen Leben, den Gutshöfen, den weißen langen Kleidern, den Kirschgärten, dem verlorenen Glauben...

Von dem Ameisenhaufen ging ein kräftiger Alkoholgeruch aus. Von einer Kiefer war Harz getropft. Die Erde gab Wärme ab. Wie lange hatte Anna nicht mehr so gelebt, mit Ameisen, Bäumen, mit sich selbst und mit Tschechow. Ein interessanter Mann war das gewesen. Wieso war? Er ist es noch. Die Bücher bewahren seine Gedanken auf. Die Energetik seiner Seele. Eigentlich die Seele selbst. Also konnte man sich mit ihm unterhalten. Allerdings war es ein einseitiges Gespräch, eher ein Monolog. Sie lernte Tschechow kennen, aber er sie nicht. Aber das mußte auch nicht unbedingt sein. Trotzdem war ein Monolog mit Tschechow interessanter als ein Dialog mit Belladonna: sie würde wieder von ihrem Enkel erzählen, von Lentschik...

Als Anna zur Datscha zurückkam, traf sie dort Belladonna an.

Belladonna knackte Sonnenblumenkerne und unterhielt sich mit Irotschka wie mit ihresgleichen. Irotschkas geistige Abwesenheit störte sie in keinster Weise. Für

Belladonna war nur wichtig, daß sie selbst reden konnte, daß sie sich selbst aussprechen konnte.

»Stell dir vor«, rief Belladonna so laut, daß man es über das ganze Grundstück hörte. »Dieser Mistkerl Lentschik, dieser Scheißkerl . . . Ich sag zu ihm: Nimm das Kind über die Feiertage, es ist doch auch dein Enkel. Und er sagt mir . . .«

»Hör auf«, bat Anna leise und erschrocken noch im Gehen.

»Wieso ›hör auf‹?« fragte Belladonna.

»Sag nicht ›Scheiße‹.«

»Warum nicht?« wunderte sich Belladonna noch mehr.

»Das Wort gibt es nicht.«

»Wieso denn das? Scheiße gibt es – und das Wort nicht?!«

Oleg operierte. Die Petrakowa stand daneben, verfolgte alles mit ihren Argusaugen, wie ein Fahrlehrer beim Fahrunterricht.

Die Operation war äußerst kompliziert. Sie trennten siamesische Zwillinge. Sie waren an der Wirbelsäule vier Zentimeter lang aneinandergewachsen. Zuerst hatten sie alles auf eine Karte gesetzt, wenigstens einer der beiden sollte mit Sicherheit durchkommen, auch wenn der andere dabei sterben würde. Aber die Petrakowa hatte Einhalt geboten: Beide sind gleich viel wert. Wie kann man einen lebenden Menschen einfach so aussortieren? Nach welchen Kriterien sollte die Auswahl vonstatten gehen?

Die Operation gelang. Beide Jungen lebten. Man rollte sie auf verschiedenen Bahren in die Intensivstation.

»Du hast geniale Teilchen im Hirn; so etwa wanzen-groß«, bewertete die Petrakowa lässig seine Leistung.

Das sollte ein Lob sein. Wieso: wanzengroß? Immer mußte sie ihn beleidigen. Das Unvereinbare zusammen-bringen: Begeisterung und Verachtung.

Oleg antwortete nicht. Er nahm den Mundschutz ab.

»Komm, wir fahren zu mir«, lud die Petrakowa ihn beiläufig ein.

»Wozu?« fragte Oleg kalt.

»Dreimal darfst du raten.«

Er schwieg. Er streifte die Handschuhe ab.

Sie sah auf seine Hände. »Weißt du noch, wie wir…« sagte die Petrakowa und verzog das Gesicht, als hätte sie Sodbrennen. Die Erinnerung stieß ihr sauer auf.

Oleg befürchtete schon, sie würde die Dinge beim Na-men nennen. Aber sie tat es nicht.

»Mit wanzengroßen genialen Teilchen?« sagte Oleg la-chend vor.

»Du bist durch und durch genial. Von oben bis ünten. Du kennst deinen eigenen Preis nicht, aber du hast auch keinen, du bist unbezahlbar. Deine Mutter ist eine glückli-che Frau. Einen guten Sohn hat sie großgezogen. Ich kann nur davon träumen, daß meiner mal so wird…«

»Hast du Weininger gelesen?« fragte er, um das Thema zu wechseln. *Geschlecht und Charakter?*«

»Nein. Wieso?«

»Da gibt es ein Kapitel *Mutterschaft und Prostitution.*«

Der österreichische Philosoph Weininger war der Mei-nung gewesen, daß es zwei Arten von Frauen gab: Mütter und Prostituierte. Zwei grundverschiedene psychologische Strukturen mit verschiedenen Wertesystemen. Die Petrakowa vereinte in sich beides oder, besser gesagt, beide Frauentypen. Und auch in Oleg sah sie beides: den Sohn und den Liebhaber.

»Gehen wir in mein Arbeitszimmer«, forderte ihn die Petrakowa auf.

Der Philosoph Weininger interessierte sie nicht im geringsten. Insbesondere da er selbst Jude und gleichzeitig Antisemit gewesen war. Ein Frauenhasser, der sich mit dreiundzwanzig Jahren erschossen hatte, sein tiefschürfendes Werk der Nachwelt hinterlassend.

»Gehen wir zu mir«, wiederholte die Petrakowa.

»Nein, nein . . .« wehrte Oleg eilig ab.

»Hast du Angst?«

»Wovor denn?«

»Dann komm doch, wenn du keine Angst hast«, fing sie ihn ein.

Im Arbeitszimmer holte sie aus dem Kühlschrank eine Flasche Whisky und Gläser. Sie schenkte ein.

»Auf Sascha und Ljoscha!« So hießen die Zwillinge.

Oleg fühlte, wie müde er war. Vier Stunden auf den Beinen. Höchste nervliche Anspannung. Er vibrierte wie ein Hochspannungsmast.

Er trank. Er lauschte in sich hinein. Die Spannung fiel nicht von ihm ab.

Die Petrakowa setzte sich neben ihn. Bloß gut, daß sie sich nicht auf seinen Schoß gesetzt hatte.

»Komm, laß uns zu mir fahren«, sagte sie ruhig.

»Ich fahre nicht mit.« Oleg sah ihr fest ins Gesicht. »Hör auf.«

»Warum?« Sie nahm die Brille ab, enthüllte ihre großen erstaunten Augen. »Du brauchst mich doch nicht zu heiraten: Ich bin verheiratet. Du brauchst nicht viel Zeit mit mir zu verbringen: Ich bin sehr beschäftigt. Du brauchst für mich kein Geld auszugeben: Ich hab selbst welches.«

»Und was bleibt dann noch?« fragte Oleg.

»Na... ein bißchen Körper. Ein bißchen Seele. Ein bißchen...«

»Ich kann das nicht. Ein bißchen hier, ein bißchen da... Auf die Uhr schauen, sich beeilen, lügen. Du würdest mich bald hassen. Und ich mich auch.«

»Wenn du willst, verlasse ich meinen Mann.«

Oleg sah sie aufmerksam an. In ihren Augen stand eine kindliche Furchtlosigkeit. Mit genau dieser kindlichen Furchtlosigkeit war er früher einmal wegen einer Wette von einem Scheunendach gesprungen.

»Nein. Ich will nicht«, antwortete Oleg. »Ich kann mein Leben nicht ändern.«

»*Warum nicht?*«

In ihrer Frage lag völliges Unverständnis. Sie hatten es so gut zusammen: gemeinsame Arbeit, eine vollkommene physische Leidenschaft. Wie kann man so etwas ausschlagen?

»Meine Frau ist krank. Sie ist gelähmt.«

»Aber du bist doch nicht gelähmt. Willst du dich jetzt mit einem Strick anbinden, oder was?«

Oleg verstand nicht sofort, was sie meinte. Dann ging es ihm auf. Er goß sich Whisky ein.

»Sie hat mich mit ihrem Leben geschützt. Sie ist ein Engel...«

»Was ist denn das für eine Mystik?« Die Petrakowa zuckte die Achseln.

»In Moskau passieren jeden Tag achtzehn lebensgefährliche Verkehrsunfälle. Es war einer von achtzehn und mehr nicht.«

Oleg sah zu Boden und erinnerte sich an diesen, ihm noch ganz nahen, jetzt aber schon lange zurückliegenden Tag. Der Minibus fuhr geradeaus, er hatte Vorfahrt. Der Fahrer, ihr Fahrer – der liebe Kerl –, ließ ihn nicht vor. Er verstieß gegen die Verkehrsregeln, er verursachte den Unfall. Das war alles. Mehr nicht.

»Ich kann nicht, Julija.« Er sagte zum ersten Mal ihren Vornamen.

»Ich bin dir einfach zu alt. Du bist achtundzwanzig und ich achtunddreißig. Daran liegt es.«

Die Petrakowa ließ den Kopf hängen. Er sah, daß sie weinte. Die besiegte Petrakowa, diese gottbegnadete Chirurgin und gottbegnadete Frau – weinte. Wegen ihm...

Oleg war verwirrt.

»So ist es nicht. Das weißt du doch.« In ihm tobte ein wahrer Wirbelsturm widersprüchlicher Gefühle. »Du... gefällst mir. Ich habe einfach Angst, in dir zu versinken. Ich kann nicht...«

Die Petrakowa wischte sich mit der Hand das Gesicht ab, als wenn sie sich waschen würde, als wenn sie die Hoffnungslosigkeit wegwaschen würde. Sie fing sich wieder und sagte ruhig und sachlich:

»Gut. Es soll so sein, wie du willst. Wir werden nichts miteinander anfangen.«

Zwischen ihnen stand eine bis zum Rand angefüllte Stille.

»Wenn du mit mir . . .« Sie stockte und suchte nach dem passenden Wort. ». . . ins Land der Liebe gingest . . .«

Ins Land der Liebe . . .

»Das ist eine solche Explosion von Glück, und dann das Dunkel des Unmöglichen . . . Und wenn man die Glücks-explosion auf das Dunkel legt, dann kommt ein mittleres, graues Licht dabei heraus. Und jetzt . . . Schau aus dem Fenster: ein grauer Tag. Das ist es, worauf es hinauslaufen würde. Bleiben wir bei unseren Möglichkeiten. Trinken wir darauf.«

Vor dem Fenster machte sich wirklich ein grauer Tag breit.

Sie trennten sich und blieben bei ihren Möglichkeiten. Oleg fuhr hinaus auf die Datscha.

Auf der Veranda saßen die Granowskijs und Belladonna.

Oleg wußte, daß die Granowskijs aus Amerika zurück-gekehrt waren.

»Und, wie war es in Amerika?« fragte Oleg höflich und setzte sich hin. In Wirklichkeit war ihm das völlig egal. In Wirklichkeit dachte er an die Petrakowa. Er wollte das, was vorgefallen war, nicht vergessen. Wollte es in Erinne-rung behalten. Jedes Wort, jeden Blick, jeden Laut – und alles, was zwischen diesen Lauten gelegen hatte. Und zwi-schen den Worten. Wenn man sich mit der Petrakowa unterhielt, hatte alles Bedeutung. Eine ganz andere Art von Kommunikation. Als wenn man tatsächlich in ein anderes Land geriete. Was ging ihn Amerika an. Man konnte nach Amerika fahren und trotzdem nirgendwohin geraten.

»Dort ist es langweilig. Und hier – ekelhaft«, antwortete Granowskij.

»Sie fahren nach Israel«, nahm Anna den Faden auf.

»Und, bleiben Sie nicht dort?« fragte Oleg direkt.

»Mich nehmen sie da nicht. Ich bin für sie ein Russe. Meine Mutter ist Russin. Bei den Juden geht die Nationalität nach der Mutter.«

»Dort bist du Russe, und hier bist du Jude«, bemerkte Lida. »Hier paßt es auch wieder nicht.«

»Ja. Jetzt hat der Nationalismus wieder Hochkonjunktur«, bestätigte Belladonna.

»Stolz darauf zu sein, daß man Russe ist, ist genauso, als wäre man stolz darauf, an einem Dienstag geboren zu sein«, sagte Oleg. »Was hat man denn persönlich dazu getan?«

Alle schauten ihn an.

»Na, Sie arbeiten in der russischen Wissenschaft, bringen sie voran, also sind Sie Russe. Und ein gewisser Prochorow hat für fünftausend Rubel jemanden umbringen lassen. Das ist kein Russe. Das ist ein Niemand. Das ist überhaupt kein Mensch.«

»Man darf nicht alle in einen Topf werfen«, bremste Belladonna. »Die Russen sind eine große Nation.«

»Und die Chinesen vielleicht nicht?«

Oleg stand auf und ging weg.

»Was hat er denn?« fragte Granowskij.

»Er ist sicher überarbeitet«, sagte Lida.

Alle schwiegen einen Moment lang. Anna traten die

Tränen in die Augen. Ihr Sohn war überarbeitet. Und wirklich: was hatte er auch für ein Leben.

Sie schwiegen ein, zwei Minuten lang. Jeder hing seinen eigenen Gedanken nach. Granowskij dachte an etwas Wissenschaftliches. *Wo* man sie vorantreibensollte, die russische Wissenschaft.

Vielleicht in Amerika? In Amerika waren jetzt ruhigere Zeiten, und finanziell ginge es ihm dort auch besser. Aber hier war er der ›Bewiss‹, der berühmte Wissenschaftler. Und dort wäre er einer von vielen. Dort würde er sich in der Masse verlieren wie ein Knopf im Nähkästchen. Granowskij konnte ohne seinen Ehrgeiz nicht leben.

Lida dachte daran, daß sie – falls Granowskij in Amerika eine Stelle angeboten bekäme – nicht mitfahren würde. Er müßte dann wählen: die Wissenschaft oder seine Frau. Und es war ihr klar, wie die Wahl ausfallen würde. Wenn man ihm einen sehr hohen Preis bieten würde, dann wäre auch sie im Preis inbegriffen; er würde sie im Stich lassen ...

Belladonna überlegt wie sie Lentschik wieder in die Familie einbinden könnte. Im Moment klappte das nicht. Er hatte nun einmal die Freiheit gerochen, schwebte davon, und man bekam ihn nicht mehr auf die Erde zurück.

Anna ging durch den Kopf: Nichts Böses denken und tun – das war die Botschaft Christi. Die Gebote: *Du sollst nicht töten, nicht begehren deines Nächsten Weib* ... Interessant. Alles hatte es schon einmal gegeben. Alles wiederholte sich.

Oleg setzte sich neben Irotschka auf den Boden.

Der Hund näherte sich ihm, aber er kroch nicht ganz zu ihm heran. Er spürte etwas.

Oleg hatte alles richtig gemacht. Er war der Petrakowa nicht ins Land der Liebe gefolgt. Er hatte sich die Reinheit und Klarheit seines Lebens bewahrt. Aber dafür fehlte auch etwas in diesem Leben: keine perlmuttfarbenen Wolken hatten sich gebildet; kein Kind war geboren worden; er hatte keine Bäume vor Kraft ausgerissen. Es fehlte der heiße Atem des Lebendigen.

Irotschka lag hinter seinem Rücken wie eine Gerade zwischen A und B. Sie war immer ein *Durchschnittsmensch* gewesen. Deshalb hatte er sie geliebt. Ein Mädchen aus Stawropol, mit all seiner Naivität und Offenheit. Aber jetzt ging dieses Durchschnittliche, Alltägliche ins Absolute. Graphisch ausgedrückt war es eine Gerade zwischen zwei Punkten.

Die Petrakowa dagegen war vielflächig wie ein Polyeder, mit unzähligen Schnittpunkten. Sie war vielschichtig und kompliziert. Und er liebte sie wegen ihrer Kompliziertheit. Sie hatte ihn ins Land der Liebe eingeladen. War das nicht eine Auszeichnung, die Liebe einer *solchen* Frau? Aber er hatte abgelehnt. Er, ein mißratener Kerl.

Oleg stand auf, nahm seine Jacke und seine Tasche.

Er ging weg von der Datscha.

»Wohin gehst du?« rief ihm Anna hinterher.

»Ich muß morgen früh im Krankenhaus sein!« rief Oleg.

»Wir können dich hinfahren!« schlug Lida bereitwillig vor.

»Nein, danke. Ich will ein bißchen zu Fuß gehen.«

Oleg ging weg. Er ließ die Gartenpforte hinter sich. Ein bißchen weiter stand ein silberner Lada mit der Nummer 17–40.

»Zwanzig vor sechs«, dachte Oleg und erstarrte zur Salzsäule. Es war der Wagen der Petrakowa.

Wie war sie hierhergekommen? Was tat sie hier?

Oleg ging zu ihr hin. Sie öffnete die Autotür. Er setzte sich neben sie. Das alles tat er mit finsterer Miene, ohne ein einziges Wort. Sie fuhren los. Fuhren in eine Richtung, kehrten wieder um, weil der Weg nicht weiterführte. Das Auto schaukelte auf dem schlechten Weg. Sie fuhren mitten in einen Kiefernwald hinein.

Julija ließ das Lenkrad los. Er umarmte sie. Sie bebte unter seinen Händen.

Ende November fiel der erste Schnee.

Irotschka konnte nun schon in der Wohnung umherlaufen, aber sie sprach noch nicht, und man hatte den Eindruck, als sähe sie um sich herum etwas anderes als die anderen.

Oleg kam immer seltener nach Hause. Er arbeitete viel. Er hatte oft Nachtdienst. Und wenn er zu Hause war, dann rief ihn die Chefärztin an, die Petrakowa, und holte ihn zum Dienst. Als gäbe es keine anderen Ärzte.

Einmal wurde es Anna zuviel, und sie sagte:

»Versetzen Sie sich doch einmal in die Lage seiner Frau.«

Darüber wunderte sich die Petrakowa und antwortete:

»Wozu? Ich will in keiner anderen Lage sein. Mir geht es gut in meiner Lage.«

Wie sollte man mit so einer reden! Ein Tiefseehai. Wenn die Oleg verschlingen wollte, würde sie nur noch seine Absätze sehen.

Eines schönen Tages – es war wirklich ein wunderschöner Tag, sonnig und trocken – beschloß Anna, Irotschka an die frische Luft zu bringen. Und ihr den Hund mitzugeben.

Sie zog Irotschka an, knöpfte ihr alle Knöpfe zu und band ihr einen Schal um. Sie führte sie nach draußen; gab ihr die Hundeleine in die Hand und kehrte selbst ins Haus zurück.

Sie schaute aus dem Fenster.

Der Hund war riesig und Irotschka schwach. Man wußte nicht ganz genau, wer wen an der Leine führte. Der Hund roch etwas, was ihn ungeheuer interessierte, zog fest an der Leine, was Irotschka dazu zwang, ein paar Schritte zu rennen.

»Dick!« rief Anna erschrocken und lehnte sich weit aus dem geöffneten Fenster.

Der Hund hob die Schnauze. Er suchte zwischen den vielen Fenstern das richtige.

Anna drohte ihm mit dem Finger. Der Hund besah sich die Drohgebärde ganz genau.

Irotschka hob ebenfalls den Kopf. Also hatte sie es auch gehört.

Anna sah zwei ihr zugewandte Gesichter: ein Menschen- und ein Hundegesicht. Und plötzlich wurde ihr klar: Das war ihre Familie. Und sonst hatte sie nichts und niemanden. Oleg war verschlungen worden, samt Absätzen. Es blieben ihr nur diese beiden. Ohne Anna würden sie zugrunde gehen. Und auch Anna würde ohne die beiden zugrunde gehen. Es war doch ein unmöglicher Zustand, wenn man von niemandem gebraucht wurde.

Irotschka stand auf einem ihr bekannten Planeten. Sie erkannte ihn. Da waren Bäume. Häuser. Schnee.

Und ein bißchen weiter waren die glänzenden Vierecke der Fenster, war – ein MENSCH. *Der Mensch*, der auf sie wartete. Er drohte mit dem Finger und lächelte.

Über ihnen war der dunkelblaue, reingefegte Himmel. Und das Atmen fiel ihr leicht.

Deutsch von Angelika Schneider

Alles okay, alles in Butter

NAME, VORNAME, VATERSNAME: Botscharow, Alexej Jefi-
mowitsch
GEBOREN: 1948
ARBEITSSTELLE: Presseagentur Nowosti
ANLASS DES AUFENTHALTS: Dienstreise

Botscharow füllte das Meldeformular des Hotels aus und
reichte es der Dame an der Rezeption. Sie nahm Meldeformular und Ausweis entgegen und verglich. Botscharow
wartete.

Eigentlich hieß er mit Vatersnamen nicht Jefimowitsch,
sondern Juchimowitsch. Der Vater, ein einfacher Mann,
war eines Tages zu dem Schluß gekommen, Juchim sei ein
gar zu bäuerlicher, unintelligenter Name, und hatte Jefim
im Ausweis eintragen lassen, was dem Sohn automatisch
den Vatersnamen Jefimowitsch gab. Abraham, Jefim –
russisch-orthodoxe Namen, die aber auch bei den Juden
gang und gäbe sind. Sein Land war zwar ein Vielvölker-
staat, doch wozu unbedingt Fremdes übernehmen? Obwohl, wenn man sich's genau überlegte, war eigentlich
alles okay, alles in Butter.

GEBOREN: 1948. Juchim, sein Vater, war 1945 mit einer
Quetschung, aber ansonsten heil aus dem Krieg zurückgekehrt. Er nahm an, das Land sei ihm zu Dank verpflichtet.

Statt dessen hieß es: Das Land schuldet dir nichts, du aber schuldest ihm alles. Juchim erfüllte und übererfüllte sein Leben lang die Produktionspläne, brachte es aber weder zu einem eigenen Auto noch zu einer Datscha. Und im Sommer machte er Urlaub in Balkonien. Der Arbeitsprozeß hatte seine Gesundheit, seine Lebensjahre verschlungen und ihn am Ende mit einer armseligen Rente ausgespuckt, ohne ein Dankeschön, ohne ein Wort der Entschuldigung. Die Gewinner waren die Ellenbogenmenschen. Sie warteten nicht erst, bis die Regierung sich um sie kümmerte. Sie kümmerten sich um sich selbst. Nun hatten sie alles, und auch für ihre Kinder war gesorgt. Juchim dagegen blieb nichts als sein Name Jefim. Er war das einzige, was er sich eigenmächtig genommen und seinem Sohn hinterlassen hatte.

ARBEITSSTELLE: Nachrichtenagentur ›Nowosti‹. Auslandskorrespondent bei einem Massenmedium. Seit fünfzehn Jahren war Botscharow als ›Medium‹ tätig. Siebeneinhalb davon hatte er im fernen Indien, in Madras, verbracht. Wenn die Leute fragten, wie es denn dort so sei, antwortete seine Frau: »Immer gut geheizt.«

Botscharow war in Indien Leiter der Pressestelle, und zu Hause arbeitete er ebenfalls als Leiter mit einem Monatsgehalt von dreihundertfünfzig Rubel plus fünfzig Rubel Fremdsprachenzuschlag, plus Interviews, Publikationen – zusammen über fünfhundert Rubel. Wer bei uns verdient schon soviel? Professoren vielleicht oder Stellvertretende Minister.

Seine Wohnung war ganz mit japanischem High-Tech und russischen Antikmöbeln ausgestattet. Warmes, leben-

diges Mahagoni, von dem einen die Vergangenheit an-
weht. Es ist, als erzähle es von verflossenem Leben, von
den einstigen Hausherren – schönen, müßigen Frauen,
vornehmen Männern. Nicht ausgeschlossen, daß auf
einem dieser Sessel Puschkin gesessen und der Hausherrin
Verse ins Album geschrieben hatte. Wer einmal umgeben
von Antiquitäten gelebt hat, hält es in den Wänden moderner Fertigteilhäuser nicht mehr aus. Man sollte meinen:
Was bedeuten schon Äußerlichkeiten? Hauptsache ist
doch, was in einem ist. Doch die Umgebung dringt unmerklich in dein Inneres, und plötzlich stellst du fest, daß
deine Seele mit langweiligen Kästen aus Spanfaserplatten
vollgestellt ist.

ANLASS des AUFENTHALTS: Dienstreise.

Genau genommen war er aus persönlichen Gründen
hierher gereist. Die Universitätsprofessorin Rosalia Jefimowna Galesnik hatte ihn in Moskau angerufen und ihm
mitgeteilt, sie wolle ihr Archiv auflösen. Sie fürchtete, sie
könne sterben, und dann ginge alles vor die Hunde. Natürlich würde man eine Kommission zur Vermögensauf-
lösung einsetzen, doch sei ihr die Vorstellung schrecklich,
daß fremde, gleichgültige Hände in ihren Blättern wühl-
ten. Alexej Botscharow war ihr Lieblingsstudent gewesen.
Er sollte sich ihres Erbes, das heißt eines Teils davon,
annehmen und darüber ein Buch oder eine Dissertation
verfassen. Damit würde er etwas zu seiner Selbstvervoll-
kommnung tun und die Menschheit an sein Wissensgebiet
heranführen. Sie vermachte ihrem Lieblingsstudenten
einen Schatz. Wie sollte er das nicht annehmen? Er konnte
unmöglich ablehnen.

Rosalia Jefimowna war eine echte Jefimowna. Doch das wichtigste an Rosalia war nicht, wie ihr Vater geheißen hatte, sondern ihre manische Indiensucht. Sie behauptete, in ihrem letzten Leben in Indien gelebt zu haben, und wünschte sich, nach ihrem Tod dort wiedergeboren zu werden. Wer weiß, vielleicht hatte sie wirklich dort gelebt.

Die Empfangssekretärin legte einen schweren Schlüssel vor Botscharow hin und sagte: »Siebente Etage.«

Botscharow streckte die Hand aus. Sie war mit kurzen Härchen bewachsen, die unter den Hemdmanschetten hervorquollen und sich bis zu den Fingergelenken erstreckten. Die Empfangssekretärin stellte sich seinen übrigen Körper vor, behaart wie bei einem Urmenschen. Sie sah ihm ins Gesicht. Ihr geübtes Auge registrierte den weißen, gestärkten Hemdkragen, der die gepflegten Wangen stützte. Sie unterschied unfehlbar die Herren des Lebens von den Verlierern, Einheimische von Ausländern. Im Gesicht spiegelt sich alles, obwohl es heißt, es steht einem nicht auf der Stirn geschrieben. Gerade von der Stirn und besonders den Augen ist alles ablesbar. Ihre Landsleute, geknechtet vom Sozialismus, erkannte sie schon auf der Türschwelle an ihrem schuldbewußten Gesichtsausdruck.

Der Weißkragen griff sich den Schlüssel und entfernte sich. Die Dame an der Rezeption folgte ihm mit den Blicken, bevor sie das nächste Anmeldungsformular aus der nächsten behaarten Hand entgegennahm.

»Farhad Badabejli Schamsi-ogly«, las sie und dachte bei sich: kein Name, sondern ein Lied mit Refrain.

Botscharow drehte den Schlüssel um und betrat den Raum. Ein Hotelzimmer wie alle anderen. Ein zeitweiliges Domizil. Hier hatte vor dir einer logiert und würde nach dir der nächste logieren. Wenn du morgen abreist, kommt das Zimmermädchen, wechselt die Bettwäsche, lüftet deinen Geruch aus, und der nächste quartiert sich ein. Dasselbe würde sich dann mit ihm wiederholen. Das alles erinnerte an die Vergänglichkeit des Lebens. Ankunft, kurzer Aufenthalt, und schon hat dich die Zeit hinweggeweht. Der nächste, bitte...

Unlängst hatte Botscharow im Fernsehen einen Film über Lenins Beerdigung gesehen. Dabei hatte ihn der Gedanke erschüttert, daß dieses ganze Menschenmeer nicht mehr am Leben war. Diese Generation war dahingegangen. Die Menschen hatten gelebt, geliebt, gelitten und waren gestorben; hauptsächlich gelitten hatten sie.

Botscharow trat ans Fenster. Er schob die Gardine beiseite. Das Hotel stand auf einem Platz wie auf einer Halbinsel. Seine Vorderfront ragte weit in den Platz hinein, während die Rückseite mit den Häusern der Stadt verschmolz.

Die Häuser in diesem Stadtteil waren alt. Ein Stück Petersburg. Sie waren völlig heruntergekommen, doch wenn man sie restaurierte, würden sie zu reden beginnen.

Botscharow liebte Leningrad. Er war hier geboren, hatte an der Universität Orientalistik studiert. Nach der Heirat mit einer Moskauerin war er nach Moskau gezogen. Leningrad verwandelte sich allmählich von der ›Wiege der Revolution‹ in einen Hort der Reaktion. Damals flüchteten viele nach Moskau, möglichst weit weg vom damaligen Leningrader Parteichef Romanow. Der berüchtigte Zar Nikolai II., ein Namensvetter, war wenigstens ein richtiger Zar gewesen, während dieser nur ein schwacher Abklatsch war. Botscharow sehnte sich nach Leningrad zurück. Das Moskauer Viertel Tscherjomuschki, in dem er wohnte, erinnerte mit den einförmigen, weißen, geometrischen Schachteln an die Halluzination eines Wahnsinnigen. Die Monotonie wirkte niederdrückend. Sie beraubte die Menschen ihrer Persönlichkeit, ihrer Einmaligkeit. Man war wie alle. Wie aus einem Brutkasten. Botscharow aber wollte nicht wie alle sein.

Er trat zum Telefon, wählte Rosalia Jefimownas Nummer. Eine Stimme sagte: »Moment...«

Sicherlich eine Mitbewohnerin der Gemeinschaftswohnung, dachte er. Die Nachbarn hatten während der neunundachtzig Jahre, die Rosalia dort lebte, schon einige Male gewechselt. Rosalia war auf ihrem Gebiet eine weltberühmte Koryphäe, die über Indien mehr wußte als die Inder selbst. Im Westen besäße sie eine Villa mit Swimmingpool, ein Privatflugzeug und eine Segeljacht. Hier indessen saß sie in einer Gemeinschaftswohnung ohne Fahrstuhl. Sie konnte nicht einmal an die frische Luft gehen. Da saß sie, eine Altersgenossin des Jahrhunderts, so alt wie das Jahr, in dem er lebte.

Botscharow vernahm ihre tiefe Stimme. Sie war Raucherin gewesen und hatte, scheint es, sogar getrunken. Der Mann hatte sie schon vor dem Krieg verlassen. Er hatte die Rivalität mit Indien nicht verkraftet. »Das Uninteressanteste in meinem Leben bist du«, hatte Rosalia einmal zu ihm gesagt.

Botscharow erzählte ihr, daß er mit dem Expreß eingetroffen sei und in einer Stunde bei ihr erscheinen würde.

»Klingel viermal, mein Bester. Wenn lange keiner kommt, geh deswegen nicht weg. Ich komme schon noch.«

»Können denn die Nachbarn nicht öffnen?« fragte Botscharow.

»Die Nachbarn sind um diese Zeit zur Arbeit. Na, und wie geht es dir?«

»Alles okay, alles in Butter«, sagte Botscharow.

»Und was macht die Mama?«

Botscharow schwieg verdattert, dann sagte er: »Mama ist vor fünfundzwanzig Jahren gestorben. Sie waren doch selber auf ihrer Beerdigung.«

»Tatsächlich?« wunderte sich Rosalia. »Ach ja, ja, ich entsinne mich.«

›Sie ist nicht mehr ganz klar‹, dachte Botscharow.

»Komm unbedingt her, mein Lieber. Ich habe vier Mappen mit je fünfhundert Seiten für dich vorbereitet. Du wirst schon klarkommen. Vier weitere Mappen gebe ich meiner Tochter Raschmina.«

Was denn für eine Tochter? Sie hatte doch gar keine Kinder. Dann fiel ihm ein, daß sie stets indische Studentinnen und Studenten um sich scharte, die in Leningrad studierten und die sie als ihre Kinder bezeichnete. Sie halfen ihr und wärmten sich bei ihr auf. Die Inder froren in Leningrad nach den gewohnten fünfzig Grad im Schatten.

»Ist Popow in meiner Mappe?« fragte Botscharow.

»Ja, in Mappe zwei.«

Dinge, die für sie belanglos waren, zum Beispiel, ob

seine Mutter noch am Leben war oder nicht, brachten sie durcheinander, vergaß sie. Doch alles, was den Beruf betraf, hatte sie bis ins kleinste im Kopf.

»Frühstücke vorher nicht, ich setz dir was vor.«

Rosalia liebte ihre Studenten, die ehemaligen wie die gegenwärtigen. Sie war eine Frau voller Güte. Die Studenten dankten es ihr, so wie die Erde auf wohltuenden Regen reagiert. Wenn sie gewässert wird, trägt sie Früchte.

Botscharow ging durch die Stadt. Blauer Himmel. Blendender Schnee. Er liebte sein Petersburg, liebte es unter samtigem Regen und in den Weißen Nächten. Er liebte es, weil es ihm vertraut war. Er hatte es von Kindheit an lieben gelernt.

Da war das Haus, wo Lenins Frau, die Krupskaja, in jungen Jahren gewohnt hatte. Wolodja Uljanow, der junge Lenin, war dort die Stufen emporgelaufen. Sie hatte ihm die Tür geöffnet. Wie lange war das her. Das heißt, so weit zurück lag das gar nicht. Botscharow war noch zu Stalins Lebzeiten geboren worden, 1948. Stalin war ein Kampfgefährte Lenins gewesen. Lenin hatte zu Lebzeiten Dostojewskis gelebt. Dostojewski hatte noch Puschkin erlebt. Wenn sich alle bei den Händen faßten, würde sich die Kette bis Puschkin erstrecken. General Popow würde darin einen Platz weit vorn einnehmen. Seine Geschichte verwahrte Rosalia in Mappe vier.

Es war angenehm, über den Newski-Prospekt zu schlendern und an Popow zu denken.

Vierzig war er damals, so alt wie Botscharow heute, ein Gutsbesitzer, ein schöner Mann, Witwer oder Junggeselle – das mußte man noch herausbekommen –, obwohl, war das wichtig? Doch es war wichtig. Da begegnete er in Petersburg einem adligen Fräulein. Sie hatte gerade die Bestushew-Kurse absolviert. Schön war sie, klug, begeisterte sich für Chemie. Als Popow sie sah, wußte er auf den ersten Blick, daß seine lange Suche nach dem Glück ein Ende hat. Er heiratete sie und schenkte ihr zur Hochzeit ein Labor. Die junge Frau steckte von morgens bis abends im Labor: Versuche, Experimente, Kolben, Röhrchen, Verbindungen. Schließlich kam sie in ihrem Labor ums Leben: entweder war sie bei einem Experiment mitexplodiert, oder sie war verbrannt, oder auch beides. Gestern noch hatte es sie gegeben, und heute keine Spur mehr von ihr. Damit war Popow nicht fertig geworden, er drehte durch. Sein Kopf weigerte sich, die grausame Realität zu akzeptieren. Er zog sich auf sein Gut zurück – irgendwo bei Tschernowzy – und ließ am Ufer des Flusses ein Schiff aus Marmor errichten. Solange das Denkmal gebaut wurde, war Popow ausgefüllt gewesen. Er hatte alle Hebel in Bewegung gesetzt, hatte sich Arbeiter genommen, hatte selber bis zur Erschöpfung gearbeitet. Das Werk und die Idee hatten ihn von der Sinnlosigkeit des Daseins abgelenkt. Dann war das Schiff fertig. Was weiter? Popow grub von seinem Haus bis zum Schiff einen Tunnel. Er grub allein, vom Morgen bis zum Abend. Durch den Tunnel begab er sich dann zum Schiff, um zu trauern. Nicht daß er verrückt gewesen wäre – es war nur, wie man sagt, echte Liebe. Viele glauben, daß in unserer Zeit, am Ende des zwanzigsten Jahrhunderts, so eine Liebe nicht mehr vorkommt. Botscharow teilte diese Auffassung nicht. Die Liebe ist zu allen Zeiten gleich. Nur die Menschen ändern sich. Heutzutage gibt es solche Menschen nicht mehr. Nun also, Popow hatte seinen Lebenssinn verloren und suchte qualvoll nach einem neuen Sinn des Lebens. Er hörte davon, daß in Indien ein Weiser leben soll oder auch ein Heiliger, Vivekananda, und machte sich auf den Weg zu ihm.

Das war damals eine andere Zeit. Wenn man Kummer hatte, baute man sich ein Schiff oder fuhr ans andere Ende der Welt auf der Suche nach einem Heilmittel.

Vivekananda war das Heilmittel. Seine Weltsicht legte sich wie Balsam auf Popows Seele. Sie söhnte ihn mit sich selbst aus, mit der Welt. Er begriff plötzlich, daß die Welt sein Haus ist. Die Länder sind die Zimmer, die Menschen seine Angehörigen: Schwestern, Brüder, Kinder. Alle Zimmer stehen dir offen, dir begegnen vertraute Gesichter. Du bist nicht mehr allein.

Popow kehrte nach Petersburg zurück. Er empfand heftiges Mitleid mit den Menschen, die Vivekananda nicht kannten. Er fing an, ihn ins Russische zu übersetzen. Manches an Vivekanandas Philosophie kam Tolstoi nahe. Es gab viel Gemeinsames in der Weltanschauung der beiden großen alten Männer.

Die Revolution ließ Popow unbehelligt, er störte niemanden, dieser graubärtige, sanftmütige Alte, der nicht ganz bei Trost zu sein schien. Dabei war er ganz normal. Er wußte einfach sehr viel und blickte wie der Herrgott auf das Menschengewimmel herab, aber nicht abgeklärt und hochmütig, sondern voller Mitteilungsdrang. Er wollte den Menschen wie Kindern alles, was er an Wissen angesammelt hatte, vermachen. Doch keiner hörte ihm zu. Man hatte andere Sorgen.

Popow starb eines natürlichen Todes. Man begrub ihn neben dem Schiff. Dieses Schiff stand bis zum heutigen Tag am Ufer des kleinen Flusses. Auch das Grab mußte dort noch sein.

Botscharow nahm sich vor, es ausfindig zu machen. Er mußte unbedingt einmal hinfahren.

Eine schöne Story. Ein schönes Leben. Botscharow empfand ein Bedauern, er wußte selbst nicht, ob es mehr der jungen Frau Popows galt, die in der Blüte ihres Lebens dahingerafft worden war, oder sich selbst. Ob er wohl wie Popow sein konnte? Wohl kaum. Er an seiner Stelle hätte ein Jahr später wieder geheiratet und wäre als Leiter der Pressestelle nach Indien gefahren, anstelle Frolkins. Seine neue Frau hätte er mitgenommen. Sie hätte dort Dollars gehortet, harte Valuta. Ja, ein Popow konnte es sich leisten, starke Gefühle zu zeigen. Er besaß ein Landgut, war Adliger, hatte Vermögen. Mindestens drei Generationen hatten für ihn gearbeitet: der Urgroßvater, der Großvater, der Vater. Er dagegen, Botscharow, war nur der Sohn Juchims. Was konnte er schon vom Vater erben? Nichts als Angst. Vor dem Krieg lebte Juchim in Angst vor einer Verhaftung. Während des Krieges fürchtete er, getötet zu werden. Nach dem Krieg – wieder die Angst vor Verhaftung. Was konnte einem übergeschnappten Führer der Völker nicht alles einfallen? Juchim war nur deshalb am Leben geblieben, weil er ein kleiner, unauffälliger Mensch war. Ein gewöhnlicher Holzspan. Doch damals flogen die Späne nur so nach allen Seiten, da – wie allgemein bekannt – der Wald für den Aufbau des Kommunismus gefällt wurde.

Im Vergleich zum General Popow war Botscharow ein

kleiner, armer Wicht. Doch das war es nicht, das war es nicht...

Die Tür wurde sofort geöffnet. Auf der Schwelle stand eine junge Inderin in einem sowjetischen Wollpullover über dem Sari, eine seltsame Kombination. Das Kleid machte augenfällig, wie verloren sie sich hier fühlte, wie sie frieren mußte. Sie lächelte Botscharow schüchtern und gleichzeitig offenherzig zu.

Rosalia thronte am Tisch. Sie streckte Botscharow beide Arme entgegen. Die Alten sind hilflos wie Kinder.

Botscharow küßte ihre weiche Wange und setzte sich an den Tisch. Rosalia war ihm vertraut. Sie war ihm immer schon uralt erschienen, vor zwanzig Jahren ebenso wie heute. Die Haut im Gesicht und an den Händen kräuselte sich, als wenn Wind über Wasser streicht. Doch irgendwo war sie immer dieselbe, man brauchte nur auf den Grund ihrer lustigen Augen zu blicken.

Rosalia erzählte voller Humor von ihren Wehwehchen, davon, wie sie Tag für Tag mit ihren Nieren haderte, wenn sie sich zu Tisch setzte.

»Erst esse ich ein Stückchen Hering, den ich mag. Dann etwas, was die Nieren mögen: Quark und Brei.«

Die Nieren rebellierten, doch Rosalia scherte sich nicht darum. Sie hatte immer gelebt, wie sie wollte.

Auf dem Tisch standen Speisen in Konfitüreschälchen. Puppenportionen. Botscharow scheute sich zu essen. In einem Schälchen lag etwas Himbeerfarbenes: eine Rübe. In einem anderen etwas Dunkelgrünes: Algen. Die Rübe war für die Nieren bestimmt, die Algen für Rosalia.

Rings an den Wänden Regale mit Büchern und Mappen. Alles über die indisch-russischen Beziehungen, angefangen vom vierzehnten Jahrhundert, von unschätzbarem Wert, vergleichbar mit einem Kunstwerk. Rosalia verteilte, brachte ihre Mappen unter wie Kinder, um sie nicht ins Kinderheim geben zu müssen. Im Grunde waren dies auch ihre geistigen Kinder, die sie unterbrachte, um danach ruhig sterben zu können. Der Tod war für sie eine Zwischenstation. Sie war angelangt, würde umsteigen, und weiter ging es. Bis zur nächsten Station. Ein Weg ohne Ende.

Sich von der Angst vor dem Tod freimachen ist so, als ob man einen quälend engen Schuh abwirft. Wie leicht lief es sich danach.

»Was hast du da auf deinem Schlips, Krebse?« wollte Rosalia wissen.

»Pferde«, antwortete Botscharow.

Über den blauen Seidengrund zogen sich rote, zentimeterbreite Streifen. Wenn man genau hinsah, waren das aber nicht Streifen, sondern galoppierende Pferde, wie Rosalia soeben bemerkt hatte.

»Den hast du in Delhi gekauft«, stellte sie fest. »Ich war in Delhi mit einem Arzt befreundet. Er hatte genauso einen Schlips, nur daß darauf kleine Krebse waren. Schwarze kleine Krebse auf weißem Grund. Er nahm ihn nie ab.«

»Warum nicht?« wunderte sich Raschmina. Die russischen Worte nahmen sich ebenso fremd aus zu ihrem dunkelhäutigen, kleinen Gesicht mit dem roten Punkt auf der Stirn wie ihr Kleid.

»Er hatte bei sich Magenkrebs diagnostiziert und sich

selber operiert, weil er niemandem vertraute. Er schnitt ihn selber heraus, und die Assistenten vernähten es. Anschließend fuhr er nach Hause.«

»Geht denn das?« fragte Botscharow ungläubig.

»In Bombay hat man ein Betäubungsmittel erfunden, das auf das Schmerzzentrum wirkt, während das übrige Gehirn normal weiter arbeitet. Nicht wie unsere Narkose, die einen völlig betäubt.«

»Warum haben wir denn so etwas nicht?« fragte Botscharow.

»Wir haben vieles nicht.«

»Und wie steht es jetzt?« fragte Raschmina.

»Um die Narkose oder um den Arzt?«

»Um den Arzt.«

»Er ist wohlauf. Kein Rückfall. Nur eben der Schlips... Hat doch leicht gelitten.«

Botscharow musterte Rosalia mißtrauisch: Auch sie hatte leicht gelitten. Die Geschichte mit dem Arzt erschien realistisch, so etwas mochte es geben, aber irgendwo verwischte sich die Grenze zwischen Wirklichkeit und Illusion, und alles verschwamm wie eine Fata Morgana. Ein Arzt, der sich selber aufschnitt und in seinen Innereien wühlte... Dazu die junge Inderin in dem Wollkleid mit ihrem reinen Russisch, eine halbmystische ewige Rosalia. Botscharow wußte auf einmal selber nicht so recht, wo er war: in Leningrad, in Moskau oder in Indien. Oder schaukelte er gar im Schnellzug und träumte alles nur?

Rosalia brachte die Rede auf Popow, so als ob sie ihn persönlich gekannt habe, vielleicht hatte sie auch. Raschmina kam mit vier Mappen in einer grünen Cellophanhülle mit der Aufschrift »Maschimport«.

Rosalia sprach davon, daß man aus dieser Geschichte einen Film drehen könnte, eine sowjetisch-indische Co-produktion, zumal die Inder große Filmfans sind. Das Leben Popows würde dann flach, aber in aller Breite aus-gewalzt werden. Das Medium Film hat Breitenwirkung. Die Prosa dagegen geht in die Tiefe. Wollte man den Dingen auf den Grund gehen, müßte man dokumentari-sche Prosa schreiben. Für die Russen wäre Prosa geeigne-ter, für die Inder der Film, weil sie sentimental sind, das reine Gefühl bevorzugen.

Botscharow hörte ihr zu und dachte bei sich, daß Rosa-lia über nichts anderes reden konnte als über Indien und was damit zusammenhing. Ein Mensch, der auf eine ein-zige Idee ausgerichtet war. Eine Altersgefährtin des Jahr-hunderts. Jahrgang 1900. Während ihres Lebens hatten sich einschneidende Ereignisse vollzogen: die Revolution, die Neue Ökonomische Politik, das Jahr siebenunddreißig mit den Massenrepressalien, Krieg und Sieg, Stagnations-zeit und Tauwetter. Rosalia wußte das alles, doch zogen die Ereignisse an ihr vorüber wie eine Landschaft vor dem Zugfenster. Sie war völlig apolitisch, und wenn sie viel-leicht mal aus dem Fenster geblickt hätte und den Faschis-mus in ihrem Land bemerkt hätte, wenn wir also den Krieg gegen Hitler verloren hätten, hätte sie verwundert in die Hände geklatscht und ausgerufen »Ach herrje!« Mehr auch nicht.

Gleichzeitig wurde Botscharow klar, daß man nur eines tun konnte, wollte man im Leben etwas richtig machen.

Michelangelo war, als er Kirchenkuppeln bemalte, zwei Jahre lang nicht herabgestiegen. Er hatte auf den Gerüsten gelebt. Als er wieder herunterkam, mußte er sich die Stiefel aufschneiden, anders hätte er sie nicht von den Füßen bekommen. Solche Kuppeln bleiben für immer. Nach Rosalia würden die Mappen bleiben. Selbst wenn sie in verschiedene Hände gelangten. Was würde er dagegen hinterlassen?

»Liegen die Steine noch dort?« wollte Rosalia wissen.

»Wo, dort?«

»Bei Madras. Am Ufer.«

»Ja«, sagte Botscharow, obwohl er nicht recht begriff, was sie meinte.

»Und wie geht es deiner Mama?«

»Danke.«

Es war stickig. Er hatte Hunger. Rosalia lebte zusehends auf, während Botscharow in sich zusammenfiel wie ein aufgeblasenes Gummispielzeug. Ihm kam es vor, als verfüge Rosalia bei einer großen Masse über sehr wenig Energie und als speise sie sich von Botscharow. Still und leise zapfte sie von ihm Strom ab.

›Gleich‹, vertröstete er sich, ›wenn sie zu Ende gesprochen hat, gehe ich.‹

Rosalia kam wieder auf Popow zu sprechen, auf das Genre der Dokumentarprosa, sie fing an, die Dokumente aufzuzählen, die die Mappe enthielt, die Fotos, die Skizze des Schiffes, die Originalübersetzung Vivekanandas.

›Gleich‹, sagte sich Botscharow und blieb wie hypnotisiert sitzen. Schließlich riß er sich vom Stuhl hoch. Er katapultierte sich förmlich selbst aus der Wohnung hinaus, mußte aber im letzten Moment noch etwas sagen und noch etwas versprechen.

Schließlich ging er, das Paket mit den Mappen im Arm. Am Ufer der Fontanka blieb er stehen. Lange holte er tief Luft. Die Kräfte kehrten allmählich wieder. Es war ihm, als käme er nach einer Ohnmacht wieder zu sich.

Die Kellnerin nahm die Bestellung entgegen.

Botscharow stellte eine Besonderheit fest: Alle jungen Kellnerinnen waren hochmütig, so als stehe ihnen für ihre Jugend ein Bonus zu. Die älteren hingegen waren herzlich, als wollten sie sich für ihre Jahre entschuldigen. Botscharow war an eine hochmütige geraten. Sie notierte die Bestellung, als erwiese sie ihm einen großen Gefallen.

Botscharow seufzte. In Madras behandelte man ihn wie einen Sahib, einen weißen Herrn. Der Hofstaat macht den König. Botscharows Personal – sein Chauffeur Atam, der Koch, das Kindermädchen – gab ihm das Gefühl, ein weißer Herr zu sein. Anfangs machte ihn das verlegen, dann gewöhnte er sich daran. An Gutes gewöhnt man sich schnell. Er erinnerte sich plötzlich der Steine am Ufer des Indischen Ozeans. Rosalia hatte nicht phantasiert. Die Steine gab es wirklich. Bei Madras, wo sie gebadet hatten, war eine Stelle mit einem tiefen Trichter. Man munkelte, ein Hai lebe darin. Gegenüber von dieser Stelle hatte man Steine aufgeschichtet, damit die Leute dort nicht badeten. Wie warm und schwer das Wasser im Ozean war.

Schön war es damals in Madras. Besonders aus heutiger Sicht. Er und seine Frau waren jung gewesen. Auch jetzt noch waren sie im besten Alter, doch das war schon die zweite Jugend. Eine ruhige Bengalin hatte damals ihren Sohn betreut. Sie machte dem Jungen nie Vorhaltungen. Sie beaufsichtigte ihn lediglich, mehr nicht. Der Sohn wuchs als ein ruhiger, harmonischer Junge heran. Weil man ihn nicht mit Erziehung quälte, sondern einfach liebte. Botscharow war überzeugt, daß der Mensch am Beginn seines Lebens eine bedingungslose, allumfassende Liebe erfahren muß. Dann wächst er als glücklicher Mensch heran.

Botscharow dachte an den Bungalow, an den Hof und den gestutzten Rasen. Ein Volvo mit getönten Scheiben, der Chauffeur Atam mit seinen sechs Fingern. Aus der Wurzel des Mittelfingers wuchs noch ein kleiner, unterentwickelter Finger mit einem kleinen Nagel heraus. Atam benutzte ihn nicht, wollte ihn aber auch nicht entfernen lassen. Gott hatte ihn gegeben, also sollte es so sein. Gott weiß schließlich besser, was er tut. Niemand erinnerte sich an Atams Gesicht und Stimme, alle sahen nur auf seine Hand, auf den sechsten Finger. Die Menschen haben nach einem göttlichen Plan alle gleich zu sein, und jede Abweichung von der Norm – sei es eine Mißbildung oder ein besonderes Talent – löst Betroffenheit aus.

Nach Indien erschien Moskau kalt und trübe. Die Äpfel aus den Gemüsegeschäften dufteten auch nicht entfernt wie Äpfel. Sie waren fade, hatten einen Beigeschmack von Medizin, wie Chinin. Die Sonne hatte sich hinter die grauen Wolken verzogen, aus denen Regen, vermischt mit Schnee, rieselte. Auch Botscharows Verhältnis zu seiner Frau wurde fade wie die Ladenäpfel.

Die Kellnerin brachte Kartoffelsalat. Botscharow beäugte mißtrauisch die Mayonnaise. Wer weiß, was man da zu sich nahm und womit das endete. Er hatte kein Vertrauen zu den öffentlichen Küchen. Schlechtes Fleisch wurde lange in Essig eingelegt, man konnte es dann gut kauen, aber der Geschmack erinnerte an Sägespäne.

Er mußte daran denken, wie sein Koch Huhn zubereitet hatte. Er legte das weiße Fleisch auf ein geräuchertes Stück Schweinebrust. Das magere Hühnerfleisch saugte sich mit dem Fett und dem Räucherduft voll. Botscharow aß und dachte dabei an die indische Küche.

Einige Gäste tanzten in der Mitte des Saales, sie amüsierten sich kindlich. Botscharow sah gerne zu, wenn andere sich vergnügten. Mitleid überkam ihn. Er wußte nicht so recht, ob es diesen Leuten galt, die in ihrem Leben etwas Süßeres als Mohrrüben nie kennengelernt hatten, oder sich selbst, der er mit vierzehn Vollwaise geworden war. Wohl beides, denn er fühlte sich mit diesen Menschen fest verbunden. Wenn man lange im Ausland lebt, noch dazu in einem anderen Kulturkreis, empfindet man diese unlösbare Verbindung besonders. Kein noch so lecker zubereitetes Huhn kann sie ersetzen.

Der Mensch ist eben kein Vogel, der dorthin fliegt, wo es warm ist. Er ist wie ein Baum. Wo er gepflanzt wurde, da will er sein, dort sind seine Wurzeln und seine Krone. Wenn aber die Wurzeln an einer Stelle sind und die Krone an einer anderen?

Die Sängerin beendete ihr Lied und wechselte einen Blick mit dem Pianisten. Wie lange mochte so ein Blickwechsel dauern – eine Sekunde, zwei? Dieser Augenblick genügte Botscharow, um zu begreifen: Das war Liebe. Zwei Strahlenbündel hatten sich im Raum gekreuzt. Der Pianist natürlich mit der schwächeren Ausstrahlung, ein unscheinbarer Mann, dafür ein Leader. Nicht so wie Botscharow, ein müder Stallgaul. Was er im Leben heftig beneidete, war eine heile Familie, wo alles stimmte: Sex, Heim, Arbeit, Kinder, Sport, Geld, Zärtlichkeit, ein Familiengrab...

Die Sängerin stimmte temperamentvoll ein neues Lied an. Der Pianist legte sich in die Tasten. Botscharow empfand die Sängerin als penetrant. Er zahlte und verließ das Restaurant.

Die Dame an der Rezeption sah ihn vielsagend an. Botscharow ging langsamer. Doch General Popow blickte unsichtbar auf ihn herab, so als beobachte er das Verhalten seines Biografen. Botscharow wurde verlegen und stieg zu Fuß die Treppe hinauf. Gemessen an Popow, war er ein armseliges Würstchen, doch das war es nicht, das nicht. Popow hatte Gott, dem Zaren und dem Vaterland gedient. Wem aber hatte Botscharow in den vergangenen zwanzig Jahren seines Lebens gedient? Breschnew und seinen dreizehn Aposteln.

Er erreichte sein Zimmer. Seine Stimmung war futsch. Lag es nun an der alten, mit Essig verbrämten Mayonnaise oder an der Sängerin – weiß der Teufel. Aber er war nicht der Mann, der sich seinen Stimmungen hingab, er wußte, wie man sich wieder in den Griff bekam. Als erstes erfrischte man sich. Als zweites schlief man sich aus. Botscharow nahm ein Bad. Dann zog er den Schlafanzug an.

Er trat ans Fenster, zog die Gardine zu, damit die Sonne morgens nicht seinen Schlaf störte. Da erblickte er auf dem Fensterbrett ein Marienkäferchen – ein richtiges, orangerotes, mit schwarzen Pünktchen. Wie kam es um diese Zeit hierher? Offenbar hatte es den Zeitpunkt für den Winterschlaf verpaßt. Vielleicht litt es an Schlaflosigkeit?

Botscharow setzte das Käferchen auf seine Hand. Es krabbelte über seine behaarte Haut und dachte wohl, es sei auf einer Wiese. ›Das Ärmste‹, dachte Botscharow, ›wie soll es hier überleben?‹

Er kleidete sich wieder an, betrat den Korridor. An dem Tischchen gegenüber vom Fahrstuhl saß eine ältere Etagenfrau. Neben dem Fenster war ein Sofa bezogen, die Frau machte sich zum Schlafen fertig, obwohl das nicht gestattet war.

Botscharow trat heran, bemüht, leise aufzutreten, als fürchte er, ihren geplanten illegalen Schlaf zu stören.

»Entschuldigen Sie bitte, wissen Sie vielleicht, wovon Marienkäfer sich ernähren?« fragte er schuldbewußt und fügte hinzu: »Wissen Sie, das sind solche Käferchen, die im Wald leben.«

»Die werden von den Vögeln gefressen. Sie selber fressen... Grünzeug wahrscheinlich. Gras. Was könnte es noch sein?«

»Danke.«

»Sie lösen wohl ein Kreuzworträtsel?«

»Ja. Danke.«

Botscharow erblickte am Ende des Korridors einen Gummibaum. Das brachte ihn auf eine Idee.

Er kehrte ins Zimmer zurück, entnahm seinem Necessaire eine kleine Schere. Dann stahl er sich zu dem Gummibaum und schnitt von einem ledernen Blatt einen Streifen ab. Das Grün in der Faust zusammengepreßt, die Faust in der Tasche verborgen, kehrte er ins Zimmer zurück. Das Marienkäferchen saß noch an dem gleichen Platz und wartete vertrauensvoll.

»Gleich«, sagte er zu dem Käferchen. »Gleich, mein Schönes . . .«

Er nahm eine Streichholzschachtel, schüttete die Streichhölzer aus, legte den Boden mit Grün aus und setzte das Käferchen darauf. Dann schob er den Deckel zu, bohrte drei Löcher hinein und legte die Schachtel unter die angeknipste Tischlampe. Jetzt hatte das Käferchen Luft und Licht in seiner Behausung. Es mußte ihm jetzt genau so vorkommen, als säße es im Gras unter der Sonne.

Nachdem Botscharow das Marienkäferchen versorgt hatte, legte er sich zu Bett. Sein Gewissen war rein, die Perspektive klar. Doch der Schlaf wollte sich nicht einstellen. Das Marienkäferchen hatte seine Gedanken in andere Bahnen gelenkt. Botscharow dachte auf einmal an seine Jugend, an die Praktikantenzeit nach der Universität in Delhi. An die Affen, die frei an den Mauern der Totenstadt lebten. Die Russen verstehen unter ›früher‹ gewöhnlich das achtzehnte Jahrhundert. Bei den Indern ist ›früher‹ zweites Jahrhundert, und selbst das ist für sie noch nicht weit zurückliegend. Bei ihnen ist alles miteinander verbunden: das zweite Jahrhundert mit dem zwanzigsten, das zwanzigste mit dem dreißigsten. So wie das Gestern, das Heute und das Morgen. Doch das allein war es nicht. Einst hatten die Inder eine Stadt errichtet, einen Brunnen gebohrt. Plötzlich aber floß das Wasser ab. Offenbar hatte ein unterirdischer Fluß seinen Lauf verändert. Ohne Wasser kein Leben. Die Menschen verließen die Stadt und zogen fort. Die Wohnstätten verfielen, verwandelten sich in Gesteinshaufen, dann zerfielen auch die Steine. Zurück blieben nur noch die Quadrate der Fundamente. Die Stadtmauer aber stand unverändert.

Vor dieser Mauer lebten die Meerkatzen mit den beweglichen, menschlichen Gesichtern, hier bettelten sie die Leute um Futter an. Die einen bettelten, die anderen forderten, faßten nach der Kleidung, fletschten aggressiv die Zähne. Einmal erblickte Botscharow eine nachdenkliche Meerkatze. Sie saß direkt am Wegrand und schien auf jemanden zu warten. Aufmerksam blickte sie um sich und schälte dabei eine Banane. Ihr schmales Gesichtchen mit der niedrigen Stirn, den großen Ohren und Augen spiegelte den inneren Kampf – sollte sie weiter warten oder gehen.

Botscharow hatte zuvor der Darwinschen Theorie von der Abstammung des Menschen keinen Glauben geschenkt. Ihm schien, daß die Affen eine andere Evolutionslinie waren, die mit den Menschen nichts gemein hatte. Jetzt aber kamen ihm Zweifel. Darwin hatte wahrscheinlich doch recht. Wie kam er gerade jetzt auf Darwin, auf die Meerkatze, die tote Stadt?

Das Wasser war also in der Stadt versiegt, und die Menschen waren weggezogen, denn ohne Wasser kann man nicht leben. Und ohne Wahrheit kann man nicht leben. Wahrheit – das ist auch wie Wasser. In Botscharows Leben aber gab es keine Wahrheit. Demnach lebte er in einer toten Stadt.

Worin lag die Lüge seines Lebens? Vor allem in seinem Beruf. Botscharow gab eine Zeitschrift heraus, die die sowjetische Lebensweise im Ausland pries.

»Die privilegierteste Klasse in unserem Land sind die Kinder...« In Wahrheit nahm sein Land unter den zivilisierten Staaten in der Kindersterblichkeit den ersten Platz ein. Gleich danach folgte Uganda.

»Der Jugend stehen alle Wege offen, die Alten werden überall geehrt...«

In Wahrheit bekamen die Alten eine erbärmliche Rente – sechzig Rubel im Monat. Gerade so viel, daß sie nicht verhungern mußten. Sie verhungerten nicht, aber ›leben‹ konnte man das auch nicht nennen.

Botscharow dachte das eine und schrieb das andere. Er log offiziell. Dafür bezog er das Gehalt eines Stellvertretenden Ministers und durfte im Ausland leben, sich als ein weißer Herr fühlen.

Aber auch im Ausland wurde weitergelogen. Man scheffelte und raffte Geld, die Frauen zankten sich, ersannen Intrigen. Die Leute lebten auf engem Raum zusammen wie die Krokodile im Terrarium, die niedrigen Krokodilsleidenschaften tobten.

Botscharows Frau war ein aufrichtiger Mensch, sie mochte dieses Leben auf der Arche nicht, obwohl sie seine positiven Seiten liebend gern in Kauf nahm. Sie preßte die Fruchtsäfte mit dem Entsafter Marke ›Moulinex‹, drehte Fleisch mit dem elektrischen Fleischwolf durch, bewahrte die Lebensmittel in einem japanischen Kühlschrank auf, briet das Fleisch auf einer beschichteten Pfanne. Sie bestellte ihren Pelzmantel über den ›Quelle‹-Katalog, trank nur Whisky mit dem schwarzen Etikett, obwohl es ihr am Ende egal war, womit sie sich betrank. Sie liebte das, was mit diesem Leben verbunden war, doch das Leben selbst wurde ihr zur Qual. Von Zeit zu Zeit überkam sie der Wunsch, alles kurz und klein zu schlagen. Doch das war ausgeschlossen, schließlich fuhr man ja wegen all dieser Dinge ins Ausland. Also ließ sie ihre Unzufriedenheit an sich selbst aus, schüttete sich bis zur Kehle mit Alkohol zu, ja bis zum Scheitel, um das Gehirn zu überschwemmen, um alles zu vergessen. Sie war Quartalssäuferin. Ab und zu mußte man sie vor den Leuten verstecken. Wenn es herausgekommen wäre, hätte man sie innerhalb von vierundzwanzig Stunden nach Hause beordert. Botscharow hatte die ganze Zeit das Gefühl, eine Ahle im Sack mit sich zu tragen, die jeden Augenblick hervorstechen konnte.

Einmal dauerte die Saufphase fast eine Woche lang an, seine Frau schluckte Schlaftabletten, um abzuschalten, einzuschlafen. Doch Alkohol und Tabletten vertragen sich nicht. Ihr wurde übel, man mußte einen Arzt rufen. Der aber würde ihren Rausch feststellen, und alles wäre aus.

Sie sah Botscharow an wie ein verwundetes Tier, während er dastand und weinte. Nicht daß die materiellen Privilegien für ihn wichtiger gewesen wären als ihr Leben. Er weinte wegen seiner Hilflosigkeit, wegen der Unmöglichkeit, so zu leben und andererseits dieses Leben aufzugeben. Schließlich tat er doch alles nur für sie – für seine Frau und den Sohn. Er verkaufte seine Seele um ihretwillen.

Er dachte daran, wie die anderen Kollegen, die mit ihm

im Ausland arbeiteten, zurechtkamen. Schura Zyganow – mit Leichtigkeit. Er war ein geldgieriger Mensch. Im Ausland sind alle geldgierig, aber Schura zeigte sich besonders begabt auf diesem Gebiet. Einmal war er vor Hunger in Ohnmacht gefallen, wie der erste Volkskommissar für Lebensmittelindustrie. Letzterer war aber aus lauter Anständigkeit, weil er sich selber nichts gönnte, in Ohnmacht gefallen, Schura dagegen aus Geldgier. Für Geld wäre er fähig zu sterben. Geld war sein Lebensideal, so wie die Freiheit für Spartakus. Wenn man zu ihm gesagt hätte: »Schura, du kriegst eine Million, wenn du aus dem sechzehnten Stock springst«, hätte er lange überlegt. Er wäre nicht sofort einverstanden gewesen, er hätte immerhin darüber nachgedacht. Dann wäre er gesprungen. Für die Ideale geht man sogar in den Tod.

Jura Krjukin, ein stiller, hochgestellter Beamter, liebte die Politik nicht, er versteckte sich vor ihr hinter dem zerbrechlichen Rücken der Dichterin Marina Zwetajewa. Jeden Tag ging er in die Bibliothek und bestellte alle fremdsprachigen Ausgaben von Marina Zwetajewa, einschließlich ihres Briefwechsels in deutscher Sprache. Zusammen mit seinen Kommentaren kam ein umfangreiches Manuskript zustande.

Einer wie Krjukin hätte seine Arbeit nicht aufgeben können, wer hätte ihn ersetzen sollen! Also gab es doch unersetzliche Menschen. Krjukin träumte davon, Ost und West zum Teufel zu schicken, ins heimatliche Moskau zurückzukehren, genauer, auf die Datscha bei Moskau, zu den Bäumen, zum Schreibtisch. Doch das ging nur nach der Pensionierung. Das wahre Leben fängt mit sechzig an.

Botscharow spürte plötzlich ein quälendes Verlangen, seinem Schicksal einen anderen Lauf zu geben. Alles hinwerfen, freischaffend werden. Wozu die Inder belügen, wenn man statt dessen den Seinen die Wahrheit sagen konnte? Doch würde er das schaffen? Hatte er das in den zwanzig Jahren nicht verlernt? Zwanzig Jahre – das war nur für die Inder ein Augenblick. Für ihn war es die Hälfte seines bewußten Lebens. Die besten Jahre – wofür hatte er sie vertan? Für den Entsafter von ›Moulinex‹?

Die Schlaflosigkeit gewann immer mehr die Oberhand. Die Gedanken drehten sich im Kreis wie ein leierndes Tonbandgerät sowjetischer Bauart. Er mußte daran denken, wie das Komiteemitglied Borja Mamin vor aller Augen Botscharows Frau weggebracht hatte. Er hatte den Wagenschlag geöffnet und gesagt: »Fahren wir, Nina.«

Und sie hatte sich reingesetzt und war mit ihm losgebraust. Alle hatten auf dem Hof gestanden und zugesehen – die Russen und die Inder, der Fahrer Atam und die alte Kinderfrau, die Bengalin und sein ganzes Büro bis auf den letzten Mann. Alle sahen, wie ein weißer Herr die Frau eines anderen entführte.

Die Komiteemitglieder gehörten zur Kaste der Unberührbaren. Doch in einem anderen Sinne als bei den Indern: Bei ihnen arbeiteten die Unberührbaren in den Toiletten, man durfte sie nicht berühren, aus Ekel. Borja Mamin durfte man nicht antasten, weil er Immunität genoß.

Botscharows Frau kehrte ziemlich rasch zurück, nach einer Stunde schon. Obwohl, in einer Stunde – das wußte er nur zu gut – kann viel geschehen. Sie erzählte, sie hätten in einem Café gesessen. Keiner sah, wie sie zurückkehrte, um diese Zeit waren alle auseinandergelaufen. Aber jeder hatte gesehen, wie sie weggefahren war. Botscharow kam es vor, als sähe man ihn jetzt mit anderen Augen an als früher. Man blickte ihm nicht in die Augen, sondern auf die Stirn, wo bei den jungen Stieren die Hörner sitzen.

Seine Frau funkelte ihn mit ihren blauen Äuglein beleidigt an. Ihre Augen waren nicht groß, aber von einer erstaunlich reinen Farbe. Die Klarheit und Lauterkeit selbst.

Seitdem kam Borja Mamin sie besuchen. Sie freundeten sich sogar an, und Borja versuchte, Botscharow für seine geheimdienstliche Tätigkeit anzuwerben, doch Botscharow ging nicht darauf ein. Er war für das Massenmedium zuständig und hatte schon von diesem Schwindel genug. Borja bestand nicht darauf. Auf die Freundschaft wirkte es sich nicht aus. Doch Botscharow kannte den Preis einer solchen Freundschaft: Sie konnten die aufrichtigsten Freunde sein, wenn aber die *Sache* es erfordern würde, würde Borja mit einem Federstrich sowohl Botscharow als auch seiner Frau den Garaus machen, da würden auch die blauen Augen nichts helfen. Die *Sache* steht für solche Leute wie Borja Mamin über der allgemeingültigen menschlichen Moral. Wenn nötig, kann er augenblicklich alle früheren Gefühle ausschalten und andere einschalten, so wie man das Fernsehprogramm umschaltet. Hopp! Und schon ist da ein anderes Bild. Eben noch ein Konzert und jetzt Fußball. Oder gar nichts. Das war eine für Botscharow unbegreifliche übermenschliche oder untermenschliche Moral.

Mamin waren im Gegensatz zu Botscharow jegliche Zweifel fremd. Er glaubte fest an seine Sache, das heißt, er glaubte an sein Leben.

In der Streichholzschachtel rumorte es. Botscharow hob den Kopf, lauschte. Vielleicht durchfluteten ihn die Wellen der Schlaflosigkeit und hinderten auch das Marienkäferchen am Einschlafen. Oder vielleicht störten umgekehrt die Gedankengänge des Marienkäferchens ihn. Vielleicht konnte es nicht schlafen, weil es sich Gedanken um seine Kinderchen und die Eltern machte, überlegte, ob sie auch nicht von Spatzen oder Krähen aufgepickt worden waren.

Botscharow sah auf die Uhr. Vier Uhr. Man müßte die Lampe löschen, doch das Marienkäferchen tat ihm leid. Immer war es ihm um jemanden leid, nur nicht um sich selber. Das war eine Erbanlage von der Mutter. Er legte sich das Hemd über die Augen und fing an zu zählen. Als er bei siebenunddreißig war, wußte er mit Gewißheit: Seine Stadt war nicht tot. In einem der Brunnen gab es kristallenes Wasser. Es hieß Mascha. Niemand wußte von ihr, doch es gab sie.

Mascha war Journalistin, jung, gedrungen wie ein Wurzelstrunk, mit dem Gesicht eines Renaissanceengels. Klug wie eine Bäuerin und gutmütig wie ein Kind. Sie glaubte jedem alles, so als sei sie grad gestern auf die Welt gekommen. Botscharow schüttete gern sein Herz bei ihr aus, sie nannten das ›Seelenwäsche‹. Er redete, und sie hörte ihm zu, nahm in sich auf, litt aufrichtig mit und hielt ihr Herz auf wie ein Gefäß, glücklich, wenn ihm leichter wurde. Dabei sah sie ihm in die Augen.

Allerdings mußte er sich von der Arbeit wegstehlen. Wieder eine Lüge – angeblich mußte er zu einem Interview oder in die Bibliothek. In der Regel machte er sich nach dem Mittagessen aus dem Staub, um zwei Uhr. Um sieben mußte er zu Hause sein. Seine Frau erwartete ihn, sah nach der Uhr. Wenn er sich verspätete, sprach sie nicht mit ihm, und es herrschte Gewitterstimmung. Man konnte kaum atmen. Einmal hatte sie erklärt: Wenn etwas passieren würde, nähme sie Gift. Sie hatte alles schon zurechtgelegt, an einem geheimen Ort. Botscharow hatte abgewehrt, sie solle keinen Unsinn reden. Aber erschrocken war er schon. Er wußte, daß sie dazu fähig war. Wenn sie wieder ihre Trinkphase hatte, wäre sie fähig, sich umzubringen. Ihm und sich selbst zum Trotz. Sie war so. Eine Maximalistin. Alles oder nichts. Sie ließ sich in die schwarze Spirale fallen, von wo es nur einen Ausweg gab – in den Kosmos. Wie danach weiterleben? Wie dem Sohn in die Augen sehen? Also war es besser, sich nicht zu verspäten und um sieben da zu sein. Um sechs mußte er von Mascha weggehen. Um fünf sah er schon dauernd auf die Uhr, und die Stimmung verdüsterte sich angesichts der bevorstehenden Trennung. Doch von zwei bis fünf blieben ihm drei Stunden. *Wahrheit*. Dann redete er über alles mögliche. Darüber, daß er sich eine andere Arbeit suchen, als freier Mitarbeiter schreiben würde, ein richtiger Journalist werden würde. Er würde sich aus der toten Stadt befreien und dann laufen, nichts als laufen, dem Wind entgegen. Mascha lauschte und atmete den neuen Wind. Er hat sie wie eine Heuschrecke auf eine Nadel gespießt, und sie zappelte und starb. Beide flogen sie der *Ruhe* entgegen –

alle Kraft wich aus ihnen, sie starben, die Seele machte sich frei und flog davon. Diesen Flug und die Ruhe kennen nur Menschen, die gerade gestorben sind – es ist ein besonderes Gefühl der Freiheit, des freudigen Sichloslösens, des Verschmelzens mit dem Kosmos. Nicht von ungefähr vergöttern die Inder die Liebe.

Sie lagen auf dem tiefsten Grund der *Ruhe*. Sie sagte: »Ich liebe dich.«

Er antwortete:

»Ich liebe dich.«

Das war kein Dialog, es war ein Appell. Rufzeichen im Kosmos.

»Ich liebe dich...«

»Ich dich auch...«

Die Wahrheit. Botscharow spürte sie mit jeder Faser seines Körpers. Warum konnte man nicht immer so leben? In allem. Warum hatte er ständig vor irgend etwas Angst. Man lügt, wenn man Angst hat. Angst wovor? Daß die Familie mittellos zurückbleibt, daß man einen Freund kränken könnte, sich die Frau vergiftet... Auf alle nahm er Rücksicht, nur nicht auf sich selbst. Da war nichts zu machen. Seine Mutter, Juchims Frau, ein Mädchen aus dem belorussischen Dorf, war genauso gewesen. Sie glaubte, daß alle klüger seien als sie, daß sie mehr wissen.

Botscharow mußte daran denken, wie sie gestorben war. Das stand ihm immer vor Augen. Sie bekam eines Tages Sodbrennen. Der Bezirksarzt empfahl, den Magen röntgen zu lassen. Die Mutter hatte panische Angst vor Behandlungsräumen und Prozeduren, doch wagte sie nicht, dem Arzt zu widersprechen. Er hätte es als Miß-

trauen deuten können. Die Mutter erschien zum festge-
setzten Termin. Eine grobschlächtige Schwester reichte
ihr einen halben Liter Kontrastmittel. Die Mutter brachte
es nicht über sich, das Mittel zu schlucken, sie bildete sich
ein, es sei aufgelöstes Zahnpulver. Sie druckste herum.
Da öffnete die Schwester ihr den Mund, genauer gesagt,
sie riß die Kiefer auseinander nach dem Motto: Wenn
sich jeder von den vielen Patienten so anstellen wollte,
wo käme sie da hin, für die paar Kopeken, die sie dafür
bekam. Dabei waren ihre Augen voller Wut, kalt wie
Glas.

Der Mutter war es peinlich, daß sie so aus dem Rahmen
fiel. Die Schwester tat ihr leid, und um ihr nicht weiter zur
Last zu fallen, setzte sie das Gefäß an die Lippen. Sie
wußte, daß sie es nicht würde hinunterschlucken können.
Doch vor lauter Entsetzen machte sie einen Schluck, und
in diesem Augenblick traf sie der Schlag. Danach lag sie
zwei Jahre gelähmt, bevor sie starb.

Dabei hätte alles anders sein können. Als die Schwester
unverschämt wurde, hätte man ihr das Kontrastmittel
einfach ins Gesicht schütten sollen, kehrtmachen und gehen. Die Schwester wäre ins Bad gegangen, hätte sich
gewaschen, mit dem krankenhauseigenen Waffelhand-
tuch abgewischt, und eine Stunde später wäre alles vergessen gewesen. Seine Mutter könnte bis heute noch am
Leben sein. Alles wäre okay gewesen, alles in Butter.

Aber seine Mutter war zu so entschiedenem Handeln
nicht fähig. Auch Botscharow war es nicht. Und er
würde es nie sein. Plötzlich wurde ihm das bewußt – und
er fing an zu weinen. Niemand hörte ihn, außer dem

Marienkäferchen. Botscharow weinte ins Kissen und murmelte den Namen seiner Mutter.

Danach schlief er mit tränennassem Gesicht ein, so wie in der Kindheit. Er hatte einen seltsamen, unruhigen Traum. Er begegnete auf der Treppe Diebesgesindel mit gestohlenen Koffern und ließ es in seine Wohnung ein, um alle auf einen Schlag der Polizei zu übergeben. Das Diebesgesindel richtete sich statt dessen häuslich bei ihm ein und entfachte einen Brand in der Küche. Und er konnte nichts dagegen tun.

Botscharow wachte wie immer um sieben Uhr auf. Das war seine Zeit. Ganz gleich, wann er sich schlafen legte, er wachte um sieben auf. Die Tischlampe brannte. Darunter lag die Streichholzschachtel. Botscharow sah hinein – sie war leer. Das kleingeschnittene Grünzeug lag noch da, das Marienkäferchen aber war verschwunden. Botscharow suchte am Boden, rückte das Bett beiseite, sah auf dem Fenstersims nach, schaute ins Bad.

›War da überhaupt eins gewesen‹, überlegte er zweifelnd. ›Na gut, es war da gewesen, oder auch nicht. War das nicht völlig gleichgültig?‹

Botscharow machte Morgengymnastik, vollführte zwanzig Kniebeugen, reckte seinen Körper, hüpfte und ging wieder in die Hocke. Er lockerte die Knie und die Beinmuskulatur, belastete das Herz, gab dem Körper seine Kraft und Selbstsicherheit zurück.

Die Nervenkrise der vergangenen vierundzwanzig Stunden war überwunden. Ein neuer Tag begann, an dem alles wieder okay, alles in Butter war.

Was war denn überhaupt so schlimm? Was wollte er überhaupt? Er hatte eine Familie, die zu ihm stand, eine begehrenswerte Geliebte, eine Arbeit in seinem Fachgebiet. Von freischaffender Tätigkeit konnte gar keine Rede sein. Sollte er etwa mit vierzig die Redaktionen abklappern wie ein Praktikant nach dem Studium?

Botscharow stellte sich unter die Dusche und drehte abwechselnd Heiß und Kalt auf. Die Kälte elektrisierte. Er machte einen Satz, rieb sich mit dem Handtuch ab. Wie er sich so nackt sah, dachte er plötzlich, daß ein Neandertaler mit Knüppel genauso ausgesehen haben mochte und daß der Mensch sich in den Jahrtausenden wenig verändert hatte.

Er zog ein frisches weißes Hemd an, band den Schlips, und während er den Knoten schlang, dachte er bei sich: Man könnte Verbindung zu Mr. Hammer, dem Millionär, aufnehmen und ihm die Herausgabe einer sowjetisch-amerikanischen Zeitschrift vorschlagen. Er, Botscharow, könnte die Zeitschrift leiten.

Man könnte ein richtiger ›pressman‹ werden, rund um die Uhr auf Achse, nach Amerika reisen wie zu sich auf die Datscha. Man könnte auch alles hinschmeißen, die Frau arbeiten schicken und sich wie Jura Krjukin an ein Buch über Popow setzen, könnte Vivekananda den Menschen von heute nahebringen.

Ein stilles Arbeitszimmer, Auge in Auge mit Popow, mit Vivekananda. Das wäre eine Variante, ein ganz anderes Leben.

Man könnte herumwirbeln wie der Frosch in der Milch, bis sie zu Butter wird und man auf ihr aus dem Topf gehen kann. Man könnte sich auch fallenlassen, erstarren, zu Boden sinken wie ein Unterseeboot.

Botscharow betrachtete sich im Spiegel: Nein, kein Neandertaler. Ein moderner Mensch. Im Vollbesitz seiner Kraft. Ein Vertreter seiner Epoche, der neunziger Jahre, des zwanzigsten Jahrhunderts. Jede Zeit brachte ihre überflüssigen Menschen hervor. Heutzutage hängt es von einem selbst ab, ob man zu einem überflüssigen Menschen wird oder nicht.

Botscharow betrat den Korridor. Er verschloß die Tür.

Die Etagenfrau hatte gewechselt. Eine andere Frau saß jetzt da, die das Vertrauen zum Leben noch nicht eingebüßt hatte. Davon zeugten ihre dick gepuderten blauen Augenlider.

Botscharow reichte ihr den Schlüssel. In diesem Augenblick trat ein aus dem Fernen Osten stammender Mann in einem finnischen Trainingsanzug an die Etagenfrau heran. Er wartete, bis Botscharow sich zum Fahrstuhl entfernt hatte, und fragte dann leise besorgt:

»Fräulein, können Sie mir vielleicht sagen, wovon sich Marienkäfer ernähren?«

Deutsch von Monika Tantzscher

Kira und der Offizier

Der Major Sidorow erhielt eine Postkarte mit folgendem Inhalt:

> ›Lieber Mischa, wenn Du morgen, sechster November um sieben Uhr abends nicht an die dritte Säule des Bolschoi-Theaters kommst, hänge ich mich auf. Kira.‹

Sidorow verstand überhaupt nichts, drehte die Karte um und laß die Adresse: *Leninstraße, Haus 22, Wohnung 10, Herrn M. A. Sidorow.* Alles richtig, die Adresse stimmte. Bloß kannte er keine Kira.

Sidorow ging zu seinem dritten Stock hinauf – einen Aufzug gab es nicht –, und schon auf der zweiten Etage roch er gebratenen Fisch. Vor seiner Haustür verdichtete sich der Geruch.

Sein Sohn Valerij kam herausgerannt und sprang um die Beine des Vaters. Er rannte immerzu um den Vater herum, als habe er einen nie stillstehenden inneren Motor. Valerijs Haare standen vor Dreck. Er konnte es nicht ausstehen, wenn ihm Shampoo in die Augen kam. Dann schrie und zappelte er so, daß die Eltern Mitleid mit dem Kind hatten und sie ihn vor psychischem Schaden bewahren wollten, weshalb man ihm nur alle drei Wochen die Haare wusch.

Sidorow gab Valerij einen Kuß; sein Kopf roch nach

altem Zwieback. Dann hielt er seiner Frau die Postkarte hin. Sie las es und verstand auch nichts.

»Ist das an dich?« fragte sie.

»Sieht so aus«, sagte Sidorow und zog seinen Mantel aus.

»Ja, tatsächlich...«, wunderte sich seine Frau.

Sidorow schnürte schweigend seine Soldatenstiefel auf. Seine Frau wartete brav.

Äußerlich gehörte sie zum Typ ›Traum eines Offiziers‹, und sie gefiel allen Männern ohne Ausnahme: eine üppige Blondine, ein Apfelbaum in voller Blüte. Die Blüte ging um die vierzig zu Ende, doch dafür war die Zeit der Frucht gekommen: Die Tochter Nelli, achtzehn Jahre alt, ein Wunschkind; und der achtjährige Sohn Valerij, ein Nachkömmling. Die Frau wußte: Sidorow liebte Valerij so sehr, daß da keine andere Frau dazwischenfunken konnte. Nicht eine einzige könnte ihn vom Sohn wegziehen, selbst wenn sie einen Brillanten an einer gewissen Stelle hätte. Und wo sollte Sidorow überhaupt Frauen kennenlernen? Dafür brauchte man Geld, freie Zeit und eine freie Seele. Und Sidorow hatte weder das erste noch das zweite noch das dritte. Und wozu auch lange herumreden? Eine Familie war eine ernste Sache, wie ein Garten: man hatte umgegraben, gesät und gedüngt. Was sollte er sich da mit einer Fremden vergnügen?

»Ja, stimmt alles. Komisch...«, sagte seine Frau nochmals.

»Wieso? Irgendein Mischa hat irgendeine Kira betrogen und eine falsche Adresse angegeben; die erstbeste, die ihm gerade in den Sinn kam. Eine Leninstraße gibt es in jeder Stadt und Haus zehn, Wohnung zweiundzwanzig wohl auch; also ist der Brief zu uns gekommen.«

»Aber wieso ist der Nachname Sidorow derselbe? Sidorow ist doch nicht Lenin«, wandte seine Frau ein.

»Stimmt. Lenin gibt es nur einmal. Und Sidorows gibt es millionenmal. Der dritthäufigste Name: Iwanow, Petrow, Sidorow.«

Seine Frau dachte nach und sagte:

»Wahrscheinlich war dieser Sidorow bei euch im Krankenhaus in Behandlung.«

Der Gedanke war einfach, wie alles Geniale. Sidorow war im Lazarett angestellt. Er leitete die dortige Propaganda-Abteilung. Er betrieb politische Aufklärung. Weiß der Himmel wie viele Mischas durch seine Hände gegangen waren...

Sie setzten sich zum Essen. Seine Frau hatte Borschtsch gekocht. Das Gemüse war grob geschnitten, wie Viehfutter. Als Hauptmahlzeit gab es Fisch, der aufgetaut worden war, er war trocken wie Sägespäne. Die Lebensmittel waren schlecht, und um daraus ein gutes Essen zu kochen, mußte man Zeit und Phantasie haben. Der Frau war die Zeit zu schade. Warum sollte man Stunden auf etwas verschwenden, was in zehn Minuten verputzt war. Im Magen mischt sich sowieso alles. Aber was ihr wirklich gut gelang, war ein Kompott aus Trockenfrüchten. Sie war nicht zu faul, das Trockenobst durchzuschneiden, und dann brach der Sommer hervor, der in den Früchten eingeschlossen gewesen war, es roch nach Sonne, nach Pflaumen und Äpfeln.

Valerij saß daneben, schaufelte ebenfalls mit Appetit in sich hinein, wobei er laut schmatzte. Es war komisch: Wo tat er das alles hin? Wahrscheinlich verbrannte sein nie stillstehender Motor alles. Valerij war dünn, hatte große Augen und keine Wangen. Er sah einem kleinen Fisch im Aquarium ähnlich, der sich die Nase an der Glasscheibe plattdrückt.

Nach dem Essen sah Sidorow Valerij die Hausaufgaben nach, er erzog ihn, drohte ihm mit dem Finger. Valerij glaubte nicht an die Strenge, er wartete geduldig die väterliche Strafpredigt ab, wartete, bis endlich im Fernsehen das Sandmännchen kam. Aber statt dessen wurden ihm die Haare gewaschen. Valerij quietschte in geradezu unmenschlich hohen, schneidenden Tönen. Alle waren erschöpft von dem überstandenen Streß. Aber was tun? Sollte man ihm endlich den Kopf kahlscheren und nur noch mit einem nassen Tuch abreiben?

Um zehn Uhr sah Sidorow das *Vremja*-Programm, versuchte, seine Gefühle für Jelzin und Gorbatschow auseinanderzusortieren. Er klärte die Soldaten politisch auf, die zur Behandlung im Lazarett lagen. Also mußte er doch selbst in seinem Kopf Klarheit haben. Die Klarheit bestand bei Sidorow darin, daß die Partei das Steuerrad war. Wenn er im Obersten Sowjet tagen würde, würde er eine aggressive Mehrheit auf die Beine stellen. Wie sollte man denn hier nicht aggressiv sein? In einem altehrwürdigen Gebäude, wo sich das Parteikomitee traf, hatte man beschlossen, eine Valuta-Bar mit Prostituierten für reiche Ausländer einzurichten. Wo sollte das noch hinführen? In einem Heiligtum hatten sie ein Bordell eingerichtet. Die

Stadt, hieß es, braucht Westgeld. Sollte denn jetzt alles für dieses verflixte Westgeld verkauft werden? Und was kam dabei heraus: Die Ausländer leben bei sich zu Hause schon gut, und hier fallen ihnen auch noch die besten Bissen zu. Und unsere Leute, was bleibt für die?

Außer der *Vremja*-Sendung gab es nichts Interessantes im Fernsehen. Wildgewordene Kerle und halbnackte Mädchen mit Gitarren führten sich auf wie Besessene. Man konnte nicht hinschauen. Sidorow ging schlafen.

Vor dem Schlafengehen las er gern die *Prawda*. Heute stand in der *Prawda* etwas über die Hauptrichtung der Stabilisierung der Volkswirtschaft und den Übergang zur Marktwirtschaft. Sidorow bemühte sich, sich in die Hauptrichtung einzudenken, aber diese dumme Postkarte lenkte ihn ab. Die unbekannte Kira mußte sich in diesen Mischa verliebt haben, oder sie war schwanger geworden, oder beides. Sie forderte ihn zu einem Gespräch auf. Drohte sich umzubringen. Wenn sie sich nun wirklich umbrachte?

Sidorow dachte an seine Tochter Nelli, die in Leningrad studierte, sich dort ohne Vater und Mutter durchschlug.

Sidorows Frau rumorte im Haushalt herum. Dann legte sie sich auch hin. Sie sah zur Decke.

»Mischa!« sagte sie. »Morgen ist Samstag. Du hast frei.«

»Na und?« Sidorow wußte auch so, daß er samstags frei hatte.

»Fahr nach Moskau, geh zum Bolschoi-Theater. Sonst hängt sie sich noch tatsächlich auf. Und wir sind dran schuld.«

»Sie ist ein Dummkopf, und wir sind schuld?«

»Wir hätten ein Unglück verhindern können und haben es nicht getan. Und die jungen Leute, na, das sind doch alles Dummköpfe.«

Sidorow seufzte: Bis Moskau waren es vier Stunden Fahrt. Dort eine Stunde. Zurück vier. Neun Stunden. Eine erschlagende Veranstaltung. Aber andererseits: Was waren schon neun Stunden im Vergleich mit einem ganzen Leben, mit einem ruhigen Gewissen.

Sidorow umarmte seine Frau. Er liebte es, wenn sie so gutmütig war. Böse und schlecht ist ein Mensch, wenn er ungeliebt und übermüdet ist. Und wenn die Frau müde ist, ist ihr Ehemann schuld. Sie ist also schlecht durch seine Schuld.

Die Sidorows schliefen ein: ein Atmen, ein Gedanke, eine Weltsicht. Sie sahen mit gleichem Blick auf diese Welt im letzten Jahrzehnt des zwanzigsten Jahrhunderts.

Sidorow kam um elf Uhr morgens in Moskau an, und bis sieben Uhr abends schlenderte er durch alle möglichen Geschäfte. Seine Frau hatte ihn gebeten, ein Teeservice und eine Jacke für Valerij zu besorgen.

Im Geschäft *Kristal* gab es nur leere Kästen für Messer und Gabel, die mit Samt ausgeschlagen waren. Und die kleine Figur ›Die Herrin der Berge‹.

»Was ist denn das?« fragte Sidorow. »Stehen die Porzellanfabriken schon still?«

»Nein«, erklärte die junge Verkäuferin. »Aber die dortige Bevölkerung kauft schon alles selbst, es wird nichts mehr nach Moskau geliefert.«

»Aha«, sagte Sidorow.

Im Geschäft *Stoffe* gab es Jacken, die von einer Kooperative hergestellt wurden, zu Preisen, die ebenfalls die Kooperative machte. Sidorow freute sich mal wieder, daß der Staat ihm für seine treuen Dienste die Uniform zur Verfügung stellte, man brauchte keine Verbindungen nach hier oder da, weder zur Privatwirtschaft noch zur staatlichen Leichtindustrie. Die Leichtindustrie kommt durch den allgemeinen Verfall der Wirtschaft mit ihrer Aufgabe nicht zu Rande, und die Kooperativen-Besitzer, das sind doch die Schwarzhändler und Spekulanten von gestern. Noch gestern hatte man ihnen aufgelauert und sie hinter Gitter gebracht. Und heute standen sie frech und feist da. Lieber würde Sidorow am hellichten Tag nackt herumlaufen, als mit seinen ehrlich verdienten Rubeln diese unwürdigen Elemente der Gesellschaft zu unterstützen.

›Die Zeit der Stagnation‹, ›der Sumpf‹... Was für Worte... Aber nun stellt sich heraus, daß es sich im Sumpf besser gelebt hatte. Dort war es warm und feucht gewesen. Aber jetzt wollte man die Wahrheit. Dann eßt mal eure Wahrheit. Und zieht sie an.

Sidorow war müde, körperlich und seelisch. Er ging in ein Kooperativen-Café. Er aß etwas für zwölf Rubel. Es schmeckte gut, da konnte man nichts sagen. Aber wer kann sich für solche Preise ernähren? Trotzdem bildete sich eine Warteschlange.

Nach dem Essen ging Sidorow den Arbat entlang. Jeder machte heutzutage, was er wollte.

Irgendein Weib rief mit hysterischer Stimme zu etwas auf, und die Frau schien nicht einmal verrückt zu sein.

Die sollte mal lieber nach Hause gehen und ihre Enkel hüten...

Ein dicker Kerl handelte mit Horoskopen. Er erinnerte ihn an jemanden... Jetzt wußte er's wieder. Vor zwei Jahren war ein Rekrut ins Lazarett eingeliefert worden, mit einem Hintern wie ein offener Fallschirm. Diagnose: Gefäßverfettung. Wie bei einem alten Mann. Ein gesunder junger Stier. Klarer Fall: der wollte sich vor der Armee drücken. Seine Mama deckte ihn. Eine Künstlerin am Moskauer Theater. Sie hatte ein Konzert für verletzte Soldaten organisiert und berühmte Künstler engagiert. Sie waren im Festsaal aufgetreten. Und zu denen, die keine Beine mehr hatten, waren sie einzeln ins Krankenzimmer gekommen. Die Künstlerin war schon älter, sie weinte, bedauerte die Jungs. Weinte um die Helden. Sie hätte mal lieber wegen ihres Simulanten weinen sollen. Die einen müssen Arme, Beine und Augen verlieren, und die anderen werden unter Mamas Röcken versteckt. Fressen sich 'nen dicken Hintern an. Das hatte er ihr auch so gesagt, nach dem Konzert. Die Künstlerin riß die Augen auf, alles in ihr zerfloß vor Angst, so daß sie ihm sogar leid tat. Er hatte gesagt: ›Ich handle nach meinen militärischen Vorschriften. Ich tue meinen Dienst.‹

Und sie hatte zu ihm gesagt: ›Aber Sie sind doch kein Hund‹... Allerhand... Sollte sie lieber mal danke sagen: Gerade war ein Befehl erlassen worden, aufgrund dessen Studenten nicht mehr eingezogen werden durften. Ihr Glück, sonst hätte er's ihrem Fettarsch mal ganz schön gegeben. Hätte ihm mal gezeigt, wer hier der Hund und wer der Herr war...

Sidorow ging zum Bolschoi-Theater, genau zur genannten Stunde. Viertel vor sieben. Leute waren nicht sonderlich viele da, obwohl es auch nicht wenig waren.

Er erkannte Kira sofort. Er wußte: das da ist sie. Wieso? Keine Ahnung. Er erkannte sie eben.

Sie stand da und schaute vorsichtig nach allen Seiten. Sie hatte ein großes Gesicht und breite Hüften. Sie war groß. Und jung. Ohne Mütze. Die Haare unnatürlich weiß, wie der Mond.

Sidorow legte aus Gewohnheit die Finger an die Schirmmütze und grüßte militärisch. »Sind Sie Kira?«

Sie musterte ihn von Kopf bis Fuß, wie eine Ware. Die Ware fand kein Gefallen. Man konnte das auf ihrem Gesicht ablesen.

Sidorow wollte weggehen, aber zuerst mußte er seine Aufgabe erfüllen, dann wäre er frei.

»Ist das Ihre?« Sidorow zog die Karte heraus, die er extra in die äußere Tasche seines Militärmantels gesteckt hatte, um sie schnell herausholen zu können.

»Und wie ist die zu Ihnen gekommen?« Kira starrte ihn mit lebhaftem Unverständnis an.

»Mit der Post. Also kommt Mischa nicht. Warten Sie nicht auf ihn.«

»Und woher wissen Sie das?«

»Wenn ich die Karte bekommen habe, hat er sie nicht gekriegt«, erklärte Sidorow.

»Und wieso haben Sie sie gekriegt?«

»Ihr Mischa hat meine Adresse angegeben.«

»Wieso?«

»Um seine nicht anzugeben.«

»A-a-aha.« Kira hatte endlich begriffen.

»Ziegenbock, blöder», sagte sie beleidigt.

Dieses Beleidigtsein, die verletzte Selbstliebe, war eine ganz normale, adäquate Reaktion auf das Ereignis.

Die Aufgabe war erfüllt. Jetzt hätte man gehen können. Aber Sidorow zögerte.

»Sie... also...« fing er an.

Kira wartete. Sidorow wußte nicht, wie er seinen Gedanken in Form bringen sollte. Er wollte sagen, daß das Leben dem Menschen nur einmal gegeben ist, und daß er es nicht selbstherrlich abbrechen darf, nur wegen einer unglücklichen Liebesgeschichte.

»Was?« drängte Kira.

»Also... weil...« Sidorow quälte sich mit gerunzelter Stirn ab, und Kira verdächtigte ihn fast, daß mit seinem Geisteszustand etwas nicht stimme.

»Sie schreiben, daß Sie sich aufhängen.«

»Wieso?« fragte Kira begriffstutzig.

»Aus unglücklicher Liebe wahrscheinlich...«

»Pah, von wegen...« lachte Kira los. »Ich werd mich doch nicht aufhängen wegen irgendeinem stinkenden Ziegenbock. Wissen Sie, wie viele es von euch gibt?«

Aus Kiras Worten ging automatisch hervor, daß auch er, ein Major der sowjetischen Armee, ein stinkender Ziegenbock war. Dafür hatte es sich ja gelohnt, bis ans Ende der Welt zu fahren, auch wenn dieses Ende mitten im Zentrum von Moskau war.

Sidorow drehte sich um und ging. Keine gute Tat bleibt unvergolten. Wer hatte das gesagt? Egal. Aber der Satz war richtig. Sein Tag war im Eimer, die Nacht würde es ebenfalls sein. Die zwei letzten Straßenbahnen fielen wegen Streik aus. Die Eisenbahn streikte. Genau wie beim Zaren. Sidorow sah auf die Uhr: die nächste Straßenbahn ging um sieben Uhr morgens. Und jetzt war es sieben Uhr abends.

Unter Breschnjew war es besser gewesen. Es war wie bei einem Menschen mit Prothese: nicht bequem, aber man stand. Jetzt hatte man die Prothese abgeworfen, da hieß es auf einem Bein stehen. Wem's nicht gefällt, der kann ja ruhig umfallen. Dafür gab es jetzt Glasnost. Die Wahrheit. Dann reite mal nach Hause auf deiner Wahrheit.

Jemand zupfte Sidorow am Ärmel. Er erwartete nichts Gutes von dieser großen Stadt. Jetzt gab es soviel Kriminalität in Moskau wie in New York. Es wurde vergewaltigt, geraubt und sogar manchmal getötet. Und die Polizei war wie erstarrt, drohte bloß mit dem Finger. Warum hängte man die nicht auf dem Roten Platz auf wie die Deutschen im Jahre fünfundvierzig?... Ja... Demokratie. Na gut, dann werde ich meine Pistole bei mir tragen. Ihr habt eure Demokratie und ich meine.

Er wandte sich um. Vor ihm stand Kira. Sie war gar nicht unangenehm. Eine ganz normale Frau.

»Sind Sie extra hierher gefahren? Nur wegen mir?«

Sidorow antwortete nicht.

»Sie wollten mich kennenlernen?« erriet Kira.

»Nein, wollte ich nicht. Wozu?«

»Und warum sind Sie dann hergefahren?«

»Nun... damit Sie sich nicht aufhängen.«

»Und was geht Sie das an?«

»Es hätte mir eben leid getan.«

»Aber Sie kennen mich doch gar nicht…«

»Na und? Es hätte mir trotzdem leid getan.«

Kira schüttelte den Kopf.

»Das muß man sich mal vorstellen…«

»Wieso wundert dich das? Hast du noch nie einen normalen Menschen gesehen?«

Sidorow ging ohne es zu bemerken zum Du über. Wie es in der Armee einem Ranghöheren zustand.

Kira sah diesen seltsamen Menschen mit unverhohlener Neugier an. Er war so ungewöhnlich wie ein Einwanderer aus einem fremden Land. So uneigennützige Menschen kannte sie nur aus Büchern: aus einer fremden Stadt herfahren, einer Frau das Leben retten und ihr nicht mal nachsteigen. Ganz ohne irgendeine Belohung zu wollen. Dabei war er nicht mal alt. Und sah nicht mal übel aus. Man mußte ihn bloß waschen, ihm die Haare schneiden lassen, ihn in Westklamotten stecken – dann wäre das, was dabei herauskäme, nicht schlechter als der verflossene Mischa. Sogar besser.

»Haben Sie was, wo Sie übernachten können?« fragte Kira.

Sidorow schwieg einen Moment. Übernachten konnte er nur auf dem Bahnhof, neben dem Militärschalter.

»Wenn Sie wollen, kommen Sie mit zu mir. In meinem Zimmer sind zwei leere Betten. Sie können entweder am Fenster oder an der Wand schlafen.«

Sidorow schwieg. Sich in einem normalen Bett auszuschlafen war natürlich besser, als sich die Nacht in einem unbequemen Sessel um die Ohren zu schlagen. Aber andererseits, in irgendeinem Wohnheim, mit irgendeiner Kira, was war das für eine Gesellschaft für einen Ideologen der Armee? Am Ende bestahl sie ihn noch ...

»Haben Sie Angst?« erriet Kira. »Sie brauchen keine Angst zu haben. Sie sind einfach hergefahren. Und ich lade Sie einfach ein.«

Kiras Zimmer lag im Parterre, deshalb benutzte sie die Tür nur zum Hinausgehen. Zum Hineingehen benutzte sie das Fenster. Zu diesem Zweck lag unter ihrem Fenster eine hölzerne Nudelkiste. Den Fuß auf die Kiste, das Knie auf die Fensterbank. Sie schloß das Fenster nie richtig, sondern lehnte es nur an. Nadja war beunruhigt: wenn jemand einsteigt und uns bestiehlt. Aber Diebe, die was auf sich halten, gehen dahin, wo es japanische Technik und harte Valuta gibt. In einem Wohnheim für ›Limitschiki‹* haben sie nichts verloren.

Natürlich wäre es bequemer, durch die Tür hereinzukommen, wie alle Leute, aber die Hauswartsfrau, Tante Walja, ließ keine Männer rein. Sie nannte sie ›Hengste‹ und Kira und Nadja ›Hündinnen‹. Hatte wohl vergessen, daß sie selbst einmal jung gewesen war, in den Nachkriegsjahren, und ohne Liebe war sie vor sich hingetrocknet wie eine Ähre, die man zum Trocknen ausgelegt hat. Jetzt sitzt sie da wie ein Getreidesilo. Hatte alles vergessen. Aber vielleicht erinnert sie sich doch. Und rächt sich: Wenn ich vertrocknet bin, könnt ihr auch vertrocknen ...

Aber Kira beispielsweise konnte es nicht aushalten ohne

---

* Limitschik (weibl. Limitschitza, Mehrzahl: Limitschiki) Bürger mit zeitlich begrenztem Aufenthaltsrecht für die Hauptstadt

Liebe. Sie mußte jemanden haben, von dem sie träumen konnte, auf den sie warten konnte, wegen dem sie sich quälen konnte, dann merkte sie nicht, wie die Zeit verging. Wie im Kino. Aber noch mehr als Liebe brauchte sie Geld. Geld gab es nicht einfach so. Geld gab es für schöne Augen. Und für schöne Beine. Kurz gesagt, Kira zog es vor, Tante Walja zu umgehen, ihr nicht zu begegnen. Den Fuß auf die Kiste, das Knie auf das Fensterbrett. Und damit war die Sache erledigt.

»Warum muß man durchs Fenster einsteigen?« wunderte sich Sidorow.

»Darum«, antwortete Kira, und das schien überzeugend. Sidorow dachte: ›In einer schwierigen Situation muß ein Soldat genauso antworten.‹ In letzter Zeit wurden sowieso zu viele Fragen gestellt.

Sidorow dachte nicht mehr weiter darüber nach und folgte Kira. Leicht schwang er seinen trainierten Körper durchs Fenster.

Im Zimmer waren drei Betten, drei Nachttische und ein Schrank.

Das Bett in der Mitte gehörte Kira. Das am Fenster war Nadjas. Nadja war für zwei Tage weg, wegen einer Abtreibung. Abtreibungen ließ sie öfter machen, sie nahm sie sich nicht zu Herzen.

Das Bett am Fenster war sowieso frei. Früher hatte hier die dritte Malerin aus ihrer Brigade geschlafen, Rita Schutowa. Aber Rita hatte Glück gehabt, wie Aschenputtel im Märchen. Sie hatte einen Amerikaner geheiratet. Der Amerikaner sah unmöglich aus, seine breiteste Stelle war die Taille, wie bei einer Flunder. Sein Mund und seine

Zähne waren ein Gemüsegarten mit verfaulten Kartoffeln. Der Amerikaner hatte auf der ganzen Welt eine Ehefrau gesucht. Niemand konnte sich mit so einem Äußeren abfinden. Keine einzige westliche Frau wollte das. Aber unsere Rita ließ ihren Farbeimer und das Wohnheim stehen und ging wohin auch immer und mit wem auch immer. Und noch dazu nach Amerika. Sie schrieb Briefe: Es sei langweilig, und sie habe Heimweh, obwohl es das ganze Jahr Obst und Gemüse gab.

Kira und Nadja fingen auch an, dort hinzugehen, wo die Touristen waren: in den Zirkus und zum Bolschoi-Theater. Aber es klappte nicht mit den Ausländern. Die Sprachbarriere. Es ging nur über Gesten. Einmal allerdings hatten sie zwei Araber angegraben, sie ins Wohnheim abgeschleppt, jede nahm einen in ihr Bett. Aber die Araber... na ja. Sie legten Geld auf den Nachttisch, und das war es dann.

Mischa Sidorow hatte Kira am Schwarzen Meer kennengelernt. Sie schwamm und er schwamm. Sie hatten sich direkt im Wasser geliebt. Die Wellen schlugen sanft an ihre Körper. Der himbeerrote Ball der Sonne stand am Horizont, und tauchte immer wieder ins Meer ein. Es tat gut. Es war und es war vorbei. Wo war der Sommer? Wo Mischa? Nichts war mehr da. Und nichts würde mehr sein. Nur der Vorarbeiter Skorospjelow, ein Kommunist, der sich bestechen ließ, der versuchte, den Mädchen Wodkaflaschen abzuluchsen und dabei noch seinen welken Schwanz an sie zu drücken. Er kam in ein noch unfertiges Haus, sah sich um wie ein Tier im Dschungel: keine Zeugen, keine Gefahr. Er hatte Angst, daß die Bauleitung davon Wind bekäme, daß jemand einen anonymen Brief über seinen unmoralischen Lebenswandel schreiben würde und daß der bei seiner Frau landen würde. Er wollte sich alles erlauben, aber für nichts geradestehen. So war er es gewohnt zu leben. Er sah sich mit zusammengekniffenen Augen um. Auf seinem Gesicht stand die Lebenserfahrung der Unehrenhaftigkeit.

Kira seufzte: Wie wenig ihre Träume doch mit der Wirklichkeit übereinstimmten.

»Willst du Tee?« schlug sie vor. »Ich habe noch Schmelzkäse.«

Sidorow holte aus seiner Tasche eine Cellophantüte mit Butterbroten heraus. Seine Frau hatte sie ihm geschmiert. Auf jedem Brot war Schnittlauch. Von wegen der Vitamine. Seine Frau züchtete Schnittlauch das ganze Jahr über auf der Fensterbank. Sidorow dachte an die Fensterbank mit den Schnittlauchspitzen, und seine Frau tat ihm leid, sein Sohn tat ihm leid, und sich selbst tat er auch leid.

Kira spürte seine Verlorenheit und ergriff keinerlei Initiative. Sollte er sich erst einmal akklimatisieren.

»Wo arbeitest du?« fragte sie und blieb beim Du. Kira fühlte sich auf ihrem eigenen Territorium sicherer.

»Im Krankenhaus.«

»Bist du Arzt?«

»Ideologie-Arbeiter.«

»Und braucht man denn so was?« Kira dachte, daß man ins Krankenhaus kam, um gesund gemacht zu werden. Und das war genug.

»Anscheinend schon...«

Kira schraubte den Deckel von der Thermoskanne, goß Tee in die Tassen.

»Bist du Kommunist?«

»Ja, natürlich«, wunderte sich Sidorow über die Frage.

»Auf unserer Baustelle sind drei Kommunisten aus der Partei ausgetreten.«

»Schön blöd.«

»Wieso?«

»Du wirst schon sehen: Wir werden noch ein Wörtchen mitzureden haben«, versprach Sidorow.

»Ihr habt euer Wörtchen schon gesagt – vierundsiebzig Jahre lang habt ihr euren Text gesagt.«

»Und fünfundsiebzig weitere Jahre werden wir ihn auch noch sagen.«

»Aber die Armee wird doch jetzt verkleinert«, erinnerte ihn Kira.

»Das schon«, stimmte Sidorow zu. »Bei uns haben viele ihren Abschied genommen, haben einen Kooperativbetrieb aufgemacht. Wollen Stiere züchten.«

»Ist doch auch richtig«, sagte Kira. »Besser das Land mit Fleisch zu versorgen, als dumm rumzureden.«

Sidorow schwieg einen Moment. Es ist eine Sache, das Volk mit Fleisch zu beliefern. Eine andere, es mit Ideen zu versorgen. Aber Sidorow fing nicht an, Kira etwas zu beweisen, er wollte keine Perlen vor die Säue werfen. Kira war eine junge Frau, also eine Schmarotzerin wie alle jungen Leute. Sie wollten alle nur konsumieren, ohne viel nachzudenken und ohne Gegenleistung.

»Das hat schon seine Richtigkeit«, sagte Sidorow starrköpfig. »Politunterricht wird immer gebraucht.«

Kira schwieg nun ihrerseits. Die gynäkologische Nadjeshada-Krupskaja-Klinik, in der Nadja jetzt lag, war mit Staphylokokkus infiziert. In Amerika brannte man solche Häuser nieder bis in drei Meter Tiefe. Und bei uns wäscht man sie mit einer Manganlösung ab und streut ein bißchen Chlor darüber. Aber dem Staphylokokken wird davon weder kalt noch heiß. So war es auch mit den politischen Aufklärern, mit dem Triumph des Kommunismus. Man hatte ihn abgeschafft, also mußte man ihn verbrennen. Aber die gingen bloß mit Manganlösung drüber. Sie hatte den Film *So darf man nicht leben* gesehen. Und so durfte man wirklich nicht leben. Und da saß so ein guter Mensch ihr gegenüber und sagte: ›So muß man leben.‹ Auf wen sollte man hören?

Man konnte natürlich auf gar niemanden hören. Sich seine eigenen Gedanken machen. Aber Kiras eigene Gedanken drehten sich nur um eins: aus leidenschaftlicher Liebe heiraten, den Mann wie einen Geliebten lieben und reisen, die Bilder vor den Augen andere werden lassen. Indien zum Beispiel, mit seinen Elefanten, Ägypten mit seinen Pyramiden, Venedig mit seinen Kanälen und Gondolieri.

Und was sah sie? Die Baustelle im Winter – angefrorener Schmutz wie erstarrte Wellen. Die Baustelle im Herbst – Dreck ohne Ende, wie ein flüssiger Planet. Der Teil des Hauses, der im Bau war – eiskalter Stahlbeton, wie Bienenwaben, vom Teufel erdacht. Und den Vorarbeiter Skorospjelow.

Sidorow stand plötzlich auf und begann die Möbel zu verrücken. Kiras Bett rückte er völlig von Nadjas weg. Wo das Bett gestanden hatte, schob er den Schrank hin, wie einen Wandschirm. Er schirmte sich ab.

»Wozu das?« wunderte sich Kira.

»Ich möchte schlafen«, erklärte Sidorow diplomatisch.

Kira hörte, wie er sich auszog. Dann legte er sich hin. Es trennte sie nichts als der Schrank. Sie fühlte die Fremdheit, fast Feindlichkeit Sidorows ihr gegenüber, als wenn er nicht ein Mann in den mittleren Jahren wäre, sondern ein Bär. Komisch.

Kira zog sich auch aus und legte sich hin. Sie löschte das Licht. Es wurde still. Der Offizier schlief nicht. Sie hörte ihn hinter dem Schrank atmen.

»Wie lebst du so?« fragte Kira neugierig, um den Kontakt wiederherzustellen.

»Wie meinst du das?«

»Na, erzähl mal einen Tag von dir.«

»Wozu?« Sidorow sträubte sich gegen diese Kontaktaufnahme.

»Es interessiert mich. Also, morgens stehst du auf. Und dann?«

»Trinke ich Tee, gehe zur Arbeit«, antwortete Sidorow widerwillig.

»Und dort?«

»Dort?« Sidorow mußte überlegen. Wirklich, was war denn dort eigentlich? Soldaten. Lebendige und tote. Und halbtote. Sie kraxelten aus dem Abgrund hervor. Solange sie kraxeln, denken sie an gar nichts. Ihre Mütter, ihre Bräute kommen, bringen Marmelade und Eingemachtes mit, um ihre Jungs zu unterstützen. Sidorow sagte den Soldaten, daß sie Helden seien. Helden, natürlich, aber verkrüppelte. Genau darüber dachten sie nach, nachdem sie aus dem Abgrund heraufgekraxelt waren. Und starrten vor sich hin, immer auf einen Punkt.

»Dort ist eben meine Arbeit«, sagte Sidorow trocken. »Es ist eine erzieherische.«

»Und dann, nach der Arbeit?«

»Gehe ich nach Hause. Esse zu Mittag.«

»Was ißt du?«

»Kartoffel mit Fleisch. Kompott.«

»Und dann?«

»Sehe ich die Hausaufgaben meines Sohnes nach. Sehe fern. Lege mich schlafen.«

»Zusammen mit deiner Frau?«

»Natürlich.«

»Bist du schon lange verheiratet?«

»Zwanzig Jahre.«

»Zwanzig Jahre mit derselben Frau?«

Sidorow wunderte sich über die Frage.

»Zwanzig Jahre sind wir verheiratet. Und vorher waren wir auch schon drei Jahre zusammen. Also eigentlich dreiundzwanzig.«

»Hast du eine Pistole?«

»Hab ich. Ja und?«

»Dann erschieß dich.«

»Wieso?«

»Lieber sich erschießen, als so leben. Jeden Tag dasselbe: politische Aufklärung, Fleisch mit Kartoffeln, die Ehefrau.«

»Und du? Hast du jeden Tag was anderes?«

»Ich habe einen Traum.«

»Was für einen?«

»Lieben und reisen.«

»Du bist ja schon gereist. Fast hättest du dich aufgehängt.«

»Na und? Das Leben ist Bewegung. Und bei dir ist es ein stehender Sumpf.«

»Das ist nur, wenn man nicht liebt«, entgegnete Sidorow ruhig. »Dann kann man sich wirklich erschießen. Dann ist einem alles zuwider. Aber ich liebe alles an meinem Tag: meine Arbeit, meine Familie und meine Kartoffeln. Das ist es...«

Kira dachte über das nach, was Sidorow gesagt hatte. Sie zog einen Schluß.

»Du kannst kein neues Leben beginnen, und du kannst dich nicht erschießen. Du hast nur einen Ausweg: dein erbärmliches Leben zu loben.«

Sidorow schwieg.

»Bist du jetzt beleidigt?« fragte Kira nach.

»Jemanden wie dich kann man als Aufklärer nicht brauchen«, bedauerte Sidorow.

»Was für eine Aufklärung zum Teufel?« wunderte sich Kira. »Es ist fünfzig Jahre her, daß man Aufklärer brauchte, die auf dem Bauch rumkrochen. Und jetzt, Aufklärung bei den eigenen Weggefährten? Weißt du, was dein Glück ist? Dein Glück ist, daß du keine Ahnung davon hast, *wie* schlecht du lebst.«

An der Stelle hätte sich Sidorow nach Kiras Berechnungen ärgern müssen und vielleicht sogar aufspringen. Es wäre zu einer Auseinandersetzung gekommen. Dann zu einer Versöhnung. Und es hätte damit geendet, daß sie nebeneinander eingeschlafen wären. Und sie hätte ihren Kopf an seine Schulter gelegt. Vielleicht nicht mehr. Nur zusammen einschlafen und im Schlaf eine zuverlässige warme Schulter spüren.

Hinter dem Schrank war gleichmäßiges Atmen zu hören. Der Offizier war eingeschlafen. Er reagierte nicht. Seltsam. Er war eingeschlafen, der unglückliche Bär.

Sidorow träumte von einer finnischen Sauna mit riesigen heißen Steinen auf dem Ofen. Wenn Wasserspritzer auf die Steine fielen, antworteten sie mit höllischem Zischen. Plötzlich flog die Tür auf, und jemand klatschte seinen Sohn auf die Steine. Sidorow erwachte durch seinen eigenen Schrei. Er kam zu sich, setzte sich auf, und es wurde ihm bewußt, daß der Schreck ein Traum war. *Ein Traum.* Und in Wirklichkeit befand er sich in einem fremden Zimmer, und vor ihm stand ein nacktes Weib. Sidorow dachte, daß das die Fortsetzung des Traumes war. Der Folgetraum. Aber als er blinzelte, begriff er, daß es Kira war. Sie stand da und lächelte geheimnisvoll.

Sidorow erschrak, setzte die Füße auf den Boden und zog sich eilig an.

»Schon gut, leg dich wieder hin«, sagte Kira gutmütig. »Hast dich wohl erschrocken...«

Sie ging weg. Aber Sidorow zog sich weiter an, nestelte weiter an seinen unzähligen Knöpfen herum. Dann nahm er seinen Militärmantel und stieg durchs Fenster. Genau wie er hereingekommen war.

Über den Himmel schwamm schnell der Mond, oder, besser gesagt, der Wind trieb Wolken vor sich her. Es war dunkel und hell gleichzeitig. Kira sah ihm nach, wie er mit aufrechtem Rücken davonging, wie er hart mit den Stiefeln auftrat.

»Hej!« rief sie ihm nach. Sie hatte ihn nicht gefragt, wie er hieß. Aber sie erfand sofort einen Namen für ihn: Mischa. Wie der, im Meer.

»Mischa!« rief Kira. Aber Sidorow beschleunigte den Schritt, verschwand um die Ecke, aus ihren Augen.

Kira war beleidigt. So was! Geht einfach weg. Ein anständiger Kerl. Liebt seine Alte seit dreiundzwanzig Jahren. Und basta. Sie steht hinter ihm wie von einer Wand geschützt. Und Kira geriet immer nur an irgendwelche Halodris. Nichts als Spielereien und Vergnügen im Kopf. Hol der Teufel die Reisen. Vielleicht sollte sie sich mit einem anständigen Kerl zur Ruhe setzen. Kinder haben ein eigenes Zimmer, eine Daueraufenthaltsgenehmigung für Moskau. Alles wie bei anständigen Leuten. Kira versuchte, den Schrank wieder an seinen alten Platz zu schieben, aber er kippte zur Seite. Fast wäre er umgefallen. Sie mußte sich bücken, ihn an der unteren Kante anschieben. Die Leistengegend tat ihr weh.

Kira setzte sich aufs Bett, um auszuruhen. Sie sah auf die Uhr: es war sechs Uhr morgens. In zwei Stunden mußte sie zur Arbeit. Der Vorarbeiter Skorospjelow würde kommen und fragen: »Naaa?«

»Was?« würde Kira sagen und tun, als verstünde sie nicht, worum es ging.

»Wann sehen wir uns?« würde er sagen, dabei die Augen nach den Seiten verdrehen, um festzustellen ob es auch niemand gehört hat.

»Wozu?« würde Kira naiv fragen.

»Ist das nicht klar?«

»Nein.« Kira würde ihm direkt in seine blauen Augen schauen. Da wäre sie mal neugierig: was für Worte würde er dafür finden?

»Na warte nur«, würde der Vorarbeiter drohen.

»Warte du mal selber!« würde Kira ihm in dieselben blauen Augen hineinsagen. Der Vorarbeiter stahl Ziegelsteine, Fundamentblöcke, Fensterrahmen, Fußbodenbeläge, alles was nicht niet- und nagelfest war und verkaufte es an die Datschabewohner zum dreifachen Preis.

Der Vorarbeiter stahl. Er war ein Dieb und Schürzenjäger. Er wußte das. Und Kira wußte das. Und er wußte, daß sie es wußte. Sollte er doch vor ihr Angst haben. Nicht sie vor ihm. Der Vorarbeiter würde abziehen, samt seiner Bosheit. Und Kirka würde ihren Eimer und ihren Pinsel nehmen. Das Angenehme an ihrer Arbeit war, daß das Resultat sofort sichtbar war. Die Fensterbänke und die alten Kammern wurden bläulichweiß, gleichmäßig, wie eine Eierschale. Die Stahlbetonkästen verwandelten sich vor ihren Augen in gemütliche Wohnräume. Hier konnte man einziehen und wohnen.

Sidorow stieg in den erstbesten Autobus. Bis zur Abfahrt seines Zuges blieben zwei Stunden, er würde in jedem Fall rechtzeitig am Bahnhof sein, selbst wenn dieser Bus in eine andere Richtung fuhr.

Müde war er nicht, aber seine Stimmung war trüb. Aus irgendeinem Grund fiel ihm die Schauspielerin mit ihrem Sohn wieder ein. Die Frau war so um die sechzig, der Sohn achtzehn. Sie hatte ihn mit vierzig geboren. Deshalb war sie so nervös. Ihm so was zu sagen, ihm, Sidorow, dem pflichtergebenen. Aber das Mamasöhnchen war ihr einziges Kind und sie hatte ihn nicht dafür großgezogen und wohlbehütet, daß die Armee ihn in Einzelteile zerlegte. Bloß gut, daß man sich aus Afghanistan zurückgezogen hatte. Sonst wäre er sicher ganz ohne Arme und Beine heimgekommen. Sie hatte zu ihm gesagt: ›Sie sind doch kein Hund‹. Genau das war er, ein Hund, der anderer Leute Gut bewachte. Und was hatte er eigentlich für sich selbst? Sechs Hektar Gartenfläche, die Häuser standen so dicht, daß man einander ins Fenster hineinriechen konnte. Und alles hinter Betonzäunen, wie in einer Gefangenenzone. Fehlte bloß der Stacheldraht. Sogar diese Nutte verstand, wie mies er lebte. Sidorow sah sie plötzlich vor sich: ihr im Dunkeln perlmuttschimmernder Körper, ihre festen Brüste wie aus Gummi, ihre Hüften und das sündige Dreieck. Warum war er davongelaufen?

Aber er war schon vor Kira davongelaufen und noch nicht am Bahnhof angekommen. Er schlenderte durch die Straßen und über Kreuzungen auf einer unbekannten Reiseroute.

Deutsch von Angelika Schneider

Sag ich's oder sag ich's nicht?

Die Artamonowa schaffte die Aufnahme in die Fachschule mit Leichtigkeit. Gleich beim ersten Anlauf. Bei der Aufnahmeprüfung spielte sie Tschaikowsky, Chopin und dann noch ein Stück, bei dem sie ihre Technik unter Beweis stellen sollte. Sie hatte schon vergessen, was das gewesen war. Wahrscheinlich ein Präludium von Skrjabin.

Kirejew hatte sich gleichzeitig um die Aufnahme beworben, aber er war durchgefallen. Für seinen Aufsatz bekam er eine Drei, also fehlte ihm ein Punkt. Ihm waren zwei orthographische Fehler unterlaufen, und außerdem hatte er fünf Kommata zuviel gesetzt. Kirejew besaß zwar das absolute Gehör, doch ausschlaggebend waren offenbar die fünf Kommata.

Am letzten Tag wurden die Listen der Zugelassenen am Aushang veröffentlicht. Kirejews Name stand nicht auf der Liste, das bedeutete, er war ausgemustert, beiseite getan wie eine aussortierte Tomate. Er stand ein wenig abseits und starrte vor sich hin. Die Artamonowa wollte zu ihm gehen und ihm sagen, er sei in Wirklichkeit der Begabteste. Aber sie genierte sich. Womöglich würde er ihr Mitleid für Herablassung halten und sich gekränkt fühlen.

Solange die Prüfungen liefen, hatten sie zusammengehalten wie eine Herde, hatten sich gegenseitig die Daumen gedrückt. Jetzt aber waren sie in zwei separate Gruppen geteilt: in Gewinner und Verlierer. Die, die bestanden hatten, schauten auf die Durchgefallenen wie Lebende auf Tote: ein bißchen erschrocken, ein bißchen neugierig, aber auch mit verhaltener Genugtuung: Ihr seid *dort*, aber wir sind *hier*.

Die fünfzehn Glückspilze mit der energischen Lyndina an der Spitze machten sich auf, ihren Triumph in einem nahegelegenen Café zu feiern. Die Artamonowa schloß sich ihnen an, entrichtete ihre fünf Rubel. Aber mit dem Herzen war sie nicht dabei. Sie fühlte sich schuldig vor Kirejew, als hätte sie ihm den Platz weggeschnappt. Hier im Café kam ihr der Gedanke, Kirejew anzurufen. Aber die Lyndina, die immer alles wußte, sagte, er habe gar kein Telefon. Kirejew lebte auf dem Gelände eines Klosters, im ehemaligen Refektorium. Dieses zweigeschossige Gebäude, das angeblich aus dem Mittelalter stammte, unterstand staatlicher Aufsicht. Sein ursprüngliches Aussehen durfte nicht verändert werden. Ein Telefon hatte da nichts zu suchen. Denn die mittelalterlichen Bewohner verkehrten nicht mit der Außenwelt. Dafür waren sie schließlich Mönche.

Einfach losgehen und unangemeldet ins Refektorium reinschneien, traute die Artamonowa sich nicht, obwohl sie leicht angesäuselt war und bis zum Hals voll von philantropischen Regungen.

Im Herbst kamen sie alle zusammen, um mit den Übungen zu beginnen. Da tauchte Kirejew in der Gruppe auf. Es war offensichtlich: man hatte ihn durch Beziehungen reingeschoben. Irgend jemand hatte sich eingeschaltet und noch einen Platz geschaffen – speziell für Kirejew.

Die Artamonowa freute sich, aber die Gruppe plusterte sich scheinheilig auf. Die Musik – das war ihr *Gott*. Die Schule – ein *Tempel*. Und auf einmal gab es da einen Fall von Bestechung. Was für eine Entweihung! Ins Gesicht sagte man ihm das natürlich nicht, aber man wich ihm angewidert aus, als wäre er ein Farbiger, der in ein Abteil für Weiße gekommen war. Kirejew tat, als merke er nichts. Doch die Artamonowa sah es ihm an: er merke es. Und er litt. Warum durfte dieses Huhn Lyndina, diese intrigante Intellektuelle, legal studieren wie all diese Flaschen und Kirejew nur illegal? Da war zum Beispiel diese Usmanowa, die war von ihrer Republik außer Konkurrenz geschickt worden. Jede Republik mußte mit einem Kader vertreten sein. Aber Kirejew war kein Kader. War er deshalb schlechter? Weshalb durften die Republiken Beziehungen spielen lassen, ein einzelner aber nicht?

Im Hörsaal saß die Artamonowa grundsätzlich neben Kirejew. In der Mensa-Schlange hielt sie ihm einen Platz frei. Nahm für ihn Würstchen und Kekse. Wenn die Prüfungen anfingen, stellte sie Kirejew ihre Aufzeichnungen zur Verfügung. Er behauptete, er könne ihre Handschrift nicht entziffern. Also las sie es ihm vor.

Sie saßen in der Küche der Artamonowa und knabberten dunkle, gesalzene Zwiebäcke. Ihre Mutter hatte als Kind die Blockade miterleben müssen und warf nie altes Brot weg. Sie zerschnitt es zu schmalen Stangen und trocknete es im Backofen. Von diesen Zwiebäcken kam man so wenig los wie von Sonnenblumenkernen.

Mittags brieten sie sich Kartoffeln. Kirejew hatte sich erboten, sie zu schälen, und das machte er, als hätte er sich sein Leben lang nur damit befaßt. Die ebenmäßige Schalenspirale brach kein einziges Mal ab. Unter seinen Händen schlüpfte die Kartoffel so glatt hervor wie ein Ei. Wenn ein Mensch begabt ist, sagte sich die Artamonowa, dann gelingt ihm alles. Sie brieten die Kartoffeln mit Zwiebeln, Wurst und bulgarischem grünem Paprika. Darüber wurde ein Ei geschlagen. Kirejew nannte das ›Bauernfrühstück‹. Die ganze Kombination aus verschiedenen Zutaten samt der aparten Bezeichnung fand die Artamonowa geradezu genial.

Im Küchenregal stand ein Ziegenbock aus Keramik. Der Rumpf mit seinen lehmfarbenen Kringeln sah aus wie Wolle. Die Hörner waren dunkelbraun und glänzten, als wären sie lackiert.

Kirejew aß sein Bauernfrühstück und starrte mit abwesendem Blick vor sich hin. Vom Fenster fiel das Licht auf sein Gesicht. Plötzlich entdeckte die Artamonowa zu ihrer Verwunderung, daß seine dunkelbraunen Augen das Licht nicht absorbierten, sondern reflektierten wie Keramik.

»Oh!« rief die Artamonowa aus, »deine Augen glänzen ja wie Bockshörner.«

Kirejew reagierte nicht. Was sollte er auch sagen? Er wußte nicht mal, ob das gut war oder schlecht, wenn die Augen wie Bockshörner glänzten.

Dann begann Kirejew zu rauchen und hörte sich die Ausführungen über den wissenschaftlichen Kommunismus an. Er begriff nicht, wodurch sich ›Konkurrenz‹ von ›sozialistischem Wettbewerb‹ unterschied und warum die Konkurrenz schlecht war und der sozialistische Wettbewerb gut. Wahrscheinlich wußte der Erfinder des wissenschaftlichen Kommunismus das auch nicht.

Die eintönige Stimme der Artamonowa wirkte einschläfernd, und um nicht einzunicken, setzte sich Kirejew ans Klavier. Seine Lieblingskomponisten waren Schostakowitsch und Prokofjew. Tschaikowsky hingegen war ihm zu naiv. Die Artamonowa schätzte Tschaikowsky ganz besonders, während ihr die Musik Prokofieffs vorkam, als wenn einer mit Eisen über Glas fuhr. Das einzugestehen wäre ihr jedoch peinlich gewesen, und so hörte sie stoisch zu.

Kirejew hatte kräftige Finger. Die Artamonowa saß da, als prasselten Gewehrsalven auf sie nieder. Bei solcher Musik konnte man gut und gern verrückt werden. Aber allmählich kam System in die Regellosigkeit, sie mündete in etwas anderes, Neues. Ins Zwanzigste Jahrhundert vermutlich. Bei guter Musik erhebt sich das Humane im Menschen. Der Alltag erstickt das Humane, doch die Musik lockt es wieder hervor.

Die Artamonowa hätte endlos so sitzen können und zuhören. Und sich vom Staub der Zeit zudecken lassen. Aber da kam die Mutter aus dem Krankenhaus zurück. Sie arbeitete als Krankenschwester auf der Intensivstation. Jeden Tag luchste sie dem Jenseits einen Patienten ab. Sie war ziemlich ausgelaugt davon, denn das Jenseits hatte einen mächtigen Sog, wie ein Vakuum. Und man mußte sich gewaltig ins Zeug legen, um sich dem entgegenzustemmen.

Kirejew machte sich auf den Heimweg. Die Artamonowa brachte ihn zur Tür. Während er seine Jacke zuknöpfte, war er mit seinen Gedanken bereits woanders. Das war typisch für ihn: er konnte weggehen, ohne es zu registrieren.

Als er gegangen war, legte die Artamonowa eine Platte auf, warf sich aufs Bett und starrte an die Decke. Die schlichte Musik umfing sie, umkreiste sie verheißungsvoll. Sie schien zu schweben. Mal lächelte sie, dann war sie wieder ganz ernst. Ihr kam es vor, als wenn sie leichtfüßig emporflog, die spärlichen Haare zusammengebunden wie bei einer Ballerina, die großen Augen hinter einer Brille verborgen.

Wie schön war doch der Tschaikowsky, wie schön ihr Zuhause und wie wundervoll erst das Leben!

Die Artamonowa war eindeutig verliebt.

Es war nicht einfach, den genauen Zeitpunkt anzugeben, wann das angefangen hatte. Als er die Zulassung nicht bekam und beiseite stand wie ein Ausgestoßener? Oder im Herbst, als er zum erstenmal in ihrer Gruppe aufgetaucht war? Womöglich erst in der Küche, als sie seinen umwölkten Blick aufgefangen hatte. Aber war das nicht im Grunde egal? Wichtig war, daß die Liebe einfach ausgebrochen war. Anfangs gab es noch die Inkubationszeit. Da wußte sie noch nicht, daß sie sich verliebt hatte; sie spürte nur das Bedürfnis, an ihn zu denken und alles, was sie dachte, laut vor sich hin zu sprechen.

Dabei wußte die Artamonowa, was alle wußten: daß Kirejew mit irgendeiner Rufina verheiratet war. Er hatte geheiratet, als er gerade zwanzig war und Rufina dreißig. Sie war unvorstellbar schön, und Kirejew war wie von Sinnen. Er hatte sie einem hohen Tier ausgespannt, einem

General oder Minister. Und Rufina zog aus ihrer Fünfzimmerwohnung ins Refektorium. Aus purer Leidenschaft. Im ersten Jahr kamen sie aus dem Bett überhaupt nicht raus. Wo das Bett stand, im Keller oder in einem Palast, war ihnen vollkommen egal. Dann fing das normale Leben an, und Rufina bemerkte den Unterschied: wo das Bett stand, wo der Eßtisch und was darauf war.

Kirejew verdiente Geld bei Tanzveranstaltungen und auf Hochzeiten. Von den Hochzeiten brachte er Rufina allerlei Leckerbissen mit, dazu Geld in einem Umschlag und obendrein Schuldgefühle, die ihn ständig bedrückten. Die Rollenverteilung war klar: Rufina war unzufrieden – und Kirejew war schuld daran. Mag sein, daß er sich besonders dann in seine Schuldgefühle verbissen hatte, wenn er mit abgewandtem Gesicht dastand und irgendwohin ins Leere starrte.

Die Artamonowa wußte das alles, aber dieses Wissen änderte nichts. So oder so war es immer dasselbe: Einatmen – Kirejew! Ausatmen – Kirejew! Und in der Herzgrube tat es weh, denn just an diesem Punkt ist die Seele.

Die Artamonowa konnte an nichts anderes mehr denken, über nichts anderes mehr reden. Dadurch wurde sie zu einer ziemlich langweiligen Gesprächspartnerin. Es ist unmöglich, mit einem Menschen ewig über ein und dasselbe Thema zu sprechen. Als ob bei einer kaputten Schallplatte die Nadel hakt.

Die Usmanowa, derzeit ihre beste Freundin, hatte die Nase voll von Kirejew. Sie hatte es satt, sich anzuhören, wie er schwieg, wie er rauchte, wie er Kartoffeln schälte. Und daß sein Hemd nicht gebügelt war. Woraus folgte:

die Rufina war eine Schlampe und Kirejew kreuzunglücklich.

Eines Tages gingen die beiden Freundinnen über den Ring zur Gorkistraße. Bei einer Unterführung blieben sie stehen. Die Aprilsonne schien ihnen geradeswegs ins Gesicht. Aber was heißt hier Sonne? Es war Kirejew.

Die Usmanowa beobachtete ihre Freundin aufmerksam und stellte dann fest:

»Du redest zu viel über dich. Je weniger die Leute von dir wissen, desto besser.«

»Warum?« fragte die Artamonowa ehrlich erstaunt.

Es gibt den Ausdruck: das Herz ausschütten. Man kehrt sein Herz um wie eine Tasche, wirft alles Überflüssige raus und schafft so Ordnung. Und dann kann man weiterleben. Bei ihnen im Haus, im benachbarten Aufgang, wohnte ein Diplomat. Er war sein Leben lang vom Wirbel bis zum Kragen voll von allen möglichen Geheimnissen. Im Alter verlor er den Verstand, verbarrikadierte sich auf seiner Datscha und sprach mit niemandem ein Wort. Vor lauter Angst, ein Geheimnis auszuplaudern. Wenn man sich mit niemandem ausspricht, verliert man den Verstand. Leben heißt – Sichmitteilen. Und Sichmitteilen, das heißt – aufrichtig sein.

Die Usmanowa, die heimlich an Allah glaubte, sah das anders. Das Leben ist eine Art Spiel. Ein Kartenspiel. Der Spieler läßt sich nicht in die Karten gucken, sonst verliert er. Die Artamonowa jedoch legte ihr ganzes Blatt offen auf den Tisch.

»Guck mal her!« Die Usmanowa schob sich ihren Pony aus der Stirn.

Die Artamonowa bemerkte nichts. Die Stirn der Usmanowa war mädchenhaft rein. Und überhaupt glich sie einer wunderschönen Japanerin aus einem Katalog.

»Ich sehe nichts«, sagte die Artamonowa.

»Beulen!«

Die Artamonova schaute näher hin. Die Stirn der Usmanowa war an den Seiten ausgebuchtet.

»Solange ich nichts sage, merkt man nichts. Auch du hast nichts bemerkt. Aber sobald ich davon rede, sieht man es auf einmal.«

Die Usmanowa schob ihren Pony wieder in die Stirn. Im Innern stimmte ihr die Artamonowa zu. Die Usmanowa war wieder zu der wunderschönen Japanerin geworden, rührend wie eine Puppe aus einem Souvenirladen. Indes, die Beulen an der Stirn drangen ins Bewußtsein: ein Püppchen – aber mit Beulen.

»Hast du es jetzt kapiert?« fragte die Usmanowa.

»Das mit den Beulen?«

»Das mit Kirejew! Wenn du es nicht länger aushältst, dann sag es ihm. Aber nur ihm. Und beruhige dich endlich!«

Sag ich's – sag ich's nicht? Den ganzen April und Mai hindurch grübelte die Artamonowa darüber nach.

Also gut: Ich sag's. Und wenn ihm das nicht paßt? Wenn er einen Witz daraus macht, so in der Art von: ›Ach, Ihre Vollkommenheit ist für die Katz, denn ich bin Ihrer nicht würdig.‹ Und dann noch: ›Sie müssen lernen, sich zu beherrschen. Nicht jeder versteht Sie so wie ich.‹

Die Artamonowa fürchtete sich vor Demütigungen. Als

Kind hatte sie für kurze Zeit einen Stiefvater gehabt. Er schlug sie zwar nicht, aber er drohte ihr ständig mit der erhobenen Hand. Sie zog den Kopf ein und blinzelte heftig. Dieser Schrecken, die Angst vor dem Schlag, blieb ihr fürs ganze Leben. Die Angst vor einer Demütigung wurde zu einem Komplex und schlug um in schnell gekränkten Stolz.

Aber die Liebe ist stärker als jeder Komplex. Wenn sie es nun doch sagt? Und er antwortet: ›Ich liebe eine andere!‹ Danach wäre es doch absolut unmöglich, ihm wie früher einen Platz in der Schlange vorm Büfett freizuhalten, mit ihm zusammen die grauen Institutswürstchen zu essen und den trüben, bräunlichen Kaffee zu trinken. Zusammen mit ihm in die Lenin-Bibliothek zu gehen, mit ihm im Aufzug zu fahren, ihn von unten her anzuschauen, mit den Augen sein Gesicht abzutasten, erst mal das ganze Gesicht und dann jeden einzelnen Zug, alle Falten und Wölbungen, die es konturierten.

Also nichts sagen! Nicht die Karten auf den Tisch legen! Aber wenn sie es nun doch tat? Und er wäre halbwegs einverstanden? Sie würde seine Geliebte werden. Und dann würde er auf die Uhr schauen. Weil er immer in Eile war. Seine Schuldgefühle gegenüber Rufina würden sich noch verstärken. Diese Zweigleisigkeit würde auch nicht zu seinem Glück beitragen. Alles im Leben Kirejews geschah doch letztendlich wegen Rufina. Nach der Schule wollte er ins Gnesinskij-Institut eintreten und von dort aus die Welt erobern. Wie, war noch ungewiß, aber für wen, das war klar. Im Endeffekt lebte auch die Artamonowa, wenn sie Kirejew anhimmelte, für die Rufina. Dieses Anhimmeln war offensichtlich, erhöhte Kirejew in seinen eigenen Augen und gab ihm Selbstsicherheit. Und ein selbstsicherer Mensch kann ungleich mehr erreichen.

Als die erste sozialistische Revolution in der Welt stattfand, wußte niemand genau, wie man so was macht und was danach kommt. Der Führer des Proletariats verkündete: »Erstmal muß man die Sache in die Hand nehmen, und dann werden wir sehen!«

Vielleicht war es in der Liebe genauso. Vielleicht sollte man vorher gar nicht so viel rumrätseln. Die Sache anpakken, und dann würde man ja sehen.

Aber was würde man sehen? Entweder eine gewaltige Demütigung, quasi auf einen Schlag. Oder gestohlenes Glück. Und das war auch eine Demütigung, bloß in die Länge gezogen, sozusagen auf Raten.

Besser nichts sagen. Alles so lassen, wie es war. Punktum!

Die Artamonowa preßte die Liebe in eine Schublade ihres Herzens und schloß ab. Den Schlüssel händigte sie ihrer Freundin Usmanowa aus. Die Usmanowa konnte fremde Geheimnisse für sich behalten. Da stand die Schublade, in der Körper und Seele verrammelt waren, und stieß mit ihren scharfen Kanten überall an. Mehr hatte in der Artamonowa gar nicht Platz. Sie schwankte und taumelte unter der schweren Last.

»Wieso bist du so blaß?« erkundigte sich Kirejew.

»Keine Ahnung«, entgegnete die Artamonowa. »Die Knie tun mir weh. Ist wohl Rheuma.«

Im Sommer fuhr sie mit ihrer Mutter auf die Datscha. Deren Freundin Ljusja, eine alleinstehende Krankenschwester, hatte die Mutter eingeladen. Ljusjas Sohn war zur Armee einberufen worden. Ljusja wurde melancholisch. Die Datscha war plötzlich so öde. An Fremde mochte sie nicht vermieten. Ihr Herz sehnte sich nach verwandten Seelen.

Die Datscha erwies sich als hölzerne Bruchbude. Aber innen war sie sehr gemütlich. Und sie entsprach dem zerrütteten Gemütszustand der Artamonowa. Sie hatte das Gefühl, als ob die Wände des Hauses und die Wände ihres Herzens sich in ein und dieselbe Richtung neigten: ihre Biosysteme paßten zueinander.

Neben der Bruchbude, hinter dem Zaun, stand eine Art Palais aus weißem Stein. Dort lebte ein pensionierter General. Er züchtete Pfauen. Wieso, wußte niemand. Pfauen sind schließlich keine Hühner. Solche Feuervögel aus dem Märchen zu Nudelsuppe zu verarbeiten wäre geradezu ein Sakrileg. Die Pfauen lebten in einem Gehege, und von Zeit zu Zeit schrien sie derart melancholisch, als wollten sie der Menschheit mitteilen, wie unerträglich ihr Leben sei. Die Schreie zerrissen förmlich die Luft.

Die Artamonowa litt, und ihr schien, die ganze Welt um sie herum war voll von Leiden. Rumpelte draußen die Vorortbahn, klang das beunruhigend. Das war der Weg vom Glück ins Nirgendwo. Und wenn sie Ljusja lachen hörte, wirkte es auf sie wie unterdrückter Schmerz.

Eines Tages ging die Artamonowa, ohne an etwas Bestimmtes zu denken, durch den Wald. Und immer das gleiche: Einatmen – Kirejew! Ausatmen – Kirejew! Die

Sonne brannte ihr auf den Kopf. Sie hatte den Sonnenhut vergessen. Plötzlich explodierte etwas in ihrem Gehirn, eine Melodie entstand, ähnlich dem Schrei der Pfauen – eine einzige musikalische Phrase in zwei Takten.

Die Artamonowa kehrte nach Hause zurück. Aber während sie ging, vergaß sie die Melodie. In der Nacht fiel sie ihr wieder ein, ganz klar und abgerundet wie ein melodischer Seufzer. Am Morgen notierte die Artamonowa die Melodie in ihr Notenheft.

Auf der Datscha gab es ein Bücherregal. Darin entdeckte sie eine Gedichtsammlung, völlig zerfleddert, mit zerrissenem Einband. Einzelne Blätter fielen schon heraus. Die folgenden Zeilen sprangen der Artamonowa ins Auge: *Ich war nicht Beute, war nicht der Lohn. Ich war nur ein schlichter Fund. Sooft ich mich frage: Wer bin ich schon? gibt es zur Freude so gar keinen Grund.*

Dagegen diese Rufina, die war Beute und Belohnung zugleich.

Nicht weit von der Datscha entfernt befand sich ein Sanatorium von der Gewerkschaft. Die Artamonowa ging öfters dahin und spielte in der Aula, wenn niemand da war. Das Klavier war neu, die Tastatur aus tadellosem Kunststoff wie ein künstliches Gebiß. Der Klang war ein bißchen dünn. Aber es war nicht verstimmt und insofern ganz akzeptabel. Die Artamonowa glitt über die Tasten, um die Musik auf die Verse abzustimmen. Später, als ›Der Pfauenschrei‹ im Radio gesendet wurde und man ihn im ganzen Land sang, sagte sich die Artamonowa: Wenn Kirejew sie geliebt hätte, wenn sie glücklich gewesen wäre, hätte sie auf die Pfauen gar nicht geachtet. Sich nicht um ihr Geschrei geschert. Womöglich schrien sie ja sogar vor Freude. Die Melodie jedenfalls wäre ihr niemals eingefallen. Aus einer erfüllten Liebe gehen Kinder hervor, aus einer unerfüllten Lieder.

Bisweilen schauten Sanatoriumsgäste in die Aula hinein. Setzten sich und hörten zu. Die Artamonowa spielte Tschaikowsky. Sie spielte lange, und niemand ging hinaus.

Sie wußte: auch Peter Tschaikowsky hatte Probleme mit seinem Privatleben gehabt. Nur ein Mensch, der die Liebe nicht ausgekostet hat, kann solche großartigen Melodien hervorbringen. Die Träume von der Liebe sind erhabener als die Liebe selbst, und Leiden ist fruchtbarer als ein Acker. Ein satter Mensch bringt nichts Großartiges zustande.

Den ganzen August über regnete es. Der Dunst hing über allem wie ein Schleier. Aber der September wurde sonnig und mild. Im Garten reiften die Äpfel.

Ljusja überredete sie, noch einen Monat zu bleiben. Von der Haustür bis zum Schultor waren es eineinviertel Stunden. Das war nicht weiter schlimm. Eher sogar gut. In der Vorortbahn konnte man bequem komponieren. Das Leben war erfüllt von Klängen. Die Liebe zu Kirejew war die Grundmelodie. Aber das wußte er nicht. In der Schule tauchte er auf genau wie immer, nur schöner und noch unzugänglicher als früher. Prinz Hamlet. Im Sommer war er nach Sotschi gefahren und hatte in Restaurants gespielt, um Geld zu verdienen. Nun ja, eine schöne Frau kommt eben teuer zu stehen.

Die Artamonowa hätte sich gern mit ihrem Pfauenlied bei ihm hervorgetan, aber sie fand nie den passenden Moment bei den Gesprächen mit ihm. Und einfach so mir nichts, dir nichts, ohne Anknüpfungspunkt, wollte sie nicht davon anfangen. Mit ihm war es immer kompliziert, niemals ungezwungen. Aber wieso konnte sie mit ihm nicht einfach über das Lied sprechen? Es hätte ihn nicht interessiert! Alles, was sie betraf, war ihm gleichgültig. Und wenn sie ihm nichts bedeutete, wozu sollte sie sich ihm dann aufdrängen? Ihr Stolz preßte ihre Seele zu einem Klumpen zusammen. Sie ballte die Finger so heftig zur Faust, daß ihr die Knöchel weh taten.

Einmal morgens überquerte sie einen Bahnübergang. Die Vorortbahn kam dröhnend heran. Ein Hund sprang von den Gleisen auf und heulte wie eine Sirene. Das Geheul stieg zum Himmel auf. Die Artamonowa blieb stehen. Was war passiert? Wäre der Hund unter die Bahn geraten, wäre er jetzt tot. Und hätte nicht mehr gejault. Also was? Hat die Bahn ihn nur gestreift? Aber so ein Hund mit seinen knapp zwanzig Kilo und dagegen die tonnenschwere Bahn mit dieser Geschwindigkeit – da paßte der Ausdruck ›gestreift‹ doch wohl nicht? Vielleicht war er nur erschrocken. Oder aber er war verletzt.

Die Artamonowa kam zur Schule und erzählte Kirejew von dem Hund und der Bahn. Kirejew blickte sie durchdringend an, so als witterte er eine Anspielung, nach dem Muster: die Artamonowa ist der Hund und die Bahn ihre unerfüllte Liebe. Er brachte nur ein spöttisches »Oha!« hervor und zwirbelte mit seinen Fingern, als wollte er eine Glühbirne einschrauben.

Die Artamonowa überlief es siedendheiß. Er weiß alles. Und mokiert sich auch noch. Sie machte ein gleichgültiges

Gesicht und blieb den ganzen Tag über schweigsam. In Gedanken nahm sie der Usmanowa den bewußten Schlüssel weg und warf ihn in den Mülleimer. Sie hätte sich am liebsten ganz weit von Kirejew weggesetzt. Aber das hätte zu demonstrativ gewirkt. Sie beschloß: Nach außen bleibt alles beim alten, aber daß sie sich innerlich verändert hatte, das behielt sie nun für sich, wie es ihr die Usmanowa eingeschärft hatte. Die Artamonowa steckte die Trümpfe auf die eine Seite und die Lusche auf die andere. Kirejew war die Lusche. Die Trümpfe – das war die Musik. Mit Feuereifer komponierte die Artamonowa ein neues Lied. Das Lied verriet – so merkwürdig das auch klingt – eine erstaunliche Selbstsicherheit, nach dem Motto: ›Ich hab es satt, zu reden und zu streiten und nichtssagende Blicke zu lieben.‹

Der Winter kam, und es fiel Schnee. Dann wurde es milder und nicht mehr so windig. Als hätte der Schnee den Wind an den Boden gedrückt.

Eines Abends saß die Artamonowa allein zu Hause. Die Mutter hatte Nachtdienst. Man hatte sie – gegen Bezahlung – für die Betreuung einer sterbenden alten Frau angeheuert. Die Artamonowa blätterte in der zerfledderten Lyrik-Anthologie. Da fiel ihr Blick auf die Zeile: ›*Ohne dich zu sein so endlos viele Tage – das kann ich nicht.*‹

Eine Frau hatte diese Verse geschrieben. Offenbar eine begabte Person. Sie hatte die gleichen Geschichten durchgemacht wie die Artamonowa. Also war unerfüllte Liebe das Natürlichste von der Welt.

Sie wurde ganz verzagt: ›Ohne dich zu sein so endlos viele Tage – das kann ich nicht.‹ Da klingelte es an der Tür.

Die Artamonowa machte auf. Vor ihr stand Kirejew. Er stand da, ungewöhnlich ernst und sogar ein wenig feierlich. Er schwieg. Sie wartete.

»Hast du Folkniki-Platten?« fragte er schließlich.

Die Artamonowa war verblüfft. »Nein, woher sollte ich wohl...?«

Die Folkniki bringen eine Mischung aus Folklore und Rock. Und diese Richtung interessierte die Artamonowa überhaupt nicht.

»Aber das ›Kinder-Album‹, das hast du doch?«

»Das hab ich, glaub ich. Aber was willst du damit?«

»Ich will den Rhythmus aufsprengen. Ich möchte ein ganz neues Arrangement erfinden. Eins, das zu unserer Zeit paßt.«

»Warum ausgerechnet bei Tschaikowsky den Rhythmus aufsprengen? Mach das doch bei Prokofjew!« gab die Artamonowa zurück.

Kirejew schwieg. Er taumelte leicht. Plötzlich bemerkte sie, daß er betrunken war.

»Soll ich dir das Album nun geben?« fragte die Artamonowa.

Kirejew schwieg unnatürlich lange. Dann seufzte er tief auf wie ein Stier in seinem Verschlag.

»Jetzt sofort?«

Er nickte und senkte den Kopf weit nach unten.

»Na, dann komm rein!«

Kirejew kam herein, blieb aber mitten im Korridor stehen. Die Artamonowa grübelte, wo wohl das ›Kinder-Album‹ von Tschaikowsky sein mochte. Sie hatte es in der zweiten Klasse gespielt, aber das war an die zwölf Jahre her. Hatte sie es weggeworfen? Das wohl kaum. Notenhefte und Bücher wirft man nicht weg. Dann konnte es nur auf dem Hängeboden sein.

Die Artamonowa holte einen Hocker, stieg hinauf und langte auf den Hängeboden. Mit hocherhobenen Armen wühlte sie in den Papierbergen, um das Gesuchte herauszufischen. Ihr Körper war gestreckt, angespannt. Ihre Knie befanden sich in Augenhöhe von dem betrunkenen Kirejew. Mit einemmal umfaßte er, ohne einen Laut von sich zu geben, ihre Knie, hob sie vom Hocker herunter und schleppte sie ins Schlafzimmer. Die Artamonowa war so perplex, daß es ihr die Sprache verschlug. Sie konnte kein Wort hervorbringen. Er trug sie wie ein Kind. Sie schmolz dahin. In ihrem Kopf war ein totales Durcheinander: Ja? Oder nein?

Ja. Denn sie liebte ihn doch. Wahnsinnig. Und so lange schon. Und dann dieser Zufall...

Aber er schweigt. Und außerdem, er ist betrunken. Weiß er überhaupt, was er macht? Und für sie wäre es schließlich das erste Mal – nein danke: So nicht. *Nein.*

Anderseits, irgendwann muß man ja schließlich seine Unschuld verlieren. Alle ihre Freundinnen hatten ihr noch in der Schulzeit den Laufpaß gegeben. Sie aber hatte bis auf den heutigen Tag... Das war ja schon peinlich... Aber warum schwieg er?

Während ein Gedanke den anderen jagte, hatte er sie aufs Bett gelegt. Und dann passierte das, was eben passieren mußte. Aber es war ganz und gar nicht so, wie sie es sich erträumt hatte. Am deutlichsten prägte sich ihr ein zweifaches Knacken ein. Das kam von dem Plastikreißverschluß an seiner Hose. Das erstemal von oben nach unten, als er die Hose auszog. Das zweitemal von unten nach oben, als er sie wieder zumachte. Der Abstand zwischen diesen beiden Geräuschen betrug zehn Minuten oder auch bloß fünf. Kirejew stand auf. Er zupfte seine Jacke zurecht, die er nicht mal ausgezogen hatte, und stapfte genauso schweigsam und würdevoll hinaus, wie er gekommen war. Und genau so verwirrt, wie sie ihn begrüßt hatte, entließ sie ihn nun.

Am nächsten Tag brachte ihm die Artamonowa wie üblich Kaffee und Würstchen. Kirejew kaute und starrte dabei wie immer vor sich hin.

»Er erinnert sich nicht«, dämmerte es der Artamonowa. »Ob ich ihn frage? Aber was soll ich ihn fragen?«

›Denkst du noch daran?‹ Dann würde er sagen: ›Woran denn?‹ Und dann? Sollte sie ihm dann etwa erklären, was zwischen ihnen gewesen war? Was für Wörter benutzt man eigentlich dafür? Vielleicht so:

›Erinnerst du dich noch daran, wie du mich geliebt hast?‹ Dann würde er prompt sagen:

›Aber ich habe dich doch gar nicht geliebt.‹

Die Artamonowa fragte lieber nichts.

Das Praktikum in der Musikschule begann. Sie leitete einen Theoriekursus. Spielte den Kindern aus dem ›Kinder-Album‹ vor. Zum Glück hatte sie die Noten. Kirejew hatte nämlich vergessen, sie mitzunehmen.

Zuweilen spielte sie ihre eigenen Lieder. Die Kinder dachten, die wären auch von Tschaikowsky.

Im Verlauf der nächsten Wochen stellte die Artamonowa etwas Merkwürdiges fest: sie konnte sich die Zähne nicht mehr putzen. Von der Zahnbürste bekam sie einen Würgereiz, und ein eiskalter Ring preßte ihr die Stirn zusammen.

Die Amtsärztin fragte, ob sie die Schwangerschaft austragen wolle.

»Ich weiß nicht«, erwiderte die Artamonowa verzagt.

»Denken Sie darüber nach, aber nicht allzu lange!« riet die Ärztin. »Die günstigste Zeit für einen Abbruch ist die achte bis zehnte Woche.«

Die Artamonowa hatte zwei Wochen Zeit, sich das durch den Kopf gehen zu lassen.

Sag ich's? Sag ich's nicht?

Kirejew konnte sich vermutlich nicht dran erinnern, weil er betrunken gewesen war. Also würde er behaupten, daß sie log beziehungsweise ihn erpressen wollte, oder wie man das nannte...

Nehmen wir an, er entsinnt sich doch. Und glaubt ihr. Aber was kommt dabei heraus? Er wird sich nie entschließen, sein Leben zu ändern. Will sagen: er braucht kein Kind. Und sie? Wenn sie wollte, konnte sie das Kind zur Welt bringen, wie die Jungfrau Maria mit ihrer unbefleckten Empfängnis. Letztendlich war das ihre Sache. Ihr Bauch. Aber wie sollte sie den armen Jungen großkriegen? (Aus irgendeinem Grund war die Artamonowa überzeugt, daß es ein Junge würde.) Ein kleiner Kirejew. Alle hatten sie Papis. Und er würde keinen haben. Nur eine Mutter und eine Oma. Eine arme zweiundvierzigjährige Oma mit dem zärtlichen Namen Olja. Olja war von ihrem Mann verlassen worden, als sie im fünften Monat schwanger war. Er konnte die praktischen alltäglichen Scherereien nicht ausstehen. Ihn interessierten nur Schönheit und Komfort. Der künftigen Tochter und seiner Frau vermachte er lediglich seinen Namen.

Die Artamonowa war zu früh zur Welt gekommen, noch vor dem siebten Monat. Kaum daß sie sie durchbrachten. Dann kriegte sie eine Krankheit nach der andern. Mit knapper Not überstand sie auch das. Schließlich wuchs sie heran, begann ihr Studium an der Fachschule. Bald würde sie selbst Geld verdienen und die Mutter entlasten können. Dann könnte die Mutter endlich ausspannen, sich erholen von all den Nachtwachen und Injektionen, könnte vielleicht sogar wieder heiraten und ganz für ihr eigenes Glück leben. Mit einem Kind jedoch würde alles wieder von vorn anfangen. Der kleine Kirejew würde nicht mal den Namen seines Vaters bekommen. Sondern ein Artamonow sein. Olja würde sicher nichts gegen einen Enkel haben, noch dazu einen vaterlosen. Sie würde ihn desto heftiger lieben, allerdings wegen der Tochter leiden und sich vor den Nachbarn genieren. Jetzt war natürlich eine andere Zeit. Niemand würde ihren Zaun mit Teer beschmieren. Trotzdem – was war das für eine Familientradition: die Mutter sitzengelassen als gesetzliche Ehefrau, die Tochter sitzengelassen, noch ehe sie verheiratet war ... Warum sollte Olja noch mal solche Qualen erdulden? Am besten, sie erfuhr überhaupt nichts von der Geschichte.

Die Usmanowa hörte sich die Neuigkeit an, und ihre schmalen Augen wurden kugelrund.

»Sag mal, hast du den Verstand verloren?« fragte sie erschrocken. »Seinem eigenen Kind Arme und Beine ausreißen zu lassen?«

»Das ist doch kein Kind. Das ist ein Embryo.«

»Glaubst du denn nicht an Gott?«

»Aber was soll ich denn machen?« entgegnete die Artamonowa ratlos.

»Sprich mit ihm. Du bittest ja nicht deinetwegen. Aber wenn du willst, knöpfe *ich* ihn mir vor.«

»Auf keinen Fall! Das mache ich selber...«

Es war der Tag, an dem die Stipendien ausgezahlt wurden. Als die Artamonowa in der Schule ankam, stieß sie an der Kasse auf Kirejew. Sie prallte geradezu auf ihn, als wäre sie mit dem Fuß in einen Nagel getreten. Kirejew stand da und zählte sein Geld nach.

›Gleich sag ich's ihm... ich werde fragen... ich sage...‹ entschied die Artamonowa, und in ihr knirschte es vor Entschlossenheit. Aber Kirejew war dabei, sein Geld auf verschiedene Häufchen zu verteilen, und so schwieg sie. Und wieder knirschte es in ihr vor unterdrücktem Verlangen. Schließlich hatte Kirejew sein Geld sortiert. Einen Teil stopfte er in die Tasche, den andern in die Brieftasche. Er hob den Kopf. Irgend etwas im Gesicht der Artamonowa machte ihn stutzig. Er fragte:

»Was ist los?«

»Nichts«, gab sie zurück.

»Willst du mit mir ins Café? Ich lade dich ein.«

Beim Gedanken an Essen stieg ihr Übelkeit die Kehle hoch.

»Nein, ich mag nicht«, entgegnete die Artamonowa, fügte aber ein »Dank dir!« hinzu.

Das Operationszimmer befand sich in einem großen Saal oder, wie es früher hieß: in einer Halle. Dort standen zwei Tische, an denen sich zwei Chirurgen zu schaffen machten, ein Mann und eine Frau.

An der Tür, die zur Station führte, wandte die Artamonowa sich um. Sie verharrte einen Moment und malte sich aus, daß Kirejew in Mantel und Mütze hereinkäme. Er würde sie stillschweigend bei der Hand nehmen und nur ein einziges Wort sagen: ›Geschafft!‹ Und dann würde er sie fortzerren, und sie würde mit ihren Pantoffeln auf den glänzenden Fliesen hinter ihm herschlittern wie auf der Eisbahn.

Kirejew wußte gar nicht, was mit ihr war und wo sie war. Und darum konnte er hier auch gar nicht auftauchen. Aber es hätte ja sein können, daß die Usmanowa sich in letzter Minute nicht an die Abmachung gehalten, sondern ihm alles erzählt und ihm die Adresse der Klinik genannt hätte.

Aus dem Saal brachten sie eine Krankenbahre mit einem blutleeren Körper darauf. Der Kopf schlenkerte hin und her. Als nächste sollte sie drankommen. Sie starrte ein letztes Mal auf die Tür. Gleich kommt er angelaufen, ganz außer Atem, erschrocken und furchtbar aufgeregt. Und dann wird er sagen: ›Wie kann man bloß so mit seinem Leben umgehen?‹

Die Artamonowa ging in den Operationssaal.

Der Tisch am äußersten Ende war ihrer. Der Chirurg

stand mit hochgekrempelten Ärmeln da. Er hatte eine Wachstuchschürze um, die mit Blut bespritzt war. Auf dem Nachbartisch schrie eine Frau, als wenn sie von der Gestapo gefoltert würde.

Die Artamonowa ging auf den Chirurgen zu. Er hatte ein gutmütiges Bauerngesicht. Dieses Gesicht flößte ihr Vertrauen ein, und sie fragte:

»Muß es denn sein?«

Er sah sie erstaunt an und sagte:

»Aber Sie sind doch von allein hergekommen. Niemand hat Sie gezwungen.«

›Stimmt genau‹ dachte die Artamonowa. ›Nun bin ich einmal hier ...‹

Sie kletterte auf den Tisch. Man begann, ihr die Beine festzuschnallen. Damals kriegte man noch keine Vollnarkose, durch die die Frauen sich aus der Realität davonstehlen können. Damals erlebte man das bei vollem Bewußtsein und klarem Verstand.

Ein nadelscharfer Schmerz drang in ihr Gehirn. Dann schwoll er an wie eine Böe, und an den Beinen floß Blut herunter, es ertönten Geräusche wie das Geklapper von Scheren. Die Artamonowa begriff, daß man unwiederbringlich den kleinen Kirejew aus ihr herausschnitt, ein wehrloses und rechtloses Geschöpf. Die Schere klapperte, Hände flogen, Beine, der Kopf ... Die Artamonowa schrie so gewaltig, daß man meinte, ihre Schreie müßten die Tische und die Chirurgen zerschmettern.

Gegen Abend holte die Usmanowa sie ab. Vor der Mutter war alles geheimgehalten worden. Sie mußte also abends wieder zurück nach Hause, als käme sie aus dem

Konservatorium. Von einem Konzert mit dem Pianisten Malinin.

Sie gingen die abendliche Straße entlang. Es war Glatteis. Und es schien, als hinge die Erdkugel nur lose in ihrer Achse.

Die Artamonowa betrat die Wohnung und legte sich sogleich zu Bett. Die Mutter hegte offensichtlich keinen Verdacht. Sie bereitete das Essen für den nächsten Tag vor. Wusch das Geschirr und sang dabei.

Die Artamonowa breitete, ehe sie sich ins Bett legte, ein Handtuch über dem Laken aus. Sie weinte. Aus den Augen tropften Tränen und aus dem Körper Blut. Das Blut und die Tränen hatten die gleiche Temperatur: sechsunddreißig komma sechs Grad. Ihr kam es vor, als wenn aus den Augen das Blut tropfte und da unten die Tränen. In gewissem Sinne stimmte das ja auch.

Zwei Wochen ging die Artamonowa nicht in die Schule. Sie mochte nicht. Und sie reagierte auch nicht auf Anrufe. Mal stiegen Rachegelüste in ihr hoch, mal versank sie in Apathie. Selbst wenn sie im Radio vom Ausbruch eines Atomkrieges gehört hätte, sie hätte sich nicht von der Stelle gerührt. Tagelang saß sie am Flügel und probierte Melodien aus. Ein Kinderlied brachte sie zustande, und seltsamerweise ein optimistisches. Die Artamonowa hatte viel durchgemacht, dadurch wurde ihre Musik so lebensbejahend. Trauriges gelingt eher den relativ glücklichen Menschen. Sie haben die Kraft zur Trauer.

Am ersten April hatte die Artamonowa Geburtstag. Sie wurde zwanzig. Ein runder Geburtstag. Alle aus ihrem

Kurs kamen. Auch Kirejew kam und schenkte ihr eine Figur aus Ton: ein Kamel. Er erzählte, er habe einen Ziegenbock gesucht, aber keinen gefunden.

Die Artamonowa war verblüfft. Daran erinnerte er sich also! Dabei hatte sie das Gefühl, daß alles, was sie betraf, gar nicht in sein Bewußtsein drang.

Das Kamel war sehr witzig, als hätte ein Kind es gemacht. Auf die gelbliche Flanke hatte Kirejew mit dickem Filzstift geschrieben: FÜR DIE ARTAMOSCHKA. Die Buchstaben waren nicht durchgezogen, sondern gepünktelt. Ein Pünktchen neben dem andern. Die Artamonowa stellte das Kamel neben den Ziegenbock.

Es gab das übliche Remmidemmi an diesem Tag. Der ziemlich angesäuselte Gena Kokorew begann, der Mutter den Hof zu machen. Der Mutter kam das komisch vor, aber sie genoß es. Wenn einem die jungen Kerle noch den Hof machen, bedeutet das, man hat noch Chancen bei den eigenen Altersgenossen.

An diesem Tag gab es jede Menge Wodka, reichlich zu essen, viel Jugend und ganz viel Musik! Kirejew tanzte mit allen und stampfte dabei mit den Füßen auf. Der Artamonowa kam es vor, als wenn er irgendwas in die Erde reinstampfte. Sie betrachtete ihn mit leerem Blick. Jetzt, wo sie das Produkt ihrer Liebe – das Kind – verloren hatte, hatte auch die Liebe ihren Sinn verloren.

Es endete damit, daß alle mehrstimmig sangen. Musiker sind ein besonderes Völkchen. Ohne Musik geht bei ihnen nichts. Sie sind wie Amphibien. Sie können auch auf dem Trocknen leben, aber ihr Element ist das Wasser.

Um Mitternacht ging man auseinander. Das Gelächter,

die Musik und ein vages Glücksgefühl blieb an den Wänden haften. Man konnte richtig aufatmen.

Und es blieb das Kamel aus Ton neben dem Ziegenbock. Der Ziegenbock war groß; das Kamel klein. Zehn Jahre standen sie so beieinander. Bis zum nächsten runden Geburtstag.

Der nächste runde Geburtstag war der dreißigste. Alle wichtigen Ereignisse finden in diesem Jahrzehnt statt. Dann kommen nur noch Wiederholungen.

Die Artamonowa beendete die Musikschule. Sie trat ins Gnesinskij-Institut ein, in die Klasse der Chordirigenten. Nach Beendigung ihrer Studien leitete sie einen Chor im Pionierpalast. Laut Arbeitsbuch war sie ›Chormeister‹. Ein schönes Wort. Wörtlich hieß das: ›Meister des Chors‹.

Die Artamonowa liebte Kinder, liebte Musik und die Summe aus beidem: singende Kinder. Sie eilte zur Arbeit wie zu einem Fest. Und die Kinder genossen diese Aktivitäten nach der Schule ungemein. Das Chorsingen war etwas Besonderes.

Das Repertoire bestand aus klassischer und aus zeitgenössischer Musik und dazu ein paar eigenen Kompositionen. Das Wichtigste war ihr der reine Klang. Sie übte derart intensiv mit den zweiten Stimmen, daß die Terzen die Luft zerschnitten. Als Belohnung für all die Mühe und Geduld rückte der Chor an die erste Stelle in der Stadt. Er bekam einen Auftritt im Radio. Radio hören alle. Und so wurde auch ihr Lied gehört. Ein sehr populärer Sänger, der innerlich und äußerlich noch ganz vom Geist des

Sozialistischen Realismus geprägt war, nahm es in sein Repertoire auf. Die Artamonowa nannte ihn den ›Singenden Hocker‹. Vom ›Hocker‹ wechselte das Lied zu einer jungen, ziemlich angeschlagenen Sängerin. Und die sang dieses ›Nicht Beute, nicht Lohn‹ mit einer Inbrunst, als sei es ihr ureigenes Thema.

Die Artamonowa hörte den *Pfauenschrei* zum erstenmal im Radio, als sie am Ostseestrand Urlaub machte. Neben ihr saß Ljusjas Sohn Serjoshik, der gerade aus der Armee entlassen worden war. Serjoshik drehte an seinem Transistorradio, als plötzlich *Der Pfauenschrei* erklang. Die Artamonowa war dermaßen überrascht, daß sie nicht an sich halten konnte. Sie sprang auf und ging den Strand entlang. Dann begann sie zu rennen. Wenn sie weiter neben Serjoshik sitzen geblieben wäre, dann wäre sie explodiert vor lauter Glück. Sie mußte dieses Glück verteilen, die Fülle wäre sonst lebensbedrohlich geworden. Die Artamonowa lief und lief. Am liebsten wäre sie ganz um das Meer herumgelaufen bis nach Schweden. Aber alles versickert allmählich, auch eine Fuhre Glück. Am Abend bekam sie Schüttelfrost. Offenbar greift auch das Glück den Körper an. In der Nacht, kurz vor dem Einschlafen, dachte sie: ›Dank dir, Kirejew!‹

Kirejew hatte übrigens im dritten Semester das Institut verlassen und sich auf unbekannten Pfaden verkrümelt. Es hieß, daß er in einem Vokalmusikensemble spielte. Aber dieses Ensemble war in der Klemme. Damals waren alle in der Klemme. Die Leitenden Genossen klauten den Schülern die Einfälle und unterdrückten sie unter dem Vorwand, daß eigene Ideen nicht erlaubt seien. Wenn du

Gedankenfreiheit willst: bittesehr! Aber das wird nicht bezahlt. Honoriert wird nur die stramme Unterordnung.

Die Artamonowa wußte es zwar nicht, aber sie konnte sich denken, daß die Rufina unter der Armut litt und daß Kirejew sich vor ihr schuldig fühlte.

In diesem Lebensabschnitt, zwischen zwanzig und dreißig, eher gegen die Dreißig hin, heiratete die Artamonowa Serjoshik. Das passierte gleich nach dem Ostseeurlaub. Als Serjoshik ihr im Standesamt den Ring überstreifte, dachte die Artamonowa aus irgendeinem Grund: ›Nun hat er ausgespielt.‹ Das war aber nicht auf Serjoshik gemünzt, sondern auf Kirejew. Und irgendwie tat es ihr leid.

Serjoshik war ein anständiger Kerl und so langweilig wie alle anständigen Leute. Aber dafür brauchte man sich über den nächsten Tag keine Gedanken zu machen.

Eine Liebe wie zu Kirejew war das nicht. Aber eine *solche* Liebe wollte sie auch gar nicht. Eine *solche* Liebe ist zum Sterben schön. Zum Leben jedoch braucht man gleichmäßige Temperaturen.

In den vergangenen zehn Jahren nach seiner Entlassung aus der Armee hatte Serjoshik das Institut für Fremdsprachen abgeschlossen und war Simultanübersetzer geworden. Die Artamonowa war seine zweite Frau. Schon vor ihr hatte er es zu einer Eheschließung gebracht, inklusive Scheidung. Die Verflossene war im Unterschied zur Artamonowa eine Schönheit, sie ähnelte allen Schauspielerinnen gleichzeitig. Aber reizbar war sie. Wenn ihr irgend etwas an Serjoshik nicht paßte, riß sie ihm die Brille vom Gesicht und knallte sie auf die Erde. Die Brille zerbrach. Das war schrecklich. Serjoshik konnte überhaupt nichts mehr sehen. Aber das war noch nicht alles. Das Schlimmste war, daß man so eine Brille hier gar nicht kriegte, und im Ausland war sie sehr teuer. Ljusja hatte sich beinahe verrenkt, damit der Sohnemann eine Markenbrille bekam. Und sie? Rums auf die Erde! Das war schon das reinste Rabaukentum.

Serjoshik war lieb, aber gefräßig. Die ewige Litanei: ›Sag ich's, sag ich's nicht? Frag ich, frag ich nicht?‹ kam der Artamonowa gar nicht mehr in den Sinn. Sie redete dies und fragte das, und immer häufiger fragte sie überhaupt nichts mehr, sondern machte alles, wie sie es für richtig hielt. Und Serjoshik nickte dazu und mampfte in sich hinein.

Der Artamonowa dämmerte es allmählich: Liebe ist Macht. Und jede Macht lähmt. Wo keine Liebe ist, da ist Freiheit. Man kann besser tun, was man will. Es ist gut ohne Liebe.

Ein Ohr für Musik hatte Serjoshik nicht. Er synchronisierte alles auf ein und dieselbe Note. Das war für seinen Beruf bequem. Ein Dolmetscher ist schließlich kein Künstler. Er soll den Text richtig wiedergeben und ihn nicht mit seiner Intonation aufputzen.

Nur etwas störte. Serjoshik hatte beim Wehrdienst einen Vorderzahn verloren. Oder sie hatten ihm den ausgeschlagen. In der Armee passieren noch ganz andere Sachen.

Zähne sind eine Art Zaun, der das, was auf dem Hof des Besitzers vor sich geht, den Blicken verbirgt. Aber hier war eine Lücke im Zaun, und das Mahlen der Zunge wurde sichtbar. Ob der Mensch ißt oder sich unterhält: immer ist die Zunge dabei im Spiel. Mal wälzt sie die Speisen hin und her, mal bringt sie Laute hervor, jedenfalls ist sie beständig in Aktion, schlängelt sich hierhin und dorthin.

Jeden Tag sagte die Artamonowa: »Laß dir endlich einen neuen Zahn einsetzen!« Und jeden Tag gab er zur Antwort: »Meinetwegen.«

Nach dreihundertsechzig Tagen, nach dreihundertsechzig ›Meinetwegen!‹ riß ihm die Artamonowa die Brille vom Gesicht und knallte sie auf die Erde. Serjoshik stellte mit Entsetzen fest, daß alle Frauen gleich sind.

Sie trennten sich wie in dem Gedicht: ›War die Liebe ohne Freude, wird die Scheidung schmerzlos sein.‹

Die Mutter und Ljusja entzweiten sich ebenfalls. Das war nun wirklich schade. Eine lange und enge Freundschaft ging damit in die Brüche. Wieder gab es ein bißchen Wärme weniger in der Welt. So brachte also auch Serjoshik nichts als Unheil.

In der Zeit mit Serjoshik komponierte sie keine Lieder. Und überhaupt kam es ihr vor, als hätte sie in dieser Zeit gar nicht gelebt. Wenn sie später versuchte, sich diesen Lebensabschnitt zu vergegenwärtigen, gab es einfach nichts zu erinnern.

Damals, in der Ära Kirejew, zwischen achtzehn und zwanzig, hatte sie sich wie eine Verrückte gebärdet. Blutige Tränen geweint und die intensivsten Gefühle ausgekostet. Damals hatte sie gelebt. Danach bloß existiert.

Der Artamonowa kam die Vermutung, daß ihre elektrische Leitung unter der hohen Spannung durchgebrannt war. Nun blieb sie für immer ausgeschaltet.

Sie arbeitete viel, wurde müde davon und verzichtete auf jedwedes Glück. Warum nach etwas streben, was es sowieso nicht gibt? Freiheit und Ruhe, die gab es. Und davon hatte sie, soviel sie wollte.

Vierzig Jahre – da naht der Altweibersommer.

Die Artamonowa indes war, wie ein Herbstapfel, erst mit vierzig richtig zur Reife gelangt. Sie war jetzt schöner als mit zwanzig. War sie damals dünn gewesen, so war sie jetzt schlank. Und hatte sie damals voller Komplexe gesteckt, scheu wie ein Hündchen, das sich auf einen fremden Hof verirrt hat, so war sie nun gelassener geworden, überzeugt, daß sie ihre Arbeit gut machte und unersetzlich war. Sie hatte – wie man so sagt – Selbstwertgefühl bekommen. Eine wichtige Zutat zu ihrer äußeren Erscheinung! Irgendwo tief drinnen jedoch hatte sie sich nicht verändert, war sie noch immer jung. Auf irgend etwas wartete sie noch. Auf eine Entschädigung für ihre Einsamkeit. Vielleicht wartete sie darauf, daß Kirejew wie ein Blitz aus heiterem Himmel auftauchte. Aber selbst ergriff sie nicht die Initiative. Und wenn sie gemeinsame Bekannte traf, erkundigte sie sich nicht nach ihm... Wenn es was zu erzählen gäbe, würde sie es schon erfahren.

Aber es war nichts Besonderes bekannt. Für das Vokalmusikensemble war Kirejew mit seinen dreiundvierzig Jahren schon zu alt. Einen ergrauten Onkel vor sich zu haben, der zur Gitarre singt, ist einfach albern. Überdies hatten die Zeiten sich geändert und damit auch der Interpretationsstil. Früher schüttelten die Popsänger ihre Glieder und blökten, heute dagegen artikulieren sie jeden Laut so deutlich wie Taubstumme, die sprechen gelernt haben. Sie verrenken die Lippen dermaßen, daß man fast fürchten muß, im nächsten Moment fallen sie ihnen aus dem Gesicht.

Gestern haben sie geblökt, heute betonen sie jeden einzelnen Laut, und morgen denken sie sich noch was anderes aus, bloß um aufzufallen und um jeden Preis Aufmerksamkeit zu erregen. Doch das ›Ave Maria‹ war, ist und wird immer bleiben.

Ach ja, Kirejew ...! Wohin hatte ihn seine Widerborstigkeit wohl verschlagen? Die Rufina kam langsam ins Rentenalter. Kinder hatte sie nicht. Sie hatte den Zeitpunkt verpaßt. Sie lebten noch immer in dem zweistöckigen, altertümlichen Gemäuer, das vom Staat unter Denkmalschutz gestellt worden war, aber nie renoviert wurde. Die zweite Etage hatte man an eine Kooperative vermietet, in der Hoffnung, daß die unternehmungslustigen Burschen das Haus renovieren und sich Telefon legen lassen würden. Die Rufina hatte ihre ganze Hoffnung in die Kooperative gesetzt. Auf Kirejew baute sie schon nicht mehr. So lagen die Dinge.

Mutter Olja ging in Pension. Das ganze Leben war voller Hektik gewesen, und nun wurde auf einmal das Tempo gedrosselt. Die Bewegung kam zum Stillstand. Plötzlich stürmten Fragen auf sie ein: *Wohin? Wozu?* Wohin – das wußte sie: in Richtung Alter. Aber wozu? Für nichts und wieder nichts. Das Leben hatte sie durch und durchgekaut – und dann ausgespuckt. Olja war es gewohnt, unentbehrlich zu sein. Darauf hielt sie sich viel zugute, und daher rührte auch ihr Selbstvertrauen als Krankenschwester und Mutter. Sie brauchte noch mal jemanden zum Bemuttern.

Die Artamonowa kehrte in Gedanken ständig zu dem verhängnisvollen Augenblick zurück, als sie vor dem Chirurgen stand und ihn fragte: ›Muß es denn sein?‹ Hätte er gesagt: ›Keineswegs. Gehn Sie nach Hause!‹, sie wäre gegangen. Und ihr Sohn wäre jetzt neunzehn Jahre alt. Er würde wahrscheinlich bei der Armee dienen, und sie würde zur Vereidigung fahren und dem Garnisonsoffizier Honig um den Bart schmieren und ihn zu ihrem Konzert einladen.

Der ungeborene Sohn geisterte durch ihr Leben wie Musik, die durch die Wand dringt. Gedämpft zwar, aber doch hörbar. Und je mehr die Zeit verstrich, desto langweiliger wurde ihr. Es war öde, so für sich allein zu leben. Sie hätte ihre Kräfte gern für jemand anders eingesetzt.

Die Artamonowa ging auf den Vogelmarkt und kaufte sich einen Papagei. Sie nannte ihn Pjostruschka, weil er so schön bunt war. Ein Papagei ist kein Mensch, sondern ein Vogel. Aber das war immerhin besser als gar nichts. Genauer gesagt: als gar niemand.

Im Pionierpalast freundete sie sich mit Wachtang an. Er veranstaltete zweimal die Woche einen Theaterzirkel. Sie unterrichteten an denselben Tagen.

Wachtang war ein professioneller Schauspieler in einem normalen Theater. Aber sie ließen ihn nicht das spielen, was er wollte. Zum Beispiel Tschechows Werschinin. Der

Regisseur erklärte ihm: »Werschinin ist doch kein Georgier und kein schöner Mann!« Dabei sprach er das ›schön‹ mit einem ganz langen ö aus. Als wäre es peinlich, gut auszusehen. Übrigens hat Tschechow behauptet: ›Beim Menschen sollte alles schön sein, das Gesicht, die Kleidung, die Seele und die Gedanken.‹ Im zeitgenössischen Theater aber ging es nach der Devise: Wenn Aussehen und Kleidung in Schuß sind, dann ist der Typ verdächtig. Entweder ist er ein Schwarzhändler oder ein Funktionärskind. Woher soll wohl sonst ein Sowjetmensch anständige Kleidung hernehmen? Und umgekehrt: Wenn Geist und Seele auf hohem Niveau sind, dann heißt es gleich, das ist ein halbverhungerter Pechvogel. Ein komischer Kauz mit ungewaschenem Pulli und einer Nickelbrille.

Wachtang quälte sich mit seinen unnützen Ambitionen, sah aber keinen Ausweg. Auch in der Liebe hatte er Pech. Schön war er zwar, aber er hatte kein Geld. Und keine feste Bleibe. Die Artamonowa hörte sich sein Mißgeschick an, beköstigte ihn mit Butterbroten und verliebte sich schließlich in ihn, wegen seiner Misere. Und er verliebte sich in sie, wegen ihres Mitleids. Alles genau wie bei Shakespeare.

Sie heirateten. Wachtang quartierte sich in ihrer Einzimmerwohnung ein. Die Mutter verzog sich in die Küche. Natürlich war das reichlich eng. Aber um ein Kind zu zeugen, braucht man nicht viel Platz.

Trotzdem glückte das mit dem Kind nicht. Die Artamonowa ging zur Ärztin. Die stellte fest:

»Kinder kriegen Sie nicht.« – Dann fragte sie: »War das die erste Abtreibung?«

»Ja, die einzige«, antwortete die Artamonowa. Die Ärztin antwortete: »Manchmal genügt schon die eine.«

Das war ihr von Kirejews ›Besuch‹ geblieben. Was hatte er damals eigentlich gewollt? Offenbar nur das ›Kinder-Album‹ von Tschaikowsky.

Das Kamel stand noch immer auf seinem Platz und grinste mit seiner Hängelippe aus Ton.

Einmal im Monat rief Wachtang seine Mutter in Kutaissi an. Den Hörer mit der Hand abgeschirmt, sagte er: »Es hat nicht geklappt.« Die Mutter war mit der Heirat ihres Sohnes unzufrieden. Aus ihrer Sicht bestand die Artamonowa aus lauter ›Nichts‹: *Nicht* hübsch, *nicht* jung, *nicht* mehr Jungfrau. Mit dem Kinderkriegen klappte es auch *nicht*. Was war an der überhaupt dran?

Alle diese ›Nichts‹ stimmten. Aber die Artamonowa hatte ein anderes Bild von sich. Und ihr Konterfei aus der Perspektive der Schwiegermutter gefiel ihr nicht. Das beste wäre, die Schwiegermutter abzuservieren. Sie aus dem Freundes- und Verwandtenkreis rauszudrängen. Aber die Schwiegermutter gehörte zu Wachtang, wie der Dotter zum Ei. Entweder mußte man beide akzeptieren oder beiden den Laufpaß geben. Das Mamachen wegschieben wie einen schmutzigen Pantoffel und Wachtang behalten, das ging nicht.

Ohne Wachtang mochte sie nicht leben. Er war so schön und hatte pralle Muskeln wie der ›Eherne Reiter‹. Unter seiner massigen Hand, die schwer war wie eine Bronzeplatte, einzuschlafen oder aufzuwachen war wundervoll.

Die Nächte waren virtuos und abwechslungsreich. Dafür waren die Tage langweilig und eintönig. Ein neuer

Regisseur kam ins Theater. Man wollte ein Stück von Astafjew aufführen. Der Regisseur sagte zu Wachtang: »Wie sollen wir bloß aus dir einen russischen Bauern machen?« Wachtang kam ins Grübeln. Wäre es nicht besser, nach Kutaissi zu gehen und georgische Klassiker zu spielen? Nur, dort würde man ihm unweigerlich sagen: ›Wachtang, wie sollen wir bloß aus dir einen Georgier machen? Dein Vater ist Russe, deine Frau Russin, und du hast in Moskau studiert.‹ Der Artamonowa ging allmählich auf: Das hatte nichts mit nationaler Identität zu tun. Der Kernpunkt war, Wachtang war nur ein mittelmäßiges Talent. Begreifen tat er alles, nur konnte er es nicht entsprechend umsetzen. Wie ein Hund, der die menschliche Sprache versteht, aber selbst nicht reden kann. Wachtang mochte seinen Mangel an Talent nicht zugeben. Wer mag sich schon die harte, grausame Wahrheit eingestehen, daß er beispielsweise unbegabt ist. Oder ein Feigling. Jeder möchte sich fabelhaft finden. Denn wer nichts taugt, der lebt auch nicht. Wachtang war einerseits voller Komplexe, anderseits voller Ambitionen, kurz, voll von all dem, womit der Mensch seine Untätigkeit kompensiert. Alle seine Mißerfolge schob er andern in die Schuhe, oder den Umständen, oder der allgemeinen Ungerechtigkeit. Der Artamonowa war klar, er müßte den Beruf wechseln. Im Westen könnte er zum Beispiel zum Callboy oder zum Eintänzer in teuren Hotels avancieren. Aber kann man das einem Mann sagen?

Das mit dem Kinderkriegen klappte nicht. Doch Wachtang ersetzte den fehlenden Sohn komplett. Er mußte bekocht und getröstet werden, und frische Wäsche und

Taschengeld brauchte er auch. Trotzdem war er kein richtiger Sohn. Und die Nächte waren kein Ausgleich für die Tage. Die Tage sind schließlich wichtiger.

Im Brustkorb der Artamonowa wuchs allmählich ein dickes Fragezeichen. *Wozu* das Ganze?

Eines schönen Tages ging es zu Ende, und wie Wachtang fand, aus einem nichtigen Anlaß. Er hatte wieder einmal den Hörer mit der Hand abgeschirmt und die Meldung durchgegeben: »Es hat nicht geklappt.«

Da nahm ihm die Artamonowa den Hörer aus der Hand und funkte dazwischen. Offenbar nannte sie eine ganz bestimmte Richtung, in die sich die Mama gefälligst zu scheren habe. Die Mama begriff nichts, Wachtang jedoch kapierte durchaus, welche Anschrift gemeint war. Und da die Symbiose mit der Mama unauflöslich war, sah er sich gezwungen, sich mit seiner Mutter sonstwohin zu verziehen.

Das Privatleben war also ein Reinfall. Dafür jedoch wurde die Arbeit mit dem Chor immer erfolgreicher. Sie fuhren nach Bulgarien, nach China und in die USA.

In Sofia waren die Häuserwände mit Traueranzeigen beklebt. Auf einer las die Artamonowa: »Die schreckliche Stille.«

In China staunte sie über die gewaltige Menge von Radfahrern. In Amerika aber war überhaupt alles anders, schließlich war es ja auch die entgegengesetzte Seite des Planeten. Auch die Luft war anders, und der Chor hatte eine andere Resonanz. Die Artamonowa spürte dieses Andere beinahe physisch.

Sie arbeiteten sehr viel, manchmal gaben sie zwei Konzerte am Tag. In der freien Zeit schaute sie sich die Geschäfte an. Für sie war Amerika ein einziges großes Warenhaus. Nicht mehr. Und nicht weniger.

Abends holte sie aus dem Chor heraus, was sie konnte. Ihre Hände vermochten – wie ein Fernbedienungsgerät – beliebige Impulse auszusenden und aus dem Chor die ganze Seele hervorzulocken. Es gab stehende Ovationen.

Sie wurde fünfzig – das erste Jubiläum. Das Land verlieh ihr einen Orden für ihren kulturellen Beitrag und den Titel ›Verdienter Arbeiter‹. Den Orden überreichten sie ihr im Kreml.

Vor der Artamonowa holte sich ein kleiner alter Mann seine Auszeichnung. Ihn dekorierte man für sein Engagement in der Gewerkschaftsbewegung und im Zusammenhang mit irgendeinem Jahrestag, wie es schien, mit seinem vierten Jubiläum. Der Alte haute mächtig auf die Pauke, krähte und fuhrwerkte herum, als hätte er einen epileptischen Anfall. Er dankte für den glücklichsten Augenblick seines Lebens und versprach, daß er mit all seinen verbleibenden Kräften auch weiterhin... Die Glatze des Alten wurde rosarot, und die Artamonowa machte sich Sorgen: Womöglich würde den Gewerkschaftsmann noch der Schlag treffen.

Der hohe Beamte, der die Orden übergab, wartete höflich. Er war offensichtlich an solche Ausfälle gewöhnt. Seine Augen waren, wie bei schlafenden Vögeln, zu einer Hautfalte zusammengezogen. Diese Hautfalte schirmte den Beamten von der Realität ab. Er konnte sich schließlich nicht jedesmal mit den Triumphen anderer identifizieren. Das hält der stärkste Mensch nicht aus.

Der Alte hatte sich ausgeschrien und kehrte kraftlos an seinen Platz zurück. Er stopfte sich hastig eine Beruhigungstablette in den Mund.

Jetzt kam die Artamonowa an die Reihe. Bei der Übergabe des Ordens, der in einem roten Kästchen lag, empfahl ihr der Beamte, im gleichen Geist fortzufahren, in diesem Jahr genauso wie im vergangenen. Vielleicht befürchtete er, die Artamonowa könnte – jetzt, da sie den Orden hatte – das Interesse an der Sache verlieren. Warum sich weiterquälen, wenn das Ziel, nämlich der Orden als krönender Abschluß, erreicht war?

Die Artamonowa war erstaunt und fuhr ihm mit einem ›Wie bitte?‹ dazwischen.

Der hohe Beamte begriff nicht, worauf sich dieses ›Wie bitte?‹ bezog, und eine Weile starrten sie sich beide wie ganz normale Menschen an. Ohne die Hautfalte. Die Artamonowa sah, dies war ein einfacher Mann, mit der kleinrussischen Bauernschläue auf dem Grund seiner Augen und dem rosigen Gesicht eines wohlgenährten Menschen. Er seinerseits sah auch etwas, denn als sie sich zum Fotografieren in Positur setzen, sagte er: »Du gefällst mir« – und legte seine Hand auf ihr Knie.

Derweil traf der Fotograf seine Vorbereitungen. Die Artamonowa schob seine Hand beiseite und flüsterte: »Das wäre ein kompromittierendes Dokument.« Er aber flüsterte zurück: »Wir haben doch jetzt die Perestroika. Jetzt ist alles erlaubt.«

Ihr schoß der Gedanke durch den Kopf, ihn um eine

Wohnung anzugehen. Sollte sie ihn fragen? Sollte sie lieber nicht? Sie konnte sich nicht entschließen. Und so blieb sie weiter in ihrer Einzimmerwohnung.

Die Lieder der Artamonowa wurden auf der Bühne und in Restaurants gesungen. Ihr Sparbuch begann einem Brunnen in einem Sumpfgelände zu ähneln. Man schöpfte ihn aus, und schon war er wieder gefüllt. Das war gut, denn Geld heißt Freiheit. Unabhängigkeit von unserer Nahrungs- und Konsumgüterindustrie. Man konnte auf dem teuren Kolchosmarkt einkaufen. Seine Garderobe im Ausland kaufen. Im Auto herumkutschieren. Eines schönen Tages kam sie zu dem Schluß, daß sie mit ihrer *Arbeit* verheiratet war. Und einen besseren Ehemann brauchte sie nicht. Ihre Arbeit ernährte sie, kleidete sie ein, verschaffte ihr Zerstreuungen und Reisen, gab ihr Freunde und eine Stellung in der Gesellschaft. Welcher heutige Mann wäre imstande, ihr so viel zu bieten?

Die Artamonowa brauste die Straße entlang, während die Zweihundertrubelmänner, bei denen hundert Rubel für Wodka draufgingen, in Trupps und Kolonnen auf den Bürgersteigen marschierten. Da schoben sie vorbei, die schlaffen, unmusikalischen Serjoshiks, die unnützen Wachtangs, die niemand brauchte, ihre Gesichter nicht, auch nicht die Garderobe und noch weniger ihre Gedanken. Und sie fuhr vorbei. An ihnen vorbei und *hoch über ihnen*. Und das war gut so.

Die Usmanowa besuchte sie. Ihr Sohn war erkrankt, er brauchte dringend eine gute Klinik. Genauer gesagt war er nicht erkrankt, sondern mit einem Defekt zur Welt gekommen, mit einer Spalte in den Schädelknochen. Der

Junge war ansonsten normal, gescheit, nur ein bißchen amphibienhaft. Die Spalten waren hinter den Ohren. Die mußten zugeschweißt werden. So wie sie waren, verdüsterten sie der Usmanowa den Himmel und die Erde und die ganze weite Welt. Sie hatte schon den gehetzten Blick einer Verrückten.

In solchen Momenten war die Artamonowa froh, daß sie kein Kind hatte, sondern bloß einen Vogel.

Pjostruschka entwickelte sich zu einem fröhlichen und klugen Tier. Er vergötterte die Artamonowa, und wenn sie von der Arbeit nach Hause kam, stürmte er von oben herab auf sie zu wie ein japanischer Kamikaze-Flieger. Sauste im Sturzflug heran und ließ sich in ihrem Haar oder auf der Schulter nieder. Er konnte sogar ein paar Alltagsphrasen sprechen wie: »Pjostruschka will trinken.« Dabei sprach er mit hohlklingender Automatenstimme, wie ein Bauchredner. Eines Tages beschloß die Artamonowa, ihm eine richtige Aufgabe zu stellen: »Mein Freund, weihen wir dem Vaterland die herrlichen Höhenflüge unserer Seele!« Der Satz war lang und für den Verstand eines Vogels ziemlich kompliziert. Pjostruschka wurde nervös und gereizt, und da er gerade bei der Artamonowa auf der Schulter saß, riß er ihr ein paar Haare aus. Die Mutter war empört und schrie, Pjostruschka würde noch zusammenbrechen wie ein überlasteter Computer. Das sei seelische Vergewaltigung. Die Artamonowa brach das Experiment ab. Aber eines Abends brachte Pjostruschka ganz deutlich hervor: »Mein Freund, weihen wir dem Vaterland die herrlichen Höhenflüge unserer Seele!«

Man kann alles, wenn man nur will. Die Artamonowa erreichte ständig alles mögliche, jedoch nicht für sich, sondern für andere. Sie konnte nicht nein sagen, und so war sie ewig überlastet mit den Aufträgen anderer. Offenbar war man der Meinung, daß einem der Status eines ›Verdienten Arbeiters‹ zusätzliche Vorrechte verschaffte. Bald setzte sich die Artamonowa für ein Telefon ein, bald für einen Friedhofsplatz, bald für die Radio-Aufnahme eines bestimmten Liedes.

Gute Taten haben eine Eigenheit: Du kannst sie zehnmal für einen Menschen tun. Aber wenn du sie einmal nicht tust, bist du sein Feind. Die Artamonowa indes hatte keine Feinde. Alle liebten sie. Man konnte sie bedauern (sie war alleinstehend). Man konnte sich für sie begeistern (sie war gutmütig und hatte Talent). Das Mitleid macht jeden Neid zunichte, und die Menschen brachten der Artamonowa völlig unverstellte Gefühle entgegen, so rein und klar wie dreimal destillierter Wodka. Dieses vielfältige Wohlwollen ersetzte ihr die eine große Liebe. Davon zehrte sie. Im Ausland fühlte sie sich deshalb nicht wohl, denn dort fehlte ihr die unmittelbare Ausstrahlung ihrer Freunde. Aber hier, in der Einzimmerwohnung, hatte sie alles: Ruhe und Freiheit, Arbeit und Geld, Freunde und die Mutter. Und schließlich noch Pjostruschka.

Aber eines Tages geschah ein Unglück. Es war – das erinnerte sie genau – ein Dienstagabend. Die Artamonowa ging aus ihrem Zimmer in die Küche. Pjostruschka eifrig hinter ihr her. Sie sah ihn nicht beim Rausgehen und zog die Tür hinter sich zu. Pjostruschka knallte in vollem Tempo mit seinem kleinen Köpfchen gegen die Tür.

Sie begruben ihn spät abends im Hof, als niemand sie beobachten konnte. Sie legten ihn in einen Schuhkarton und verscharrten ihn.

Dann kehrten sie ins Haus zurück. In der Wohnung stand förmlich die ›schreckliche Stille‹.

Die Artamonowa weinte um Pjostruschka, den sie getötet hatte. Weinte um den Sohn von Kirejew und um ihr ganzes vertanes Leben. Es kam ihr vor, als weinte sie Blut.

Die Mutter trat zu ihr und sagte: »Wenn ich gestorben wäre, würdest du nicht so weinen.«

Wenn man der Relativitätstheorie glauben kann, dann rasen in der zweiten Lebenshälfte – wie in der zweiten Hälfte der Ferien – die Tage viel schneller dahin.

Einmal pro Woche veranstaltete die Artamonowa Großreinemachen in der Wohnung. Jedes Staubkörnchen entsprach einer Sekunde, materialisiert in einem Stäubchen. Wenn sie den Staub wegfegte, war ihr, als wenn sie die eigene Lebenszeit beiseite räumte.

Es heißt, Sand sei zerriebener Stein. Das bedeutet, jedes Sandkorn ist ein Stück Zeit. Und die Wüste demnach ein Vielfaches an Jahrtausenden. Was geht einem nicht alles durch den Kopf, wenn er frei ist von Noten.

In Moskau gastierte ein berühmter Organist. Die Artamonowa bekam einen Platz hinter einer Säule. Zu sehen war hier nichts, nur zu hören.

Sie schloß die Augen. Lauschte nur. Die Musik hallte in ihr wider und schob alles Irdische beiseite. Im Grunde war der Chor auch eine Orgel, eine Orgel aus menschlichen Stimmen. Die Töne erhoben sich bis zur Kuppel und höher hinauf, zu Gott. Noch ein wenig höher, und man würde begreifen, warum wir weinen und jammern, amphibische Wesen gebären, Kinder und Vögel töten. Weshalb hoffen wir bloß so inständig?

Für den Rückweg nahm die Artamonowa die Metro. Gedankenverloren fuhr sie die Rolltreppe abwärts und war kaum überrascht, als sie plötzlich Kirejew vor sich sah. Die Rolltreppe trug sie nach unten, bis sie sie auf dem glatten Boden absetzte. Irgendwas mußte sie sagen.

»Na, laß dich mal anschauen!« rief die Artamonowa mit munterer Stimme.

Kirejew zog erschrocken den Bauch ein, den er sich inzwischen zugelegt hatte. Er wollte möglichst adrett wirken.

Zwar bestand noch Ähnlichkeit mit seinem früheren Aussehen, aber er hatte sich verändert. Als wäre er der ältere Bruder, der aus der Provinz angereist ist. Die angeborenen Züge waren noch zu erkennen, trotzdem war dies ein völlig anderer Mensch mit einer anderen Lebensweise.

Die Artamonowa wußte, daß Kirejew im vergangenen Jahr in Restaurants gespielt hatte, und es hieß, er sei von Tisch zu Tisch gegangen. Dahin war also sein Rebellentum gekommen: auf den Grund des Glases.

Sie standen und betrachteten sich gegenseitig.

»Wie geht's dir?« fragte die Artamonowa.

»Ganz leidlich.«

Seine Mütze saß ihm tief im Gesicht. Sie wurde von keinerlei Haarwuchs gebremst. Ein klägliches Lächeln zog seine Lippen auseinander, und das blasse, blutleere Zahnfleisch wurde sichtbar.

Die Artamonowa erschrak. ›Mein Gott!‹ dachte sie.

›Habe ich wirklich wegen so einem Wrack mein Leben in den Sand gesetzt?‹

»Wohin gehst du?« fragte er.

»Nach rechts«, antwortete sie.

»Und ich nach links.«

Also alles wie gehabt. Sie hatten doch nie den gleichen Weg. Die Artamonowa hatte plötzlich Lust, ihm zu sagen: ›Weißt du, daß wir ein Kind hätten haben können?‹ Aber sie schwieg. Was hätte es für einen Sinn, über das zu reden, was nicht wiedergutzumachen war?

Sie standen noch eine Minute. Sechzig Staubkörner rieselten auf ihre Köpfe.

»Also dann, Ade!« verabschiedete sich die Artamonowa. Wozu dastehen und sich einstauben lassen?

»Ade!« sagte auch Kirejew.

Der Zug lief ein. Die Artamonowa hastete los, als wäre dies der letzte Zug in ihrem Leben.

Kirejew blieb auf dem Bahnsteig stehen. Er wurde angerempelt, aber er merkte nichts. Er war ganz in sich versunken.

Die Artamonowa sah ihm noch eine Weile nach, dann bog der Zug in den Tunnel. Der Wagen schwankte leicht, und in ihrem Innern schaukelte eine große Leere hin und her.

Ganz plötzlich, wie in einem Fieberanfall ging ihr ein Licht auf: Mit all ihren ›Sag ich's? Sag ich's nicht? Frag ich? Frag ich nicht?‹ hatte sie sein Leben zerstört. Hätte sie, ohne sich groß zu beraten, das Kind zur Welt gebracht, wäre der Sohn jetzt an die Dreißig. Dann wären sie jetzt zusammen vom Konzert zurückgekommen, und sie hätte zu Kirejew gesagt: ›Darf ich bekannt machen? Das ist dein Sohn!‹ Und Kirejew hätte sich in dem jungen Frechdachs mit dem graden Rücken und dem festen Händedruck wiedererkannt. Er hätte in diese Keramik-Augen wie in einen Spiegel geblickt, und sein Leben hätte Sinn und Ziel bekommen. Aber so? Da stand er auf dem Bahnsteig wie eine aussortierte Tomate. Genau wie vor dreißig Jahren, als er bei der Aufnahmeprüfung in der Musikschule durchgefallen war. Und genau wie damals wäre sie am liebsten zu ihm gegangen, um ihm zu sagen: ›Du bist der Begabteste von uns allen. Noch ist nichts verloren.‹

Das Leben hatte ihn mächtig umgetrieben. Aber er war es immer noch: mit den Augen wie Bockshörner, mit dieser Selbstvergessenheit und Unnahbarkeit. Und sie? Auch sie war noch dieselbe. So heulte noch immer der Hund auf den Gleisen. Zwischen ihnen waren Berge von Sand- und Staubkörnern aufgehäuft, aber nichts hatte sich geändert.

»Nächste Station: Weißrussischer Bahnhof!« erklang eine deutlich artikulierte Frauenstimme.

Die Artamonowa hob den Kopf und überlegte: ›Komisch, hier bin ich doch eingestiegen! Dann bin ich also einmal ganz rum gefahren. Und am gleichen Punkt wieder angekommen.‹

Sie hatte sich also im Kreis bewegt.

Kirejew stand noch immer am gleichen Fleck. Die Artamonowa sah ihn erst, als sich die Waggontüren bereits wieder langsam schlossen. Durch Türen aber ließ sie sich nicht beirren. In letzter Sekunde sprang sie raus. Sie ging auf ihn zu und fragte:

»Was machst du denn hier?«

»Ich warte auf dich«, sagte Kirejew einfach.

Die Artamonowa schwieg.

»Du bist schlanker geworden«, stellte er fest.

»Und du hast zugenommen. Die Summe unseres Gewichts ist also konstant geblieben.«

Kirejew lächelte und zeigte sein blasses Zahnfleisch.

Deutsch von Elsbeth Wolffheim